LES
ÉMIGRÉS

HUMAINE COMÉDIE

—

POÈME

PAR M. E. DE FLEURY

Ancien Recteur départemental, Inspecteur honoraire d'Académie,
Officier de l'Instruction Publique.

OUDIN FRÈRES, IMPRIMEURS-LIBRAIRES

POITIERS | PARIS
RUE DE L'ÉPERON, 4. | RUE BONAPARTE, 68.

1876

LES ÉMIGRÉS

HUMAINE COMÉDIE.

LES
ÉMIGRÉS

HUMAINE COMÉDIE

—

POÈME

PAR M. E. DE FLEURY

Ancien Recteur départemental, Inspecteur honoraire d'Académie,
Officier de l'Instruction Publique.

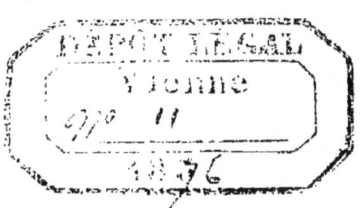

OUDIN FRÈRES, IMPRIMEURS-LIBRAIRES

POITIERS
RUE DE L'ÉPERON, 4.

PARIS
RUE BONAPARTE, 68.

1876

PRÉFACE.

L'auteur de ce volume n'avait pas trente ans quand il fit choix de son sujet et arrêta son plan général, et dès 1835, avant de publier les *Feuilles du siècle*, il imprimait le prologue[1]. Il se proposait de consacrer à son œuvre dix années d'une vie d'ailleurs activement occupée par de graves devoirs; et, en effet, au bout de quatre ans, presque toute la première partie, environ la moitié du livre, était achevée. A cette époque, il suspendit son travail pour des études d'une autre nature ; et quand, après avoir publié l'*Histoire de sainte Radegonde*, en 1843, il voulut s'y remettre, des devoirs nouveaux vinrent s'imposer plus impérieux et absorber toutes ses forces et tous ses instants. Plus de vingt ans s'écoulèrent avant qu'il pût reprendre l'œuvre commencée à l'âge où l'esprit est dans la plénitude de sa vigueur et de sa séve, pour la terminer alors seulement qu'il est plus que sexagénaire.

Quant à l'objet qu'il se proposait, voici en quels termes il l'exposait en 1835 à un de ses amis, Edouard Turquety,

---

1. Voir *Gazette de l'Ouest* du 16 mai 1835.

le poëte chrétien de la Bretagne : « J'ai dans la tête un
« grand poëme, une sorte d'épopée chrétienne de
« l'homme privé dans la société, épopée sans com-
« bats, sans héros illustres, sans descriptions pom-
« peuses, sans sacrifices solennels, mais épopée du cœur,
« présentant des scènes de toute la vie telle que nous la
« connaissons et la pratiquons, liées ensemble par une
« fable simple et attachante s'il se peut faire. » Tel a été,
dès le début, le programme que Turquety trouvait
très-beau, mais d'une exécution fort difficile, et dont l'auteur croit ne pas s'être sensiblement écarté.

Toutefois, ce programme avait dans sa pensée une portée plus ambitieuse que ne le feraient supposer la condition
et le théâtre où il place et fait agir ses personnages. Il voulait que son épopée intime du foyer domestique fût, en
même temps, une espèce de cycle social où l'on pût
retrouver, sous leurs aspects bons ou mauvais, les mœurs
de la société qui disparaît et celle du monde nouveau qui
l'a renversée et non remplacée. Ainsi, dans la première
partie, la fable, d'une simplicité excessive peut-être, ne
présente guère qu'une suite de tableaux destinés à reproduire ce que l'auteur a vu autour de lui de dignité, de
vertus, de foi et de charité qui survivaient encore dans
les débris de la noblesse et de la bourgeoisie d'autrefois.
Il a placé à côté, les écarts de la mauvaise noblesse dans
un épisode spécial, et ceux de la bourgeoisie égarée dans

les convoitises et les violences. Ces mœurs devaient refléter le calme qui se retrouve dans un état de choses assis et régulier, et elles n'ont rien de plus accidenté que ne peut l'admettre la vie de famille dans les graves circonstances de l'époque [1].

La seconde partie, au contraire, réfléchit une période tourmentée. La fable devient plus compliquée, les événements s'y pressent davantage, bien qu'on se soit attaché à ne pas sortir de la simplicité et surtout de l'unité du sujet en introduisant des personnages nouveaux et des caractères trempés dans une autre époque. Le récit devient plus dramatique, plus attachant, semble-t-il ; et peut-être reprochera-t-on à l'auteur, si les formes du style ne relèvent pas assez son sujet, d'avoir sacrifié au goût du temps, en cherchant à donner aux événements quelque chose de l'intérêt du Roman.

L'accusera-t-on d'avoir touché à la politique ?... Il ne s'en défendrait pas. Comment aujourd'hui aborder une question sociale ou un fait contemporain sans s'y engager? Il n'a pas cherché à l'éviter. Fils d'un père qui, à vingt-quatre ans, quittait sa jeune femme, accompagné de trois frères de cette dernière et de son propre frère, il a été à même d'apprécier mieux que personne, dans le

---

1. Cette première partie, ainsi que l'indique la dédicace, avait d'abord été préparée pour être publiée à part, avant l'achèvement complet de l'ouvrage.

sein de sa famille, les sentiments qui, avec un dévoue-
ment dont les traditions s'effacent, poussaient les émigrés
à tout abandonner pour aller défendre, au prix de leur
sang, le principe hors duquel, à leurs yeux, il n'y avait
pas de salut. Ils ont eu le malheur de ne pouvoir se
réunir et s'organiser sur le sol de la patrie d'où la violence brutale les forçait de sortir isolément ; mais ce n'est
point eux qui seraient allés chercher l'étranger pour lui
livrer la France. Ils étaient prêts pour tous les sacrifices :
ils avaient volontairement commencé par celui de leurs
priviléges. S'ils acceptaient le concours d'un drapeau
étranger, c'était pour combattre non contre la France,
mais contre la Révolution qui l'inondait de sang et devait
la perdre, pour la royauté qui l'aurait sauvée. L'histoire
commence à le constater et il est aujourd'hui peu d'hommes sensés qui ne le reconnaissent : s'ils avaient réussi
à délivrer le Roi et à relever le trône, ils auraient, en
même temps, préservé leur patrie des désastres et de la
déchéance où l'ont précipitée, après quatre-vingts ans
de luttes et de malheurs, la ruine des principes qu'ils
défendaient et le triomphe de ceux contre lesquels ils
s'étaient armés.

L'auteur ne pouvait traiter son sujet sans entrer dans
la politique ; mais, si on le lit, on reconnaîtra que la
sienne, bien que nette comme un principe, est exclusive
de tout sentiment qui ressemble à la passion ; qu'elle tient

compte de toutes les difficultés de situation ; qu'elle accepte toutes les bonnes intentions et rend justice à tous les mérites, quel que soit le drapeau qui les ait couverts. Il espère en cela que son livre reproduit les sentiments qui sont dans sa nature et dont il ne s'est jamais laissé détourner.

Un mot sur les personnages et sur le théâtre des principaux événements.

La recluse de l'Abbaye de Charroux, le blessé d'Ober-Kamlac, tous les caractères sur lesquels se concentre un intérêt sympathique ont eu leur type dans la famille ou dans l'entourage de l'auteur. Le modeste castel transformé en grand château sous le nom de Morville est le logis où il est né. Patriote dans la profonde acception du mot, il a voulu, selon son pouvoir et si son livre lui fait quelque honneur, associer à cet honneur sa chère province. En dehors de ces données générales, il ne faut chercher dans les événements et dans les caractères ni rapports ni allusions soit à des faits réels, soit à des personnes de l'époque. Par le même motif qui lui a fait choisir le Poitou pour théâtre et des Poitevins pour héros, il a désiré que l'ouvrage fût publié dans la capitale de cette province, et il a été heureux d'y trouver un éditeur tel qu'une estime et une amitié de longue date pouvaient le lui faire désirer[1].

1. L'impression de ce livre était commencée quand l'honorable M. Oudin, enlevé par une mort prématurée, a laissé à ses dignes fils

Et maintenant, le livre sera-t-il lu? Question que l'auteur ne s'est pas assez posée peut-être. On ne songe pas à tout, même à son âge, surtout si on a peur d'entendre la réponse. Il aura, quoi qu'il arrive, la consolation de n'avoir rien écrit qui puisse blesser les convictions sincères ou les principes les plus sévères de la morale. Si certains passages présentent des tableaux d'une tendresse plus ou moins vive, la passion est partout honnête, chaste et contenue dans le fond et dans la forme. En 1840 son frère recevait les lignes suivantes d'un écrivain profondément respectable auquel il avait communiqué la partie du volume alors achevée : « J'ai lu les chants de M. votre « frère : c'est magnifique. Le sujet est d'une excessive « délicatesse pour un poëte chrétien ; il l'a traité avec un « tact infini. » La modestie de l'auteur doit reculer devant l'éloge du talent exagéré par une sympathie trop bienveillante ; mais il retient le témoignage entier pour ce qui touche au côté moral. Il aurait menti non-seulement aux principes, mais encore aux instincts de sa vie tout entière, s'il avait écrit quelque chose qui pût effrayer ce foyer domestique où il a trouvé le seul bonheur que Dieu pût lui donner ici-bas.

le soin de continuer la carrière où il avait conquis l'estime universelle et l'affection de tous ceux qui l'ont connu.

LES ÉMIGRÉS

HUMAINE COMÉDIE.

PREMIÈRE PARTIE.

DÉDICACE

A. B. D.

1862.

Voici le monument qu'à trente ans, dans ma tête
Je portais vaste et tel dès lors qu'il fut rêvé,
Mais qui vingt ans et plus, quand la Muse était prête,
Resta sans forme et sort du moule inachevé.

Qui donc a dans mon sein comprimé la nature ?
Comment ce long sommeil dans la stérilité ?
Du printemps à l'hiver, si la branche était mûre,
Comment si peu de séve et ce fruit avorté ?

Toi qui fus de mes jours l'étoile et la couronne,
Toi seule as su pourquoi restait à la moitié,
Matin de mon printemps, doux soir de mon automne,
Ce livre où tu dois vivre et qui t'est dédié.

1

Et pourquoi s'en cacher aujourd'hui? Sur sa trace
Ma Muse eût pu du siècle aussi fixer les yeux
Et laisser son sillon de clartés dans l'espace,
Si rien n'eût arrêté son essor vers les cieux.

Mais quand j'avais au cœur, l'œil brûlant, les mains pleines,
L'amour qui fait les saints, la foi qui fait les forts,
Quand mon vol s'élançait, mes pieds traînaient des chaînes,
Et contraint d'avilir mes plus nobles trésors,

Je devais disputer à des destins sévères,
Moi, né pour le grand ciel, fait pour la liberté,
Le pain de nos enfants et le toit de nos pères,
En luttant terre à terre avec la pauvreté.

Grâce au ciel! grâce à toi! la famille est sauvée :
Assez payés du prix de trente ans de combats,
Nous avons préservé le nid et la couvée,
Et nos fronts ont conquis leur couronne ici-bas.

Mais, trop jeune assiégé par les sollicitudes,
Sous le poids des labeurs le mien s'est incliné;
Les soucis dévorants, les arides études
Longtemps avant le soc des ans l'ont sillonné.

Un brouillard qui descend épais sur ma paupière
Menace de l'éteindre à la clarté du jour,
Quand l'œil de mon esprit semble voir sa lumière
Se troubler elle-même et pâlir à son tour.

Et lorsqu'enfin le ciel s'éclaircit sur nos têtes,
Que la route a cessé d'être un dédale obscur,
Et qu'au fond l'horizon, sans trouble ni tempêtes,
Sourit sur l'avenir dans un lointain d'azur ;

La vieillesse hâtive a sur nous pris l'avance,
Et vaincu si souvent, trompé peut-être encor,
Je crains de voir enfin tomber dans l'impuissance
Mon vol trop loin du terme où tendait son essor.

Non pourtant qu'en nos cœurs entre l'effroi du lâche
Qu'empoisonnent la honte ou le fiel du remords :
Nous avons du chrétien tous deux rempli la tâche ,
Notre foi n'a point peur devant la nuit des morts ;

Mais Dieu m'avait à temps placé sur la frontière
D'un passé qui s'efface et du vague avenir ,
Pour protester. au moins, quand passe à la matière
Le sceptre que l'esprit n'a pas su retenir.

Il m'avait fait aimer sous le toit des ancêtres
Des mœurs où, souvenir, hélas ! déjà lontain !
Les serviteurs étaient des enfants pour les maîtres,
Unis, quoique inégaux, dans un commun destin ;

Il te donnait à moi, pour qu'autour de leur père,
A ce même foyer, nos enfants pussent voir
Revivre les vertus qu'y fit régner ma mère,
La grâce aimable avec l'inflexible devoir.

Et moi qui, sans fermer les yeux ni les oreilles
Aux œuvres de cet âge, avais, enfant pieux,
Jusqu'à la fin gardé ma foi dans les merveilles
Dont l'honneur se rattache au culte des aïeux ;

Qui sur mon front, deux fois touché, portais l'empreinte
Des vieux soleils couchés sous les grands horizons,
Avec le jour nouveau qui, sur leur trace éteinte,
Joint sa clarté douteuse à leurs derniers rayons ;

Puis-je donc, aujourd'hui, dans mon sein de poète
Laisser la voix s'éteindre et le flambeau pâlir ?
Me coucher résigné sur mon œuvre imparfaite ?
Mourir tranquille ou vivre en paix sans l'accomplir ?...

Non ! non ! si le Seigneur avait donné des ailes,
C'était pour les ouvrir, non pour les replier ;
S'il m'entoura partout de ses plus saints modèles,
Pour les rendre immortels, non pour les oublier.

Et dans mon monument qui fait face à deux âges
Et de deux horizons réfléchit la clarté,
Tous revivront, pourvu qu'anime encor mes pages
Le souffle qu'à ton âme elles ont emprunté.

PROLOGUE [1].

I.

LA NAISSANCE.

Per me si va nella città dolente.
(Dante, *Infern.* III.)

Pourquoi ces bruits de fête et ces chants d'allégresse
Qui se mêlent dans l'aube au réveil des oiseaux ?
Pourquoi tous ces amis dont la foule s'empresse
Et serre à vos festins sa chaîne à cent anneaux ?
Pourquoi des habitants de la vallée entière
Le temple ému lui-même a-t-il reçu les vœux ?
Quel nouveau don du ciel, dont votre âme est si fière,
     Que tous vous proclament heureux ?

Un enfant vous est né ! j'ai compris, et la joie
De votre cœur trop plein a surmonté les bords.
C'est pourquoi le bonheur que le ciel vous envoie
Avec tant d'appareil se répand au dehors ;

1. L'auteur avait eu d'abord la pensée de partager ses vers en
strophes. Il a cru pouvoir, quoique un peu hors d'œuvre, conserver ce
morceau, qui a été publié en partie par un journal de province sous
ce titre : *Fragment inédit d'un poëme qui n'est pas fait encore.*
      (Voir *Gazette de l'Ouest*, 16 mai 1835, n° 467.)

Pourquoi vous oubliez que la coupe est amère,
Que la vie est un don fatal même aux vertus,
Qu'à ses déchirements votre ivresse éphémère
    Voue une victime de plus.

Moi, je puis de ce fils, devant votre allégresse,
Évoquer l'avenir qui doit toucher si bas ;
Devant ces flots d'amis sa soif et sa détresse,
Devant vos chants d'espoir, ses pleurs et ses combats ;
Et je veux qu'en voyant lutter contre la vie
L'enfant au front sans tache, au cœur rempli d'amour,
Vous disiez si votre âme encor se glorifie
    D'avoir mis ce martyr au jour.

Il est un haut donjon, baignant dans la Charente,
Comme un vieillard assis, ses longs pieds de rocher,
Penchant pour s'y mirer dans l'onde transparente
Son front ceint de créneaux dont l'œil craint d'approcher :
Antique monument d'orgueil et de puissance,
Craint non moins que béni des cantons d'alentour,
Toujours prêt à tomber sur le crime ou l'offense,
    Comme l'aigle sur le vautour.

Autrefois le beffroi tremblait dans ses tourelles,
Des armures pendaient à ses longs corridors ;
Comme deux yeux, son front portait deux sentinelles ;
Cent vassaux se levaient à l'appel de ses cors ;
Aujourd'hui, le vieux roc où sa base est assise
N'est plus environné que de verts peupliers,

Et le donjon muet couvre sa tête grise
     De giroflée et d'églantiers.

C'est dans ce vieux berceau de son nom que Morville,
Fêté par mille voix, le cœur plein, triomphant,
Semblait voir, s'éveillant de leur couche d'argile,
Tous ses aïeux renaître avec son jeune enfant.
Triomphe, hélas! bien court! prélude à bien des larmes!
Déjà la France entrait dans sa crise d'erreurs;
Déjà deux camps dressés, couverts des mêmes armes,
     Respiraient les mêmes fureurs.

Peut-être cet enfant ne verra pas son père
Entraîné par l'honneur à son fatal destin;
C'est le nom d'exilé, peut-être, que la mère
Doit laisser en mourant à son cher orphelin....
Hélas! il est trop vrai que l'exil de ce monde
Est loin de la patrie et lourd à supporter;
Trop vrai que les sentiers sont durs, la fange immonde
     Que nul pied ne peut éviter.

Si ce n'est un secret... Peut-être l'esclavage
Est un degré qui monte au plus libre séjour;
Nos amours que sitôt vient traverser l'orage,
Peut-être l'avant-goût d'un éternel amour;
Peut-être que l'exil ramène à la patrie;
Peut-être que la nuit engendre la clarté;
Peut-être que la mort enfantera la vie,
     Et le néant l'éternité.

Car la loi qui traça le dur pèlerinage
N'a pas trompé toujours l'espoir du pèlerin ;
Parfois elle a placé l'eau courante et l'ombrage
Dans le sable désert, sur le bord du chemin ;
Parfois elle a laissé croître avec les épines
Le tronc flexible et fort pour lui faire un bâton ;
Entre l'escarpement et l'ardeur des collines
    Elle a mis la fleur du vallon.

Attends donc, noble enfant, que la fleur se trahisse
Qui te console, un jour, des sueurs du sentier ;
Attends, ferme et debout, que le bâton grandisse
Et t'aide à soutenir ton fardeau sans plier ;
Attends, cœur altéré, la vivante fontaine
Qui viendra sur la route à ta lèvre s'offrir,
La sœur d'âme qui doit s'attacher à ta chaîne,
    Se faire esclave, ou t'affranchir !

II.

L'ANGE.

Amor mi mosse che mi fa parlare.
(Dante, *Infern.* II.)

Laisse-moi, jeune mère, approcher en silence
De ce gage si cher sur qui veillent tes yeux ;
Laisse-moi contempler dans son sommeil d'enfance
Le trésor de bonheur que t'ont prêté les cieux !
Laisse-moi parfumer ce front de mon haleine
Avant que la pensée y soit gravée encor ;
Laisse-moi me pencher sur cette âme sereine,
     Blanche colombe aux ailes d'or.

Ne crains pas que ma voix profane ou désenchante
Par un sourire impie ou des accents amers,
Cette nacelle heureuse où ta main confiante
Berce tant d'espérance au premier flot des mers :
Des mers de l'existence où, fraîche créature,
Ta fille qui s'endort rêve, en te souriant
D'un sourire si doux, d'une lèvre si pure,
     Que ta bouche tremble en priant !

En priant le Seigneur, ton Dieu, qui te l'envoie,
De ne point à la fois donner tout le bonheur ;
De ne point retrancher des heures de ta joie
Celle dont le trop plein déborde de ton cœur ;

1*

De ne point rappeler trop vite à la patrie
L'âme qu'un rêve d'or peut-être attire aux cieux ;
De ne point te punir de l'avoir trop chérie,
  Cette enfant, si belle à tes yeux.

Heureux l'enfant qu'endort une mère pieuse
En lui chantant les noms de MARIE et JÉSUS !
Qui sourit et qui parle à la foule joyeuse
Des anges, comme lui tout petits et tout nus !
Qui suce avec la vie au lait de la mamelle
Le lait de l'innocence et de la piété,
Et qui garde à sa mère, en grandissant près d'elle,
  Son trésor de simplicité !

C'est la grâce et la paix du matin qui s'éveille,
Le premier souvenir d'un rêve de bonheur ;
Le jour demi-voilé de la lampe qui veille,
Le chant mystérieux de l'abeille à la fleur ;
La goutte qui se pend au bouton de la rose,
L'aile du papillon qui s'entr'ouvre au matin,
Le saule vert trempant dans le flot qui l'arrose
  Sa chevelure de satin...

Ou plutôt, toute image est faible et mensongère
Du chef-d'œuvre de Dieu sous ses traits les plus doux ;
Et s'il était un nom plus sacré sur la terre,
Un nom plus près du ciel entre le ciel et nous,
Il eût été le nom de ma blanche Marie,
Fraîche apparition de l'Eden à mon cœur,

Dont le regard sourit à Dieu, dont la voix prie,
　　Dont l'âme est un ciel de candeur.

Lorsque petite enfant, enfant blanche et naïve,
Le visage encadré de ses seuls longs cheveux,
Elle appuyait au sein de sa mère pensive
Sa tête blonde et calme avec ses doux yeux bleus;
Toute mère enviait, ravie au fond de l'âme,
Un charme dont la grâce ineffable enivrait,
Toute épouse priait, et toute jeune femme,
　　Sentant son cœur battre, espérait.

Depuis, toujours enfant, mais déjà grande et belle,
Tout est resté dans elle, amour, grâce et candeur,
Et le mal qu'elle ignore encor n'a point en elle
Séparé ces deux mots : innocence et pudeur.
Pour se tendre, sa main n'attend pas la pensée :
Où souffre une douleur toujours prompte à courir,
C'est son instinct de plaindre, au malheur fiancée,
　　Et son bonheur de secourir.

Hier vous l'eussiez vue, haletant dans la plaine,
Quitter le papillon qu'elle espérait lasser,
Pour voler plus rapide au bord de la fontaine
Où souffrait un vieillard sans pouvoir s'y baisser;
Puis ces mains de douze ans puiser l'onde limpide,
Comme une rose ouverte où s'empourpre le jour,
Et le vieillard pleurant tremper sa lèvre aride
　　Dans cette coupe de l'amour.

Et la folâtre enfant recommence aussi vive
Sa course interrompue et ses jeux suspendus :
Car la petite fille à la pitié naïve,
Au cœur si vite ouvert, aux bras sitôt tendus,
Son pied, quand elle va courant insoucieuse,
A peine fait plier les herbes sous son poids ;
L'air semble la porter, légère et gracieuse,
　　Comme un faon libre au bord des bois.

Garde, angélique enfant, garde du vent qui fane
Cette innocence, hélas ! trop prompte à se flétrir !
Garde ce cœur suave et ce front diaphane !
Garde ce dévoûment d'amour ! Car l'avenir,
Peut-être l'avenir, dès l'aurore prochaine,
T'offrira, délaissé sur le bord du chemin,
Quelque pauvre épuisé, mourant à la fontaine,
　　Si pour lui n'y puise ta main.

　　　　　　　　　　1835.

LES ÉMIGRÉS

HUMAINE COMÉDIE.

CHANT PREMIER.

QUATRE ANS OU LA PRISON.

Ben se' crudel, se tu già non ti duoli.
(Dante, *Infern.* XXXIII.)

Décembre allait finir : au couchant solitaire
Le disque du soleil semble toucher la terre,
Et pour n'en plus sortir éteignant son flambeau,
Descendre dans la nuit comme dans un tombeau.
La bise que le soir souffle aux landes sauvages
Se roule en gémissant sur ces flots sans rivages,
Et des sillons gelés, le courlis au passant
Seul, et de loin en loin, jette son cri perçant.
A pareil jour, naguère encore, on eût en France
Trouvé partout la vie et les chants d'espérance :
Les peuples des cités entouraient à genoux
La crèche où le Sauveur allait naître pour nous,

Tandis que, cheminant à travers les campagnes,
Les chrétiens des hameaux et leurs chastes compagnes
Pour la fête nocturne apportaient au saint lieu,
Bergers des temps nouveaux, leurs dons à l'Enfant-Dieu.
Aujourd'hui, tout se cache ou se tait : la vallée
Ne répond plus aux sons de la cloche écroulée ;
De l'antique Poitou, vendus et profanés,
Les temples sont détruits ou sont abandonnés ;
Les chemins sont déserts, et la nature entière
Morne et sans âme au loin, comme un grand cimetière.
Seul vivant dans ce deuil immense, un cavalier
Sous la nuit qui descend brave un ciel meurtrier,
Mais sa tête est si fixe et sa bête élancée
Semble avec tant d'ardeur répondre à sa pensée,
Qu'on le prendrait de loin, sous son ample manteau,
Pour un fantôme errant qui fuit sur le plateau.

Où va cet inconnu ? D'où vient-il ? Que présage
L'étrange anxiété peinte sur son visage ?
Est-ce un proscrit d'hier qui, sauvé d'aujourd'hui,
Fuit sans se retourner le fer levé sur lui ?
Est-ce de l'échafaud dressé quelque ministre
Aux condamnés du jour portant l'arrêt sinistre,
Puisque, en ces jours d'effroi, tout visage nouveau,
S'il n'est une victime, est peut-être un bourreau ?...

Au midi de Poitiers, sur l'aride lisière
Où la Marche au Poitou fait toucher sa frontière,

Charroux gardait encor, jusqu'à ces jours de deuil,
L'antique abbatiale autrefois son orgueil.
Monument sans modèle, incomparable page
D'un livre qui parlait au peuple en son langage,
Toujours compris, toujours ouvert devant les yeux
Pour consoler la terre en lui montrant les cieux.
En tournant ses fuseaux, aux soirs des longues veilles,
L'aïeule à sa famille en contait les merveilles,
Les enfants grandissaient pour s'y rendre, et longtemps
En songe ils revoyaient les milliers d'assistants,
Les tours qui cherchaient Dieu par-dessus les orages,
Les cloches qui chantaient son nom dans les nuages,
La pompe et l'appareil de ces processions
Où descendaient sur tous ses bénédictions,
Sous les dômes l'écho répétant les cantiques,
Et surtout la vertu des puissantes reliques,
Trésors gardés du ciel, dont le simple toucher
Guérissait la douleur qui pouvait approcher.
Songes vains désormais! Déjà la basilique
S'est changée en prison qu'emplit la République,
Et les cloîtres murés en horrible entrepôt
Où l'innocence attend son tour pour l'échafaud.

Jeune et débris aussi de grandeur profanée,
C'est là, qu'avec son fils à périr destinée,
Languit, pour expier son bonheur d'autrefois,
Une femme au secret depuis quatorze mois.
Son époux que l'honneur avec les Rois exile,

Illustre et dernier sang des seigneurs de Morville,
Dans Morville où tous deux hier étaient bénis,
Régnait sur une cour de flatteurs et d'amis ;
Mais amis et flatteurs, sous la terreur commune,
Ont renié l'ami trahi par la fortune,
Et laissent, sans remords ou tremblant à l'écart,
Sécher sous les verrous sa Berthe et son Edgar.
Berthe, en effet, s'éteint : sous l'hiver qui la tue,
Elle sent défaillir sa constance abattue :
Jusqu'ici pour son fils, dans un reste d'espoir,
Elle a fait de ses bras un berceau chaque soir ;
Mais l'espoir l'abandonne et les luttes sont vaines :
Le froid du pauvre enfant passe aussi dans ses veines,
Et sans pitié, la mort n'aurait pas attendu,
Prompte à frapper, le fer sur leurs fronts suspendu,
Si sous sa trahison, un ami magnanime
N'eût caché le secret d'un dévoûment sublime.

Quand l'Etat, proscrivant ses antiques soutiens,
Des nobles émigrés eut confisqué les biens,
Monvert, qui devant Dieu se rendait témoignage,
De Morville exilé racheta l'héritage
Et, quittant sa maison, s'empressa d'envahir
Les foyers qu'il sauvait en semblant les trahir.
Il trompa les tyrans et, par ce stratagème,
Sans y songer, peut-être, il se sauva lui-même ;
Mais Berthe aussi trompée en pleura dans ses fers.
Et cependant, navré des maux qu'elle a soufferts,
C'est lui qui, sans faiblir, affronte encor pour elle

D'un hiver sans pareil l'inclémence mortelle ,
Et vient de conquérir, au péril de ses jours,
L'inespéré bonheur de lui porter secours,
Tandis que son épouse, au château demeurée,
En le laissant partir, ferme quoique éplorée,
A voulu des dangers accepter sa moitié.
En efforts, à Poitiers, lui s'est multiplié,
Il rapporte ce soir l'arrêt qui lui confie
Les deux chers prisonniers qu'il va rendre à la vie,
Si, malgré sa vitesse et son brusque départ,
Pour les sauver, déjà, peut-être, il n'est trop tard.
Grâce aux derniers rayons du jour qui va s'éteindre,
Du gîte que sans bruit il est pressé d'atteindre
Il peut voir la fumée, et saluer de loin
Les tours du vieux Gençay, vénérable témoin
Qui vit passer captif et couvrit de son ombre
Jean II, le roi de France, alors que sous le nombre
Vaincu, mais comme nul ne fut vaincu depuis,
Il rendit son tronçon d'épée à Maupertuis.

D'une main ferme et sûre enfin d'être obéie,
Le lendemain, Monvert frappait à l'abbaye.
Berthe attendait alors, près de désespérer,
Qu'entre ses bras, son fils achevât d'expirer.
Sous ses lambeaux d'habits, défaite et presque nue,
Tout autre œil que le sien ne l'eût pas reconnue,
Et lui-même, un instant, frappé par sa pâleur,
Il crut voir devant lui l'ange de la douleur.

Saisie à son aspect, la triste châtelaine,
Les yeux sur lui fixés, tremblait sans prendre haleine,
Et le cœur plein de crainte encor plus que d'espoir,
N'osait rien demander, de peur de trop savoir.
Mais lui, songeant qu'un mot, au sortir de l'abîme,
Y pouvait sans retour replonger la victime,
Il la pousse, impassible, au seuil, et triomphant,
Place sur son cheval la mère avec l'enfant :
Lui-même ouvre la marche et dirige en silence
L'animal dont l'instinct semble être intelligence.

Malgré l'âpre sentier qu'allongent cent détours,
Bientôt les voyageurs ont aperçu les tours
Qui, dominant de loin la côte ravalée,
Regardent par-dessus jusque dans la vallée,
Et le corps du château qui repose à leurs pieds
Projette aussi son ombre à travers les noyers.
Des collines à pic de Boor, la Charente,
Sous son cristal épais que le soleil argente,
Semble un serpent de glace à leurs pieds étendu.
Le groupe, du sommet pas à pas descendu,
La franchit sur la glace à l'écluse d'Asnière,
Traverse Asnois, muet comme son cimetière,
Touche au castel, sans maître aussi, de Montlaurier,
Et Morville aux regards s'offre enfin tout entier.
Noble était ce berceau d'une race virile :
Assis, comme un géant, sur sa roche immobile,
Il fait corps avec elle, et son ciment noirci

De la création semble dater aussi.
Du levant qu'il regarde, une large vallée
Conduit jusqu'à ses pieds, mollement ondulée,
Le fleuve aux lents replis qui vient ranger son cours
En tournant assez près pour refléter les tours
Et la riche vallée embrasse un intervalle
Qu'encadrent les coteaux dans un immense ovale,
Et que surveille au loin de son hardi regard
La tour du vieux donjon dite de Beauregard.

Mais l'aspect de ces lieux, loin d'alléger sa peine,
Comme une angoisse au cœur étreint la châtelaine,
Et plus le terme approche et plus, à chaque pas,
Dans son sein déchiré sont poignants les combats.
Qui donc vient l'arracher à la mort? Et qu'attendre
D'un cœur si bas tombé, qu'il ne peut plus descendre?
Devra-t-elle, abaissant son front humilié,
Essuyer ses affronts, ou subir sa pitié ?
Lui faudra-t-il, admise à sa table envahie,
Étrangère à son feu, sans droit d'être obéie,
Comme une mendiante assise à ses foyers,
Rougir du pain tiré de ses propres greniers ?
Du pain de ce Monvert qui, trahissant Morville,
Quand loin des siens errait son ami sans asile,
Sous le toit demeuré sans chiens et sans pasteur
Entrait furtivement comme un loup ravisseur ?...
Puis en soins attentifs, tel qu'un ami fidèle,
Elle voit cet ingrat s'épuiser autour d'elle,

Et rouler son manteau que des pleurs ont mouillé
Sur l'enfant de l'absent par ses mains dépouillé...
Un mot ferait cesser cette angoisse de l'âme :
La fierté du malheur glace la noble femme,
Quand soudain, s'élançant du haut seuil de la cour,
Marthe, la digne épouse, apparaît à son tour.
Devant sa sœur d'enfance et sa plus tendre amie,
Berthe sent un instant sa force raffermie,
Mais elle va tomber sans souffle entre ses bras.
Les deux époux ensemble ont soutenu ses pas,
Et quand revient l'haleine enfin, elle est assise
A l'âtre de la salle où la table était mise.
Tous les gens du château triomphaient, mais discrets,
Ils ne laissaient parler leur cœur que dans leurs traits,
Et se gardant entre eux du moindre commentaire,
En s'abordant tout bas, disaient : c'est un mystère !

Toutefois, à ses yeux s'il n'est justifié.
Monvert compte pour rien d'avoir sacrifié
Son or et son repos en sauvant du pillage,
Pour le lui rendre intact, son puissant héritage.
« Noble dame ! dit-il enfin, le Dieu des forts [1]
« Du faible qu'il soutient a béni les efforts.
« L'ami que votre cœur trompé maudit peut-être,
« Le vieil ami des jours heureux n'est point un traître.
« Infidèle à lui-même, il n'a point violé
« Pour l'usurper, le nid de son frère exilé,
« Et le seul but par lui poursuivi sans relâche

« Était votre salut, sa grande et sainte tâche. .

« Les geôliers, désormais, c'est nous ; votre prison,

« Grâce à mon déshonneur ! votre propre maison.

« Mais qu'un monde aveuglé m'honore ou m'humilie,

« J'ai vaincu ses mépris, mon œuvre est accomplie :

« Vous êtes non chez moi, mais chez vous : vous savez

« Que ces biens pour vous seule ont été conservés :

« Que je suis devant Dieu simple dépositaire,

« Et que vous reprendrez le sceptre héréditaire

« Le jour où je pourrai, sans risquer vos destins,

« Fier de ma honte alors, le remettre à vos mains.

« Ah ! je suis presque heureux de ce masque d'infâme ·

« Qui couvre encor mon front, mais n'est plus sur mon âme.

« Et je vais retrouver mon sommeil que jamais

« Je n'ai pu sous ces tours encor goûter en paix. »

Pour ce brusque retour Berthe, trop ulcérée,

Après tant de douleurs n'était point préparée,

Et son cœur jusque-là, n'ayant rien soupçonné,

A l'ami déloyal n'avait point pardonné ;

Mais quand la vérité, comme un trait de lumière,

Tout d'un coup vint frapper cette âme aimante et fière,

Trop faible pour parler, elle ne pouvait pas

Contempler ses amis sans leur tendre les bras.

Comme elle a de ce cœur méconnu la noblesse !

Lui qu'un scrupule effraie et qu'un vain soupçon blesse,

Et qui n'a pas laissé la honte l'arrêter

Plus que les grands dangers ne l'ont fait hésiter....

Puis son œil attendri compte avec complaisance
Les droits des deux époux à sa reconnaissance :
On dirait qu'endormie au jour de son départ,
Elle vient de rêver sous un long cauchemar.
Malgré son long veuvage et le deuil de l'absence,
Sa chambre même est pleine encor de sa présence :
Un bon ange à sa place est venu l'habiter.
Près du lit qui l'attend vient encor s'abriter
De son fils endormi l'élégante nacelle,
Tel que son noble époux l'y berçait auprès d'elle,
Et la paix du sommeil, après tant de longs mois,
Sur elle enfin descend pour la première fois.

Comme un soleil brillant, quoique lent à paraître,
Dardait ses premiers feux par la haute fenêtre,
Au réveil mélangé de joie et de douleur
Marthe aussi veut offrir son trésor de bonheur.
Elle porte à son bras, sous son front qui rayonne,
Une enfant dont Marie est la sainte patronne,
Fruit longtemps attendu de sa chaste union
Qu'ont vu naître les jours de tribulation,
Et Berthe, apercevant au bras de son amie
La fleur d'amour, à peine entr'ouverte à la vie,
Sans qu'il se dise un mot, comprend qu'elle a goûté
Les célestes douceurs de la maternité.
Elle tressaille et sent s'accroître sa famille :
Edgar tend ses deux mains vers la petite fille ;
L'ange sourit et s'offre à ses bras caressants :
Des deux mères déjà chacune a deux enfants.

Bientôt Edgar reprit dans cette autre existence
L'éclat et la fraîcheur de sa beauté d'enfance.
Sous l'amas de débris par eux accumulé
Les tyrans dans l'abîme avaient enfin croulé ;
Le calme apparaissait, quoique le ciel encore
Sous un vaste horizon fût sombre, mais l'aurore
De ses vapeurs de sang enfin semblait sortir,
Et des jours plus sereins se faisaient pressentir.
L'infortunée, hélas ! s'y laissa trop séduire :
Ces jours sur son destin ne devaient jamais luire.

Un soir, fatal message ! on vit dans le bateau
Passer un étranger qui sortait du château.
Berthe veuve et dès lors sans retour accablée,
Ne put ni ne voulut être encor consolée.
Et sous ce dernier deuil se laissant affaisser,
Jour par jour dans la tombe on la vit s'enfoncer.
Lorsqu'au dernier moment de sa lente agonie,
Elle eut compris qu'enfin sa tâche était finie,
Elle voulut du moins, en se livrant à Dieu,
Bénir les deux enfants dans un suprême adieu,
Et joignant les deux mains de la sœur et du frère :
« Tu ne resteras point orphelin sur la terre,
« Dit-elle, ô mon Edgar ! si je laisse avec toi
« Celle qui par l'amour est ta mère après moi,
« Et ce père attentif, dont la sollicitude
« Me permet de partir sans trop d'inquiétude.
« O mes pieux amis ! je descends au tombeau
« Heureuse que votre âme accepte ce fardeau,

« Et que, de mes devoirs saintement héritière,

« Elle en daigne accomplir la tâche tout entière.

« Soyez père deux fois, Monvert ! si bien acquis,

« Un tel nom sera cher aux lèvres de mon fils,

« Et l'amour lui dira par quels pieux offices,

« Un jour, il doit payer de pareils sacrifices.

« Sa sœur est bien ma fille aussi dès aujourd'hui :

« Elle n'est, dès longtemps, pour moi qu'un avec lui :

« Ce n'est point sans dessein que, devant vous, Dieu même

« Joint leurs mains dans la mienne en ce moment suprême ;

« Si mes regards déjà percent dans l'avenir,

« Quelque chaîne sacrée, un jour, les doit unir ;

« Mon fils est bien à vous comme à moi votre fille.

« Et je meurs dans les bras de toute ma famille. »

« Quel bonheur, ô mon Dieu ! vous m'accordez ici !...

« Mais vous, amis si chers, ne pleurez point ainsi !

« Je vous ai trop aimés pour mourir : la tendresse

« Change devant vos pleurs mon courage en faiblesse.

« Et mon cœur ne saurait, par Dieu même attiré,

« Rompre de tels liens sans être déchiré.

« Mais ce n'est point le ciel qui rompt ni qui délie :

« Les amis de l'exil sont chers dans la patrie,

« J'y serai votre mère encore au sein de Dieu,

« Chers enfants ! comme au jour de ce pénible adieu.

« J'y prîrai qu'il vous garde en comblant de sa grâce

« Celle qui près de vous reste seule à ma place,

« Et Jésus m'entendra : Jésus connaît ma voix,

« Puisqu'en ce monde aussi j'ai marché sous ma croix,

« Et qu'à ses pieds souffrants la portant tout entière,
« J'ai sué ma sueur et gravi mon Calvaire....
« Vous m'appelez, Seigneur ! ô que vos yeux sont doux,
« Bon Jésus ! recevez mon âme à vos genoux,
« Et bénissez d'en haut, avec leur autre mère,
« Les enfants qu'en partant j'ai laissés sur la terre ! »

Aux derniers mots, le souffle avait cessé : sa main
En bénissant toujours retombait sur son sein :
Elle avait pris l'essor vers l'aurore éternelle,
Et son fils qui priait immobile avec elle,
Voyant ses yeux s'éteindre et ses lèvres sécher,
Tomba près de son lit le front sur le plancher,
Comme si, vers le ciel qui pour elle allait luire,
Sa belle âme d'enfant l'avait voulu conduire.

Dans la chapelle antique où dormaient ses aïeux,
Priant tout bas, sans pompe et fuyant tous les yeux,
Un vieux prêtre, en secret introduit auprès d'elle,
Porta pieusement sa dépouille mortelle.
Puis, quand des premiers jours le deuil fut apaisé,
Monvert, fidèle au soin qu'il s'était imposé,
Commença de remplir avec un zèle austère
Près du tendre orphelin les devoirs d'un vrai père,
Et, nourri dans son sein de sagesse et d'amour,
L'orphelin lui donna tout son cœur à son tour.

1836.

1**

LES ÉMIGRÉS

CHANT DEUXIÈME.

LES DEUX ENFANTS.

« *Les premiers noms qu'ils apprirent à se donner furent
ceux de frère et de sœur.* » (Paul et Virginie.)

Quand Dieu, pour donner l'être, unit à la matière
L'âme engendrée au sein de sa propre lumière,
De peur qu'aux appétits de son terrestre hymen
Ne se laisse entraîner cet élément divin,
Et que vers les sentiers d'erreur qu'il lui prépare
L'ange qui la convoite au départ ne l'égare,
Il crée avec l'enfant, pour l'assister toujours,
Un pur Esprit, chargé de veiller sur ses jours.
Les sages ont nommé voix de la conscience
Ce guide en qui Dieu même a mis sa confiance,
Mais, sous ses traits vivants, le saint Ange gardien,
C'est la voix et l'appui du ciel pour le chrétien.
Cher aux mères, c'est lui qui prend sous sa tutèle
Le premier pas tenté par l'enfant qui chancelle ;
Lui qui sur le berceau, près du rameau de buis,
Garde d'un œil jaloux le sommeil de ses nuits,
Donne à son cri plaintif l'accent qui vous attire,
Vous sourit par ses yeux dans son premier sourire,

Ou sur son front sans ombre et ses bras caressants
Répand pour vous charmer des appas innocents.
Et quand, brûlants déjà, viendront de la science
Les rayons trop hâtifs chercher l'intelligence,
C'est encor lui dont l'aile intercepte l'ardeur
Qui pourrait avant l'heure en faner la fraîcheur ;
Lui qui, si la candeur perd sa sainte auréole,
Si le cœur se dessèche, y rentre et le console ;
Qui, si vous gémissez, gémissant avec vous,
Porte à Dieu les soupirs qu'il présente à genoux,
Et rapporte, en échange, à votre âme apaisée
Du ciel ouvert pour lui la paix et la rosée,
Lorsque dans votre sein longtemps ont ruisselé,
Enfant déchu des cieux, vos larmes d'exilé.

Riches des dons du ciel en entrant dans la vie,
Les deux anges gardiens d'Edgar et de Marie
En apportaient pour eux, nés aussi frère et sœur,
Et les grâces du corps et les trésors du cœur.
Le plus jeune a déjà des charmes de son âge
Comblé l'aimable enfant qu'il forme à son image :
Lui-même en blonds anneaux roule ses longs cheveux,
Lui-même a peint du ciel l'azur dans ses yeux bleus,
Et pour qu'au sens de l'âme elle soit surtout belle,
En voilant ce front clair d'une ombre de son aile,
Fait briller sous les cils où naît l'humidité,
Tout un ciel de candeur et de sérénité.
L'aîné pour son pupille élève avec noblesse

Un front où resplendit la beauté sans faiblesse,
Et tous deux s'engageant par le même chemin,
Suivis des deux enfants, se sont pris par la main.
Muse, Ange de ma droite aussi qui leur ressemble,
Comme eux, tu viens d'en haut pour moi : partons ensemble.
Fais-moi suivre, à travers l'épreuve et les dangers,
Ces cygnes de l'exil parmi nous passagers,
Et dis comment, d'abord fatigués du voyage,
Ils luttèrent de foi, d'efforts et de courage,
Jusqu'au jour où, rendus aux douceurs du repos,
Ils s'aimèrent assez pour oublier leurs maux.

L'Océan populaire enfin calmait sa rage.
Seul dans le grand désastre échappé du naufrage,
Morville était sauvé, conservant à la fois
Son peuple de colons et ses cœurs d'autrefois.
L'attache y reste encor, comme aux jours des ancêtres,
L'amour des serviteurs et la bonté des maîtres,
Et, fils des mêmes mœurs et du même passé,
Edgar trouve partout des bras qui l'ont bercé.

Pour ceux qui, séquestrés dans le cloître des villes,
Savent à peine à quoi des membres sont utiles,
Dont la vie, à l'aurore, eut pour tout horizon
La cour froide et l'enclos dont on fit leur prison,
L'enfance aux champs, ardente et libre, où l'âme à l'aise
Se dilate et s'étend sans que le corps lui pèse,
De séve saturée et mêlant en tout lieu
Sa croissance énergique aux autres dons de Dieu;

1***

Cette enfance à tout ciel, si vivace et si pleine,
Exige des poumons trop de force et d'haleine ;
Mais nos enfants sont faits pour ses charmes divers,
Et le ciel de Morville est pour eux l'univers.

Dans leur vie, à la fois libre mais ordonnée,
La prière en famille ouvre et clôt la journée.
Heureux qui prie ainsi ! L'hommage au Tout-Puissant,
S'il s'élève isolé, n'est qu'un son languissant ;
Mais qu'une voix de plus au chant soit réunie :
Le cantique isolé se change en symphonie,
Des deux accords chacun se soutient tour à tour
Et reçoit une ardeur qu'il excite à son tour.

Après Dieu le travail qui lui-même s'honore,
Pour l'esprit résigné, c'est la prière encore.
Ce joug héréditaire, à tout être imposé,
Pour celui qui l'accepte à porter est aisé ;
A la loi souveraine Edgar n'est point rebelle ;
Loin que son front s'y blesse, il est heureux par elle,
Et tandis qu'aux regards de sa jeune raison
Jour par jour devant lui s'agrandit l'horizon,
Marie aussi se forme à la simple science
Qui fait la femme aimable et forte dès l'enfance.
Ici tout, il est vrai, concourt pour seconder
Une ardeur que le maître est sûr de féconder :
Majesté des tableaux, calme des solitudes
Qui parle à l'âme, élève aux nobles habitudes,

Elargit la pensée et laisse en liberté
L'esprit croître et s'étendre avec la vérité;
Lois du foyer qui font, suivant la règle antique,
Du maître aimé le chef d'une famille unique;
Enseignement d'exemple, intégrité des mœurs,
Tout convie au devoir, tout y fixe les cœurs,
Et pour trouver le bien, s'y complaire et s'instruire,
Nos enfants n'ont qu'à peine à se laisser conduire.

Monvert, comme une mère entre deux nourrissons,
Leur partage le lait de ses sages leçons.
Il aime à leur montrer dans la nature entière
Le doigt de Dieu partout empreint sur la matière :
Les cieux à son appel d'astres illuminés;
Les mondes par sa main créés et gouvernés;
Les saisons qu'il rappelle au ciel, redescendues
Sans que jamais en vain on les ait attendues;
Le jour chassant la nuit, et la nuit, à son tour,
D'un pied silencieux pressant les pas du jour ;
Cette variété d'accords dans la nature
Où pourtant tout se meut avec nombre et mesure.
Puis sur les grands tableaux de la création
La vie harmonisée en sa profusion :
Les oiseaux dans les airs, les poissons sous les ondes,
Les loups cruels cachés dans les forêts profondes,
Et venant chercher l'homme et dormir près de lui,
Les animaux créés pour lui prêter appui;
Cet homme enfin, resté Roi par sa destinée :

Roi d'une royauté précaire et ruinée,
Mais qui laisse à sa main, quoique déshérité,
Le sceptre du génie et de la liberté.

Et l'homme dans sa gloire ou dans sa déchéance,
C'est Dieu présent encor partout pour la science :
Le mal par la révolte entré dans son destin ;
Le flambeau dans la chute entre ses mains éteint ;
Les vertus dans la nuit se transformant en crimes ;
Les crimes à la mort centuplant ses victimes,
Et le bandeau transmis aux générations
Serrant de plus en plus les yeux des nations...
Quand du passé Mouvert évoquant les annales
En déroule à grands traits la pompe et les scandales,
Suivant vers leurs destins l'un sur l'autre emportés,
Les peuples à l'erreur par l'erreur enfantés,
Sa voix sur ces tableaux des angoisses du monde
Sait répandre un vernis de tristesse profonde,
Et dans leur vide ensemble et dans leur majesté
Chanter les grands tombeaux où dort l'antiquité.

Mais c'est de Bethléem surtout que sa mémoire
Pour ses chers nourrissons aime à dater l'histoire.
Si c'est durant l'hiver, le soir, autour du feu,
Qu'il charme la famille en parlant du Bon-Dieu,
Tandis qu'un vent lugubre, ébranlant les fenêtres,
Gémit comme une voix qui revient des ancêtres
Et pousse avec fureur, à flocons entassés,
La neige et les frimas sur les vitraux glacés ;

C'est alors qu'il leur fait la peinture ineffable
Du saint enfant Jésus naissant dans une étable,
Comme l'enfant obscur des pleurs et du besoin,
Sans langes ni berceau, qu'une crèche et du foin.
Puis des anges soudain l'hymne au milieu des nues ;
Les bergers, éveillés par ces voîx inconnues ;
Chacun, selon son zèle et selon sa ferveur,
Portant sa foi naïve et ses dons au Sauveur,
Et dans un saint transport de vivantes louanges,
Rendant sa joie au ciel et répondant aux anges,
Tandis que des trois Rois l'astre mystérieux
Luit comme le salut dans la nuit des faux dieux...

Toutefois le travail dans la noble demeure
Au plaisir innocent jamais n'a pris son heure ;
Mais, pour de tels enfants, le plaisir tient son prix
Des goûts simples et purs où tous deux sont nourris.
Au jardin, c'est Edgar qui bêche et qui dirige ;
Marie auprès de lui s'attache à chaque tige,
Appuie à son tuteur la plante qui fléchit
Ou verse au sol brûlant l'onde qui rafraîchit,
Tandisque sous les pans des jasmins et des treilles
Sans dard a côté d'eux, bourdonnent leurs abeilles.
Chaque saison, d'ailleurs, aux plaisirs du dehors
Joint la diversité de ses propres trésors :
Tantôt, sous les halliers d'aubépine fleurie,
Les chants du rossignol qui charment la prairie ;
L'écho discret des nuits qui répond à sa voix,

Ou les longs sifflements du merle au bord des bois.
Puis les herbes qu'on fauche et les blés qu'on moissonne ;
Le chant des laboureurs, la corne qui résonne
Et convoque au repas, sous le grand châtaignier,
Au bruit des gais propos, sans art ni cuisinier.

En amis respectés et chers plutôt qu'en maîtres
Les enfants se mêlaient à ces travaux champêtres :
Ils n'étaient pas nourris dans l'orgueilleux dédain
Qui croit le pauvre né pour la soif et la faim,
Mais dans l'amour transmis des familles chrétiennes
Pour des infirmités que le Sauveur fit siennes,
Et riches, ils savaient que, foulé sous l'orgueil,
Le pauvre vaut le riche et le juge au cercueil.
Aussi, chéris de tous, ils peuvent sans contrainte
Sur le vaste domaine errer libres de crainte,
Et des champs ou des bois rapporter au logis
Les fruits dont l'un pour l'autre ils se sont enrichis.
Ce n'est parfois aussi qu'une simple couronne
Des rameaux du printemps ou des fleurs de l'automne,
Et quand, joyeux des dons cueillis sur le chemin,
Les deux amis rentraient se tenant par la main,
On eût dit, en voyant ces têtes enfantines
Sous leur petit chapeau de pampre ou d'églantines,
Paul menant Virginie au sortir des forêts
Avant que rien pour eux n'en eût troublé la paix.

Avec eux, de même âge et de même innocence,
Deux amis partageaient ces jours d'heureuse enfance.

René, d'un an l'aîné d'Edgar, le suit de près,
Enseigné comme lui, de progrès en progrès,
Et Germaine, sa sœur, avec le même zèle
S'est vouée à Marie et se forme avec elle.
Leur aïeul vénéré fut nommé Saint-Martin
Pour avoir, se laissant nu-pieds sur le chemin,
Chaussé, lui-même enfant, de ses propres bottines
Un petit mendiant blessé par les épines ;
Et leur père à Morville avait rivé son sort
Pour vivre de sa vie et mourir de sa mort.
Soudés à la famille, en aucun temps leurs pères
N'ont été relégués dans les emplois vulgaires ;
Mais compagnons d'enfance, écuyers, gouverneurs,
Selon l'âge ou les temps, de leurs puissants seigneurs,
Ils s'étaient élevés, dès les premiers ancêtres,
Jusqu'au plus haut degré d'honneur après leurs maîtres.

De ces destins si chers Monvert gardien jaloux
Surveille âmes et corps et se fait tout à tous,
Fier de voir sans contrainte et presque sans culture
S'élever sous ses yeux cette riche nature.
De René bien souvent l'aïeul veille pour lui
Et dans ses saints devoirs le supplée aujourd'hui.
Il avait fait du père un homme, et la tendresse
Lui rend auprès du fils l'ardeur de la jeunesse ;
Mais, triste de survivre à ceux qui, tour à tour
Et si vite, ont été ravis à son amour,
Pour aller auprès d'eux au ciel prendre sa place
Il attend que René soit mûr et le remplace.

Jamais des quatre enfants contre sa volonté
Même par la pensée un seul n'a résisté ;
Mais un soir qu'ils couraient ensemble à l'aventure
Comme des faons sevrés qui cherchent la pâture,
Il les vit, tout à coup, voler vers le coteau
Qui fermait au couchant l'horizon du plateau
Et dont il évitait d'aborder la barrière.
Ils couraient acharnés sur un coq de bruyère
Qui, d'une aile blessé, voletait aux abois
Et de leur vieil ami n'entendaient plus la voix.
Lui-même il veut courir, mais sous le poids de l'âge,
Il ne sent plus ses pieds répondre à son courage
Et ne les peut rejoindre, éperdu, haletant,
Qu'au sommet où tous quatre atteignaient à l'instant,
Alors que, triomphants et maîtres de leur proie,
La surprise en stupeur avait changé la joie.

Devant eux, tout à coup et brusquement brisé,
Tombait à deux cents pieds le versant opposé :
Puis au fond et couvert d'herbes et de broussailles,
Un cahos de fossés, de remparts, de murailles ;
Des tours au front rasé, des pignons déchirés,
Des pans de murs croulant sur des toits effondrés,
Des souterrains béants où l'œil, perçant les ombres,
Semble, d'en haut, plonger dans des cavernes sombres,
Et seul, sur ce grand deuil debout comme un vieux roi,
Le lugubre donjon et son morne beffroi.
Quelques chênes, débris d'antiques avenues,
De loin en loin montraient leurs têtes presque nues,

Et le cri des corbeaux qui nichaient dans leurs trous
En plein jour s'y mêlait à la voix des hibous.
On eût dit les enfants foudroyés à leur place,
Quand le vieux gouverneur qui poursuivait leur trace,
Sur le sol échauffé des derniers feux du soir,
S'affaissa devant eux en cherchant à s'asseoir.
Et pressé par Edgar : « O cette affreuse histoire,
« Puisse-t-elle à jamais périr dans ma mémoire,
« Et le nom de Valbrun des récits du passé
« Comme d'un sol maudit lui-même être effacé !
« Faible, hélas ! je n'ai plus de fils pour vous défendre !
« Vous préserve le ciel d'en jamais plus entendre,
« Et veuille Dieu, mon fils, sur ces affreux débris
« Ne reporter jamais vos yeux ni vos esprits ! »

Il dit : près du vieillard, pour chasser sa tristesse,
Les enfants à l'envi redoublent de tendresse ;
Mais eux-mêmes du bord, en détournant les yeux,
S'éloignent avec lui rêveurs et soucieux.
Seul René s'en rapproche, y replonge sa vue,
Sonde la profondeur, calcule l'étendue,
Se redresse intrépide, et serré contre Edgar,
De l'œil dit au grand-père : — Il lui reste un rempart.

Morville était bien loin, cependant : près d'une heure
Les séparait alors de la noble demeure.
Deux à deux, les enfants, se tenant par la main,
S'appliquent à tromper la longueur du chemin,
Et la gaîté de l'âge et l'orgueil de la proie

2

Dans les propos bientôt faisant rentrer la joie,
Valbrun et ses terreurs s'effacent par degrés.
Toutefois, quand la haie ou des arbres serrés
De la nuit qui descend font l'ombre plus profonde,
Marie en frémissant tourne sa tête blonde,
Comme pour s'assurer que ne retentit pas,
Derrière eux, d'autre bruit que le bruit de leurs pas.
Et rentrés, quand Edgar, en montrant sa capture,
Raconta tout ému cette étrange aventure,
Monvert pâlit d'abord et se tut : cependant
Sur lui-même aussitôt il reprit l'ascendant,
Et dans les cœurs, au son de sa voix bien-aimée,
Redescendit pour tous la paix accoutumée.

1836.

LES ÉMIGRÉS

CHANT TROISIÈME.

PREMIÈRE COMMUNION.

Sinite parvulos venire ad me.
(S. Marc. x, 14. — S. Luc. XVIII, 16.)

Le jour s'est éveillé plus pur que de coutume :
L'aurore, balayant comme un flocon d'écume
Le nuage attardé qui glisse à l'horizon,
Rougit les bords traînants de sa blanche toison,
Et comme le salut de chaque créature,
Monte un concert qui part de toute la nature.
C'est la saison des fleurs et des nids des oiseaux,
Du gazon sur les prés, de l'ombre sur les eaux,
Du chant des rossignols, la nuit, sous les croisées,
Des limpides soleils sur les blondes rosées,
Et ce jour est la fête où, convives pieux,
Trois cents enfants vont être admis au Pain des cieux.
Depuis les jours de deuil où jusqu'au sanctuaire

L'orgie avait porté la torche populaire,
On n'avait point encore autour des saints autels
Vu se renouveler d'apprêts si solennels ;
Mais l'ardeur du vieux prêtre au milieu des villages
A rallumé partout la foi des anciens âges,
Et pour le saint banquet préparés par ses mains,
Les jeunes invités couvrent tous les chemins.
Il en vient par essaims des paroisses voisines :
On dirait, à les voir descendre des collines,
Entre les lilas bleus et les fleurs d'amandier,
Un rosaire vivant, aux tournants du sentier
Laissant couler ses grains, les perles des familles,
Les doux jeunes garçons, les blanches jeunes filles,
Tous graves, recueillis, beaux comme ce saint jour :
La beauté sur les fronts, c'est la paix dans l'amour.

Le temple heureux qui s'ouvre à ces flots de jeunesse
N'a plus rien des splendeurs de ses jours de richesse ;
Mais riche encor de grâce et de simplicité,
Beau surtout du vernis de son antiquité,
Du front demi-penché de sa lente colline,
Il se présente en face au vallon qu'il domine
Et fait briller de loin, éclatant de blancheur,
Son parvis, marchepied des portes du Seigneur.
Ah ! vivrais-je mille ans et plus, de ma pensée
Que jamais, ô mon Dieu ! je ne trouve effacée
Cette image du temple où, docile à tes lois,
Je te reçus aussi pour la première fois !

Lorsque j'aurai vieilli, qu'il me souvienne encore
Des gothiques vitraux où le jour se colore,
Des voûtes dont l'écho répondait à ma voix,
Si pure qu'elle était et si fraîche autrefois ;
De l'autel où ma main d'enfant, dans le calice
Versait le vin mystique et l'eau du sacrifice,
Et surtout du bonheur qui m'y remplit, ce jour
Où j'aurais pu mourir, si l'on mourait d'amour !

La foule, s'entassant sous les noyers antiques,
Inonde du parvis ces champêtres portiques :
Dans l'élan d'aujourd'hui chacun a retrouvé
Le bonheur par lui-même autrefois éprouvé,
Et s'est senti renaître à la pure allégresse
Des jours les plus heureux de sa propre jeunesse.
Dans une même attente unis et suspendus,
Tous les cœurs sont serrés, tous les yeux sont tendus,
Et des cloches au ciel les joyeuses volées
Semblent, se modulant en voix articulées,
Emporter jusqu'à Dieu l'âme dont la ferveur
Prête un langage à tout pour chanter son bonheur.

Mais le pasteur s'avance enfin : deux jeunes prêtres
Assistent au milieu des familles champêtres
Le vieillard qui retrouve, après plus de quinze ans,
La ferveur des saints jours au cœur de ses enfants.
Depuis qu'il dut loin d'eux, sur la terre étrangère,
Fugitif et proscrit, porter son deuil de père,
Pour la première fois il a pu convier

Au festin des autels son troupeau tout entier,
Et c'est dans un transport d'ineffable allégresse
Qu'ouvrant la marche aux rangs qui vont fendre la presse,
D'une voix généreuse et qui domine encor,
Il entonne en partant le VENI CREATOR.
Devant lui la bannière aux fraîches banderoles
Porte au milieu des fleurs, avec ses doux symboles,
L'image de la Vierge accueillant des enfants.
Mollement balancée à l'haleine des vents,
Elle laisse tomber, comme au sein des naufrages,
De longs rubans, tendus en forme de cordages,
Où des pêcheurs luttant sur la mer des Humains
Viennent se rattacher les suppliantes mains ;
Et sur ses pas enfin, ouvrant sa longue chaîne
Par Edgar et René, par Marie et Germaine,
Chaque rang de sa strophe attendant le retour,
Elève ses cent voix et répond à son tour.

Souffle du Créateur, viens nous rendre la vie !
    Amour, sagesse et vérité,
Rayon par qui la grâce éclaire et fortifie
    L'erreur et la fragilité ;
    Toi qu'en vain jamais on n'implore,
    Toi dont le flambeau toujours luit,
    Descends des cieux, céleste aurore,
    Sur nos fronts plongés dans la nuit !
    — Heureux enfants ! avec les anges
    Invoquons l'Esprit du Seigneur !

Qu'il soit chanté dans nos louanges!
Qu'il soit béni dans notre cœur !

Les enfants du Seigneur, pour chanter ses louanges
    Rassemblés au pied des autels,
Voudraient être emportés sur les ailes des anges
    Jusqu'à ses parvis éternels ;
    Mais que sont les élans mystiques
    Et l'ardeur de nos vains soupirs,
    Si tu ne mets dans nos cantiques
    Le feu brûlant des saints désirs ! (Heureux enfants...)

Par les sept dons du ciel que tu fais à la terre,
    Consolateur! Promis de Dieu!
Eternelle union du Fils avec le Père,
    Doigt du Très-Haut, source de feu,
    Fais brûler nos cœurs de tes flammes!
    Fais luire à nos yeux ta clarté !
    Confirme ta foi dans nos âmes,
    Sur nos lèvres ta charité !   (Heureux enfants...)

Fais rentrer l'ennemi dans ses voiles funèbres,
    Loin du séjour de notre paix !
Sois l'astre du salut au milieu des ténèbres
    Qu'il choisit pour lancer ses traits !
    Et si le perfide en silence
    Veille comme un voleur caché,
    Garde et conduis notre innocence
    Loin des embûches du péché! (Heureux enfants...)

Le moment est venu, Seigneur, de fondre en larmes
    De honte et de contrition,
Mais l'amertume est douce et les pleurs ont des charmes
    Quand ils sont le prix du pardon.
      L'amour pour nous t'a fait descendre,
      Moi je suis à toi sans retour,
      O Jésus ! et ne puis répandre
      Sur toi que des larmes d'amour. (Heureux enfants...)

. . . .

Le cantique a cessé : le vin pur du calice
S'est changé sur l'autel au sang du sacrifice,
Et la voix du pasteur montant pour le troupeau
A transformé les pains en la chair de l'Agneau.
Se recueillant alors dans le Dieu qu'il implore,
Son cœur sur ses enfants veut s'épancher encore,
Et se tournant vers eux : « Voici l'heureux moment,
« Dit-il, où Dieu sur vous ouvre son firmament,
« Où Jésus, descendu pour ce banquet suprême,
« Attend ici, tout prêt à se livrer lui-même,
« Et ce n'est point en vain qu'auprès d'un si grand Roi,
« Chers enfants, votre amour éprouve un saint effroi,
« Si, reportant vos yeux vers les fautes passées,
« Vous voyez à quel prix elles sont effacées.
« C'est pour vous, en effet, enfants déshérités,
« Que, se chargeant du poids de tant d'infirmités,
« Celui que dans le ciel devraient bercer les anges
« Naît seul dans une étable et souffre dans des langes ;
« Pour vous qu'enfant obscur, il se cache et grandit,

« Que son éclat divin tout à coup resplendit ;

« Qu'accomplissant la lettre et l'esprit des oracles,

« Il répand sa doctrine en semant les miracles,

« Et qu'apportant l'amour avec la vérité,

« Par la haine et l'erreur il est persécuté ;

« Pour vous que des bourreaux fatiguant les courages,

« Il est chargé d'affronts, rassasié d'outrages ;

« Que des ingrats à qui lui-même il s'est donné,

« Au milieu des tourments il est abandonné ;

« Que son front déchiré saigne sous les épines ;

« Que la lance et les clous percent ses chairs divines ;

« Que Ministre et victime, il est, pour convertir,

« Et son premier apôtre et son premier martyr,

« Et qu'en ce jour encor, fidèle à sa promesse,

« Lui puissance et grandeur, vous misère et faiblesse,

« Dans ces pains, à la voix d'un ministre mortel,

« Le voici descendu tout nu sur cet autel. »

« Et nous, pauvres enfants ! qu'avons-nous à lui rendre,

« Si ce n'est l'abandon d'un cœur soumis et tendre ?

« Ah ! serez-vous, au moins, envers ce Dieu jaloux

« Généreux comme il est généreux envers vous ?

« Avez-vous tous repris, pour l'en parer lui-même,

« La robe d'innocence et la foi du baptême,

« Et pour prix de son sang, au moins répudié

« Les vices détestés qui l'ont crucifié ?

« C'est l'heure, ô mes enfants ! l'heure de reconnaître

« Si vos cœurs sont un temple orné pour ce bon Maître,

2*

« Ou s'il n'y doit trouver, seul, flétri, dépouillé,

« Que la mort de la croix dans un antre souillé...

« Ah ! vous pleurez ! Ces pleurs sont doux à ses blessures.

« Vous ne lui portez pas l'opprobre et les injures.

« Devant tant de bontés vos cœurs se sont ouverts ;

« Vous aimez, vous souffrez des maux pour vous soufferts ;

« Vous demandez pardon au maître, il vous pardonne ;

« Vous implorez sa grâce entière, il vous la donne ;

« Et plus, dans vos erreurs, vous l'avez offensé,

« Plus pour venir à vous il se montre empressé.

« Venez donc le chercher dans son Eucharistie !

« Temples morts trop longtemps qu'il veut rendre à la vie,

« Ouvrez-vous à son nom sans peur, car aujourd'hui

« L'encens de vos soupirs est monté jusqu'à lui.

« Tout le ciel dans sa gloire assiste à votre fête :

« Si la voûte un instant s'ouvrait sur votre tête,

« Si Dieu chassait la nuit de vos yeux et des miens,

« Nous verrions, entourés de vos anges gardiens,

« Et Marie et Jésus, des hauteurs éternelles,

« Se pencher pour entendre, appuyés sur leurs ailes,

« Vos cantiques d'amour, des échos répétés,

« Et que le chœur des Saints avec vous a chantés.

« O Mère de mon Dieu ! notre mère ! ô Marie !

« Fontaine de douceur, source jamais tarie,

« D'où s'épanchent la Grâce avec la vérité

« Dans la coupe où sans peur boit la simplicité ;

« Sur la moisson d'amour qui languit épuisée,

« O mère de bonté ! versez votre rosée !

« Et si le serviteur qui supplie à genoux

« Dans sa prière indigne est exaucé pour tous,

« Soutenez, confirmez dans leurs nouvelles voies

« Les cœurs qu'il a conduits jusqu'à vos saintes joies,

« Et quand il paraîtra devant l'éternité,

« Que ce bonheur de tous, un jour, lui soit compté ! »

.   .   .   .

Comme un sein généreux gonflé par la prière,

L'assemblée, à ces mots, éclata tout entière ;

Tous pleuraient : le pasteur, de sainte effusion ;

Les enfants, de tendresse et de componction ;

Les mères, de ces pleurs de leurs jeunes familles

Qu'avaient aussi versés leurs yeux de jeunes filles ;

Les pères, du bonheur et de la piété

De ces enfants leur joie et leur postérité ;

Tous, de l'entraînement qui ravit l'âme humaine

Quand d'un grand sentiment la vérité soudaine,

Sur un peuple assemblé tombant en traits vainqueurs,

L'enlève palpitante et surprend tous les cœurs.

C'est alors que des rangs dont il conduit la tête,

Edgar dans sa beauté se détache et s'arrête

Aux marches de l'autel où, tombant à genoux,

Il vient, sûr de sa foi, la confesser pour tous.

Plus belle encore, au nom des vierges qu'elle guide,

Marie aussi s'approche, hésitante et timide,

Et levant vers l'autel ses yeux pleins de douceur,

Semble être auprès d'un ange un autre ange sa sœur.
Et tous deux, tour à tour, comme deux harpes saintes,
Echangent des accents d'allégresse et de plaintes,
Attendant pour reprendre un accord suspendu
Qu'au son qui vibre encore un autre ait répondu,
Tous deux, se relevant sans jamais se confondre,
Semblent, parlant à Dieu, se suivre, se répondre
Dans un rhythme si pur et si mélodieux,
Qu'on dirait que la terre a pris la voix des cieux.

EDGAR.

« Mon Dieu, je crois ! du fond de mon humble poussière,
« Ombre d'un jour, je crois à ton éternité.
« Puissance, intelligence, amour, triple unité,
« Sous les trois noms divins que l'Église révère,
« Je t'adore et te crois dans l'auguste mystère
      « Où se cache ta majesté. »

MARIE.

« Mon Dieu, j'espère en vous ! Dans l'exil de la vie,
« Au milieu des déserts et des sentiers perdus,
« De loin vous m'avez fait entrevoir la patrie,
« Et vous y conduirez l'aveugle qui vous crie
      « Et dont les bras vers vous sont étendus. »

EDGAR.

« Mais que me servira d'avoir cru ta parole,
« Si je n'ai rien, Seigneur ! à te rendre en retour ;
« Si ma lèvre répète un stérile symbole

« Sans que mon être à toi se consacre à son tour ?

« Si, quand j'approcherai de ta cène sacrée,

« Tu ne mets, ô mon Dieu, ta vertu dans mon cœur ;

« Si mon âme ne t'offre, enfin désaltérée,

  « Autant d'amour que de bonheur ? »

MARIE.

« Comme le faon languit, haletant dans la plaine

« Loin des flots dont la source est au fond des déserts,

« J'aspire, ô mon Sauveur, à la sainte fontaine

« D'où votre sang divin coule pour l'univers. »

EDGAR.

« De mon sort, ô mon Dieu, que j'ai pitié moi-même !

« Dès le sein de ma mère atteint par le péché,

« J'en restais, sans ta Grâce, à jamais entaché,

« Et quand tu m'as lavé d'innocence au baptême,

« J'ai laissé de mon front tomber le diadème

  « Par ta main divine attaché ! »

MARIE.

« Qui pourrait, ô Jésus ! expier par lui-même

« La grandeur de l'offense et payer sa rançon ?

« Quel sein, fût-il trois fois plein de contrition,

« En contiendrait assez pour lever l'anathème

  « Et racheter votre pardon ? »

TOUS DEUX.

« Mais c'est Jésus lui-même, innocente victime,

« Qui s'immole et qui s'offre, à la croix attaché,

« Et c'est son propre sang qui vient combler l'abîme,
  « L'abîme ouvert par le péché ! »

LE PRÊTRE.

« Mon Dieu ! vois ces enfants qu'à ton festin rassemble
« Le besoin d'être à toi sans partage et sans fin,
« Venus de tous côtés pour te prier ensemble,
« Ineffable pasteur, de repaître leur faim !
« Qui t'attendent brûlants et l'âme frémissante,
« Comme l'oiseau sa mère en son nid affamé,
« Quand elle approche enfin, longtemps restée absente,
  « Pour le repos accoutumé. »

. . . .

Les cœurs et les échos, sous la voûte sonore,
Quand toute voix se tut, semblaient entendre encore.
Le calme sur la foule, au moment solennel,
Régnait pour y laisser sa place à l'Eternel,
La vie encor planait sur le profond silence
Et du Dieu descendu tous sentaient la présence.
Déjà, selon son rang, prenait place au festin
Chaque enfant tour à tour admis au mets divin,
Tandis que de ses sons une simple musique
Soutenait doucement l'air d'un pieux cantique,
Et qu'une voix intime en chacun répétait
L'hymne d'amour que Dieu dans les cœurs se chantait.
J'ai, convive moi-même avant d'être poëte,
Fêté la même fête ; et si, digne interprète,
Il savait reproduire avec fidélité

Les chants de ma jeunesse avec leur piété,
Mon vers, suivant vers Dieu ces chants du sanctuaire,
Elèverait les cœurs au-dessus de la terre,
Et je verrais couler de tous les yeux chrétiens
Ces pleurs que je répands lorsque je me souviens,
Je me souviens du jour où, dans la même enceinte,
A vos genoux, ma joie, ô mon Dieu ! fut si sainte,
Que j'aurais pu mourir dans ma félicité.
Bonheur des saints ! celui qui ne t'a pas goûté,
Malheureux sur la terre est son sort ! et peut-être
Plus malheureux encor moi, qui pus vous connaître,
Moi qui sais de quel prix, Seigneur, est votre amour,
Et qui ne brûle pas à vos pieds nuit et jour !

Enfin du bon vieillard la main bénit la foule
Qui dans un saint respect se relève et s'écoule.
Seuls les enfants restaient dans ce calme profond
Où l'âme écoute et parle à Dieu qui lui répond.
Les appelant du geste et marchant à leur tête,
Il sort le plus heureux de cette heureuse fête,
Et chacun vers sa mère allant du premier pas
Court, le cœur pardonné, se jeter dans ses bras.
Tels, au tomber du jour, lorsque dans les villages
Les brebis en bêlant rentrent des pâturages,
Les agneaux du bercail, confusément mêlés,
Volent chacun aux voix qui les ont appelés.

Pour le troupeau béni ce pasteur d'un autre âge
Avait fait dans sa cour préparer, sous l'ombrage

Dont les hauts noisetiers couvraient le frais gazon,
Un déjeuner frugal à sa propre maison,
Et bientôt tous ensemble, aux côtés du saint prêtre,
Ont retrouvé leurs rangs à la table champêtre.
A la place d'honneur pour Marthe et pour Monvert
Il avait fait servir un modeste couvert :
Heureux de réjouir cette sainte famille,
Il s'entretint longtemps d'Edgar et de leur fille ;
De leur simplicité, comme de leurs talents,
Et de leur piété loua les quatre enfants,
Riches de l'innocence encor presque-enfantine
De cœurs où le péché n'avait point de racine.
Edgar, qu'eût fait rougir un discours trop flatteur,
En songeant à Marie applaudissait du cœur,
Et celle-ci, le front penché près de sa mère,
S'abstenait, l'acceptant tout entier pour son frère.

Quand la phalange enfin, pour l'office du soir
Autour du saint vieillard de nouveau vint s'asseoir,
A leur tête et marchant au son d'un saint cantique,
En pompe il les conduit au baptistère antique
Où des serments pour lui jurés par d'autres voix
Chacun d'eux librement vient s'imposer les lois.
Edgar s'avance alors, et dans sa modestie,
A deux genoux, les yeux sur la Vierge Marie
Dont l'image, élevée au-dessus des autels,
Semble prêter l'oreille aux serments solennels,
Et de son noble enfant suivre la voix qui tremble

En lui portant les vœux de trois cents cœurs ensemble,
Par sa grâce et ses noms les plus mystérieux
Il adjure et bénit la patronne des cieux,
La voile du pêcheur, l'aurore matinale,
La couronne des fronts, l'étoile filiale,
La rose du sentier, la source du chemin
Et le bâton d'exil du pauvre pèlerin....
Quand, s'animant au feu de sa propre parole
Et la laissant courir de symbole en symbole,
Il étendit les bras vers la Mère de Dieu,
Comme s'il s'élançait pour lui porter son vœu ;
Sa voix dans l'air vibra d'un accent si sublime
Que chacun l'imita d'un accord unanime,
Et Marie, en levant sur lui son front pieux,
Le vit soudain si beau, qu'elle baissa les yeux.

Mais le soleil descend plus rapide, et le père
A béni les enfants du haut du sanctuaire.
Une dernière fois il se tourne vers eux,
Mêle à de saints conseils de plus tendres adieux
Et sur les fronts émus de la sœur et du frère
Dépose, pour le rendre à la famille entière,
Le baiser symbolique, image de la paix
Qui dans le sein de Dieu les unit désormais.
En retour, les enfants offrent à sa vieillesse
Des vœux où le respect s'allie à la tendresse,
Et tous, vers les hameaux reprenant leur chemin,
Pleins d'un même bonheur, se dispersent enfin.

Le même char, traîné par un couple docile,
A travers la campagne emportait à Morville,
Dans sa large nacelle assise à découvert,
La famille embaumée au souffle du grand air.
Le soir était si calme et si beau! La nature
S'endormait dans son Dieu, comme eux paisible et pure.
Le soleil, se couchant sous les bois des coteaux,
Avait éteint sa flamme et les voix des oiseaux,
Et seul du rossignol le chant mélancolique
Qui pour l'aube, au réveil, éclatait en cantique.
Au jour qui s'endormait, grave et mélodieux,
Soupirait maintenant son doux hymne d'adieux.
Comme un enfant bercé, sur sa mère adoptive
Edgar muet penchait sa tête encore pensive;
Sur le père adoré qu'entoure un de ses bras
Sa sœur laissait tomber son front distrait et las,
Et de la paix du ciel ces deux âmes remplies
Dans leur recueillement semblaient ensevelies.
Se tournant vers sa sœur pour l'attirer à lui,
En ce moment Edgar quitta son doux appui;
Mais d'elle il rayonnait une beauté si sainte,
Qu'il hésitait, sentant trembler sa main contrainte,
Quand l'angélique enfant, sans voir son embarras,
Se pencha d'elle-même et s'offrit à son bras.
De sa ceinture alors détachant l'immortelle
Qu'il avait, le matin, cueillie exprès pour elle :
« Laisse-moi la garder, dit-il, en souvenir
« De ce jour sans pareil qui n'eût pas dû finir. »

Et conduisant sa main — « En retour, prends toi-même
« La fleur qui m'a paré, pour que ce doux emblème
« Que ce matin toi-même as placé sur mon cœur,
« Te reste en gage aussi de mon plus grand bonheur. »

Les parents assistaient sans craindre à ces échanges
D'une simplicité digne du cœur des anges,
Et ne prévoyaient pas quel nom prendrait un jour
Cette amitié que Dieu déjà change en amour.
Le ciel a ses secrets.... Mais après la prière
Le sommeil ne vint pas visiter leur paupière,
Malgré tant de fatigue, aussi prompt qu'autrefois.
Dans leurs fronts ébranlés tout vibrait à la fois,
Ils assistaient encore en esprit à la fête,
Le cantique chantait sans finir dans leur tête,
Et surtout ils sentaient, en confondant leurs vœux,
Qu'ils priaient l'un pour l'autre et qu'ils étaient heureux.

                                    1836.

LES ÉMIGRÉS

CHANT QUATRIÈME.

LE CIEL.

I.

L'homme est un Dieu tombé qui se souvient des cieux.
(LAMARTINE.)

Tandis qu'au ciel montaient, loin des bruits de la terre,
Les chants d'amour partis d'un temple solitaire,
Du Dieu qu'allaient chercher l'encens et les concerts
Sur ce bonheur obscur les yeux étaient ouverts.
Car tel existe, au sein de ses clartés profondes,
Ce Dieu qui fait éclore et qui régit les mondes :
Il n'est pas dans l'espace ou dans l'éternité
D'atome ou de moment qui ne lui soit compté
Et qui puisse, éludant l'œil de sa providence,
Se soustraire à sa règle ou tromper sa balance.
En vain donc le sophisme impie ou délirant
A fait du Créateur un maître indifférent,

Qui livre au vain hasard d'erreurs capricieuses
Le monde auquel il fit des routes spacieuses,
Et sans prendre souci de tant d'objets divers,
Laisse aller la nature et tourner l'univers;
Depuis l'insecte impur quï vit dans la poussière
Jusqu'à l'astre du jour reflet de sa lumière,
Sur sa loi, qui n'est point un aveugle destin,
Chaque être devant lui poursuit un but certain,
Et vers l'état meilleur gravit l'échelle immense
Où tout vient aboutir, comme tout y commence.

Mais sur l'homme, entre tous créé pour ses bienfaits,
L'œil du maître surtout ne se ferme jamais.
Quoique sur lui souvent sa main s'appesantisse,
Plus souvent, la bonté fait fléchir la justice,
Et de puissants États, dans l'erreur obstinés,
Au moment de périr ont été pardonnés,
Pour prix du sacrifice obscur et du mérite
Des martyrs ignorés que sa droite y visite.
Ainsi la France a vu proscrits, humiliés,
Ses justes méconnus succomber par milliers,
Expiant de leur sang, justice reculée,
Des fautes du passé la somme accumulée;
Mais tout est racheté si vient encor s'offrir
Une victime libre et digne de souffrir,
Pour sceller de son prix accepté l'alliance
Entre l'ère qui meurt et l'ère qui commence.
Quelque humble qu'elle soit, d'ailleurs, le sang des rois

A rendu témoignage assez et trop de fois,
Et s'il faut que l'arrêt jusqu'au bout s'accomplisse,
Celui qui doit suffire au dernier sacrifice
C'est Edgar, l'enfant pur qui par sa piété
Vient de toucher Dieu même en son éternité.
Mais les anges gardiens d'Edgar et de Marie
Ont compris que sur eux le ciel s'émeut et prie.
Liés dans ces enfants d'une étroite amitié,
Joie ou soucis, leur tâche est toujours de moitié.
Un coup d'œil leur a dit que l'arbitre suprême,
Déjà presque fléchi, peut lever l'anathème,
Et sûrs d'être assistés par tous les saints des cieux,
Jusqu'à son trône auguste ils vont monter tous deux.

Sitôt que le sommeil pesant sur la paupière
Aux sens a fermé l'âme et l'œil à la lumière,
Entre l'âme et le corps, dans l'être suspendus,
Tous rapports sont cessés, tous ressorts détendus.
Libre de la prison qu'elle traîne après elle,
L'âme, dès lors, échappe à sa prison mortelle,
Et, suivant sa nature, elle peut sans effort
Jusqu'aux sphères d'en haut prendre un sublime essor.
Mais c'est dans le sommeil aussi que des mensonges
L'ange pour la troubler lui montre les vains songes,
Si ne vient se placer l'ange de vérité
Entre l'œil sans défense et sa perversité.
De peur d'abandonner trop près du précipice
Nos enfants que peut-être eût tentés sa malice,

Jusqu'au palais de Dieu, dans leur sein généreux
Iel et Nephtala les portent avec eux.

Du monde où Jéhovah s'est peint dans son ouvrage
Comment pourront mes vers retracer une image?
Si, libre du bandeau qui lui couvre les yeux,
L'âme ainsi quelquefois pénètre jusqu'aux cieux,
Sitôt qu'elle est rendue à ses grossiers organes,
Le souvenir échappe à des sens trop profanes,
Et Dieu ne permet pas que la voix des mortels
Apprenne à le nommer de ses noms éternels.
Muse humble, qui t'assieds au foyer domestique,
Toi qui n'eus point de nom sur le Parnasse antique,
Lorsque tu gémissais sous la brutalité
De l'esclavage impie et de la volupté,
Mais que Jésus tira de ses limbes mortelles
Pour t'ouvrir l'empyrée en te rendant tes ailes,
Fille du ciel qui vois jusqu'en ses profondeurs,
Viens de plus près nous faire admirer ses splendeurs
Et conduis notre audace à travers les merveilles
Pour qui Dieu n'a pas fait nos yeux et nos oreilles!

Au centre universel de la création
L'architecte a construit la mystique Sion,
Et si large est le plan, si vaste est la surface
Qui porte ce vaisseau suspendu dans l'espace,
Qu'accouplés et conduits comme un divin compas,
Deux rayons du soleil ne retraceraient pas
Les fondements creusés sous son pied circulaire,

Et la langue n'a pas dans son vocabulaire
De nombre qui, sondant toute sa profondeur,
Puisse au sens des mortels figurer sa grandeur,
Neuf cercles décroissants de subtile matière,
L'un sur l'autre élevés, forment l'enceinte entière
Où, par l'ordre moral et par la liberté,
L'être créé remonte à la grande unité.
Chaque étage en soi-même est un des neuf domaines
Que peuplent les esprits et les races humaines,
Et qui, sous leur ciel propre et leurs astres divers,
Séparés quoique unis, sont autant d'univers.
Autour de chaque enceinte, énormes colonnades,
S'élèvent des remparts d'ogives et d'arcades :
Enroulés dans les airs en larges anneaux d'or,
Ils s'émaillent des feux entrevus au Thabor,
Et plus haut que les cieux faits pour nos yeux profanes,
Ils portent le grand dais des voûtes diaphanes
Qui sans vapeur des airs, sans trouble des saisons,
Se viennent appuyer à leurs grands horizons,
Tandis que, retraçant sur ces larges ceintures
De la création les vivantes peintures,
Mille astres variés, dans l'intervalle épars,
En nœuds entrelacés tournent de toutes parts.

Souvent, pour exciter les transports populaires,
Les rois, improvisant des travaux séculaires,
Quand la nuit sur la terre a tendu ses bandeaux,
Font naître des cités et surgir des châteaux.

2··

Le regard, ébloui soudain, dans la nuit sombre
Voit les palais éclore à des clartés sans nombre :
Des méandres de feu, dans leurs souples détours,
De l'œuvre fantastique embrassent les contours ;
Sous leurs mille couleurs s'allongent les ogives,
S'élancent les piliers et les arches massives,
Se dressent les donjons coiffés de leurs créneaux
Et les tours secouant des gerbes de fanaux.
Puis, des fleuves de lave et des flots d'étincelles
Jaillissent tout à coup de rapides parcelles
Qui perçant, comme un trait, la profondeur des nuits,
Laissent un long sillon de leurs feux reproduits,
Et bientôt, éclatant et déchirant les voiles,
S'épandent dans les airs en pléiades d'étoiles.
Par un magique attrait les regards fascinés
S'enfoncent dans les cieux soudain illuminés,
Et l'homme, s'admirant dans le fruit de ses veilles,
Semble de Dieu lui-même égaler les merveilles ;
Mais autant l'univers, dans son immensité,
Surpasse l'orbe étroit de ce monde habité ;
Autant du Créateur la sagesse infinie
Écrase le savoir du plus vaste génie,
Malgré nos vains orgueils, autant ces jeux d'enfant
Près du palais des cieux sont poussière et néant.

Pour les élus admis à ces divins spectacles
La distance et le temps ne sont point des obstacles.
Dans un monde où Dieu même est l'ordre et la clarté,

Tout vit, parle et répond, tout est l'éternité.
Au rayon du regard, non plus qu'à la parole
N'est besoin ni du temps, ni du son qui s'envole,
Et les esprits subtils, s'ils conversent entre eux,
N'ont qu'à penser pour dire, à voir pour être heureux.
Et le premier, Edgar s'adressant à son guide :
« Céleste messager, ma force et mon égide,
« Lui dit-il, apprends-moi par quels hardis chemins
« Tu m'emportes si loin du séjour des humains.
« D'où partent ces clartés du jour dont tu m'inondes ?
« Quel est cet univers, si beau parmi les mondes,
« Et ces hauteurs de l'être où l'esprit se confoud
« Sans que les yeux encor pénètrent jusqu'au fond ? »

Iel répond : « Trompés par vos sens infidèles
« Et surpris de monter sans peser sur vos ailes,
« Vous suivez, chers enfants, la loi d'attraction
« Qui lie et conduit tout dans la création.
« Quoique esclave du corps, l'âme dégénérée
« Vers son premier principe est toujours attirée :
« Dès qu'elle a pu quitter son pesant appareil,
« C'est un rayon divin qui remonte au soleil,
« Et votre ascension ne doit pas vous surprendre
« Plus que de voir tomber la pierre ou l'eau descendre,
« Puisque jamais le ciel n'a vu ni ne peut voir
« Une âme libre en bas s'endormir ou s'asseoir.

« Ce monde où tout en Dieu s'engendre et s'organise,
« C'est la cité des cieux, son trône et son Église,

« Qui dans ses flancs renferme avec l'Éternité

« Tous les grands attributs de la Divinité.

« Centre de l'infini, source et forme de l'être,

« Tout ce qui fut créé, tout ce qui pourra l'être,

« Dans ce type céleste a sa forme et ses lois,

« Et le grand monument, moteur et contrepoids,

« Sans autre impulsion que sa vertu suprême,

« Met l'Empyrée en marche en tournant sur lui-même,

« Menant à sa cadence et sur son mouvement

« La danse des soleils aux chœurs du firmament.

« Ces milliers de flambeaux que votre aveugle race

« Croit semés au hasard et confus dans l'espace,

« Par d'invisibles nœuds au grand axe enchaînés,

« Sont avec le ciel même à sa suite entraînés.

« Tous lui sont rattachés : les uns, ceignant le faîte,

« Sont le cercle de feu qui couronne sa tête ;

« Ou déroulant leur courbe en immenses festons,

« Dessinent de ses toits les bords et les frontons ;

« D'autres, superposés en colonnes antiques,

« Figurent dans les airs ses vastes basiliques,

« Les arcs-boutants des nefs ou les flèches des tours,

« Ou la voûte embrassant des cieux dans ses contours,

« Tandis que les échos des coupoles profondes

« Répondent aux accords qu'exécutent les mondes,

« Roulant devant celui qui leur donna l'essor

« Leurs moyeux de saphir qu'emboîte un essieu d'or.

« Enfin, se prolongeant en lignes continues,

« D'autres tracent au loin de larges avenues

« Par où sur tous les points de la création
« Descend du Saint des Saints la bénédiction,
« Et par où lui revient le concert des louanges
« Que de tous à la fois lui rapportent les anges. » —

— « Dieu ! criaient les enfants, le roi de l'univers,
« L'homme est donc seul exclu de ces divins concerts !... »
Iel, d'une voix triste, à son tour : — « Mes doux frères,
« L'homme n'était pas fait pour ces destins contraires :
« Du concert qu'avec tous il chantait autrefois
« Lui-même, aveugle, hélas ! a retiré sa voix.
« Mais quoiqu'il soit exclu de la grande harmonie,
« Il s'en souvient toujours. Ce qu'il nomme génie,
« Du timbre d'autrefois, que la chute a brisé,
« Dans sa langue qui ment n'est qu'un son déguisé.
« Si dans sa coupe encore il cherche l'ambroisie.
« S'il rêve d'idéal, d'arts et de poésie,
« S'il sait donner un sens qui crée à son pinceau
« Et prêter la pensée et la vie au ciseau ,
« C'est qu'en lui vit encore un reflet des modèles
« Qu'il contempla jadis aux clartés éternelles,
« Et qui lui sont restés comme un songe lointain,
« De peur qu'il n'oubliât son principe et sa fin.
« Aussi, bien vainement vos plus illustres sages
« Cherchent les lois du BEAU dans leurs propres ouvrages :
« De tout beau, de tout bien la source est dans les cieux,
« Et l'homme en eût perdu le sens mystérieux
« Si dans Eden, pour lui, Dieu, dès son origine,

2...

« N'eût montré les objets sous leur forme divine,
« Ou ne l'eût quelquefois, comme vous aujourd'hui,
« Dans un songe rapide attiré jusqu'à lui. »

— « Gloire à Dieu ! dit Edgar, pour l'ordre et la structure ;
« Mais quel sens est caché sous cette architecture,
« Et pourquoi, dans des lieux pleins de l'éternité,
« Des aspects si divers de gloire et de clarté ? »

— « De plus près, fit Iel, vous sauriez tout comprendre,
« Et d'ici, cependant, je veux bien vous l'apprendre,
« Puisque au bonheur des Saints lui-même intéressé,
« Dieu par un zèle ardent ne peut être offensé. »

« Des neuf cercles de gloire est formé l'édifice
« Qui monte à lui par l'ordre et par le sacrifice.
« Le plus grand, dans les airs sans appui suspendu,
« C'est l'Eden primitif, moins son fruit défendu.
« Là, bien nombreux sont ceux qui, se réglant sur elle,
« Pour tout flambeau n'ont eu que la loi naturelle,
« Près des petits enfants, rameaux trop tôt brisés,
« Que la mort a surpris sans être baptisés ;
« Et dans les vallons frais et les verts paysages
« Vous y verrez errer vos justes et vos sages.
« Pour eux Dieu place ici ce qu'ils ont souhaité,
« La science et la paix dans l'immortalité,
« Et maîtres, au milieu des divines merveilles,
« Des vérités qu'en bas en vain cherchaient leurs veilles,
« Platon, les conduisant sous les feuillages d'or,
« Du miel de ses discours vient les charmer encor.

« Couronne des vertus purement naturelles,

« Ce cercle est le moins beau des sphères éternelles ;

« Mais de lui sont sortis, sur lui sont appuyés

« Ceux qui plus près de Dieu se sont sanctifiés. »

« D'abord, c'est ISRAEL avec les Patriarches

« Qui du deuxième Éden couvrent les hautes marches.

« Autour des vieux palmiers réunis pour toujours,

« Conversent gravement les Saints des anciens jours

« Et les milliers d'élus que dans son rêve étrange

« L'apôtre bien-aimé vit désigner par l'ange.

« Du cercle sous leurs pieds des sages habité

« Ils ont la paix divine et la sérénité ;

« Mais ce qui dans leur sphère ajoute à la mesure

« D'une félicité si constante et si pure,

« C'est que, de cœur soumis, d'esprit humilié,

« Ils attendaient le Christ et l'avaient publié ;

« C'est que, sans s'expliquer l'Eglise révélée,

« Ils l'avaient figurée, entrevue, appelée,

« Et que dans sa puissance et dans sa majesté

« Dieu pour eux au Sina s'était manifesté. »

« Toutefois, cette paix qui ne craint rien des heures,

« N'y fait pas oublier vos terrestres demeures,

« Puisque ceux qu'elle enivre ont sur l'humanité

« Jugé des biens promis à l'immortalité.

« Ni les saints d'Israël, ni les sages antiques

« Ne pouvaient soupçonner des biens plus magnifiques

« Et n'ont dû retrouver au delà du trépas

« Une félicité qu'ils ne poursuivaient pas.

« Mais plus les saints du Christ, détachés de la terre,

« Sous la croix ont rangé leur existence entière ;

« Plus, jusqu'à l'infini poussant l'ambition

« Des droits conquis pour eux dans la Rédemption,

« Ils se sont, reniant le monde et ses délices,

« Eux-mêmes rachetés par tous les sacrifices ;

« Plus, les associant à son règne à son tour,

« Jésus près de son trône a placé leur séjour. »

« Puisque jusqu'à ce point tu m'as daigné conduire,

« Doux ami, fit Edgar, achève de m'instruire :

« Je comprends ces degrés jusqu'ici ; mais pourquoi

« Trois rangs des serviteurs de la nouvelle loi ? »

« — Chers frères ! même au ciel, la justice mesure

« Sur l'honneur des combats le prix qu'elle en assure.

« Au jour du jugement, peu d'élus du Seigneur

« De la robe sans tache ont gardé la blancheur,

« Et ceux qui, dans l'épreuve et par la pénitence,

« Ont lavé la souillure à force de constance,

« Sous un égal faisceau d'erreurs et de péchés

« N'étaient pas dans la fange à la terre attachés.

« S'il en est qui, légers pour le pèlerinage,

« N'ont porté d'autre poids que le poids du voyage,

« Courbés sous le fardeau, le bâton à la main,

« D'autres de leurs sueurs détrempaient le chemin,

« Et n'ont pu s'élever sur les routes divines

« Qu'en déchirant leurs pieds à travers les épines.

« Dans la troisième enceinte ont donc été placés

« Ceux que de grands assauts n'avaient pas renversés,

« Et qui, sourds à Satan, pour fuir ses artifices

« N'ont pas eu la vertu d'aussi grands sacrifices ;

« Au quatrième rang, ceux que les passions

« Longtemps ont torturés dans leurs convulsions,

« Les bergers scandaleux et les brebis perdues

« Qu'un retour sans espoir au bercail a rendues ;

« Enfin, par-dessus tous, les martyrs, les docteurs,

« Du sceptre de la croix les grands propagateurs,

« Les veuves aux côtés de la VIERGE MARIE,

« Et les petits enfants, son escorte chérie,

« Lesquels, de Dieu jamais n'ayant blessé les yeux,

« Sont les premiers élus et la fleur des saints lieux. »

« Trois cercles, consacrés aux célestes phalanges,

« Contiennent au-dessus tous les ordres des anges,

« Et le dernier sommet de la cité du jour,

« Verbe est son nom, du Verbe est l'éternel séjour.

« Vous voyez, ombrageant de son haut diadème

« Le ressort qui meut tout et se tend par lui-même,

« Comme une meule d'or, sur son axe puissant

« Tourner dans sa grandeur l'étage incandescent ;

« Vous voyez des contours de ses laves brûlantes

« Jaillir sans fin ces flots d'étincelles vivantes

« Qui, recevant leur loi de ses impulsions,

« Vont accomplir aussi leurs révolutions,

« Et soleils aussitôt, par des routes nouvelles

« Portent dans l'infini les splendeurs éternelles

« Du foyer qui, brûlant sans être consumé,

« Ne s'éteindra pas plus qu'il ne s'est allumé.

« Là, pensée et parole, au sein de la lumière

« S'engendre et sort de Dieu la vérité première

« Qui s'affirme elle-même, en répandant les sons

« Dont l'écho se propage à tous les horizons,

« Et qui de l'univers réglant les lois fécondes,

« Font tressaillir au loin les entrailles des mondes. »

Par tant de majesté les enfants éblouis

Se sentaient à la fois troublés et réjouis :

« Lumière de ma foi, dit Edgar, aide encore

« Nos regards à percer des ombres que j'adore,

« Et dis quels sont ces biens, si grands et si parfaits,

« Qu'on en jouit toujours sans se lasser jamais. »

« — Ces biens, que toute image altère ou défigure,

« Cher frère, ils sont pour vous sans nom dans la nature,

« Et, même des hauteurs où vous allez monter,

« Votre seule raison ne saurait les compter.

« Toutefois, pour les saints, la félicité pure

« Ce n'est point la splendeur de cette architecture,

« Ni ces coteaux penchants, ni ces vallons, couverts

« De prés toujours fleuris et d'arbres toujours verts ;

« Ni ces vieilles forêts, ni ces hautes montagnes,

« Ni ces fleuves roulant à travers les campagnes,

« Bien qu'ici la nature ait pour eux des appas

« Que votre terre ignore et ne comprendrait pas.

« Mais dans cet univers de gloire et de lumière,

« Quoique immense et visible aux yeux, rien n'est matière.

« Construit pour rendre hommage et pour glorifier,

« L'édifice céleste est vivant tout entier,

« Et comme dans vos corps, chez les races humaines,

« Parti du cœur, le sang passe à toutes les veines,

« De Dieu le bonheur même et le sang précieux

« Sont répandus partout dans la cité des cieux. »

« Aussi, ce n'est point l'ordre ou les grands intervalles

« Qui des rangs assignés font les lois inégales :

« Tous ont assez ; mais Dieu mit à chaque univers

« Des attraits différents pour des états divers.

« Fidèle sans contrainte à cette loi suprême,

« L'âme au rang qui lui plaît se fixe d'elle-même.

« Libre de se porter en tout sens, à son gré,

« Du sommet le plus bas jusqu'au plus haut degré,

« Ici même avec Dieu, cette substance pure

« S'attache aux voluptés où tendit sa nature.

« Voluptés pour l'esprit : toutes les vérités

« Y sortent de leur source et sans obscurités;

« Voluptés pour le cœur aussi, pieuses joies

« Dont le Sauveur du monde a parsemé ses voies.

« Dans cet air qu'il remplit, le bonheur est celui

« Du mortel en extase, alors qu'il sent en lui

« Le noble enfantement d'une grande pensée,

« Le parfum d'une vie en bienfaits dépensée,

« La tendresse qui prie ou cède à la pitié,

« Ou les épanchements d'une intime amitié.

« Elle y retrouve encor, sans que rien les altère,

« Les goûts et les saints nœuds contractés sur la terre :

« Le repos des enfants sur le sein paternel,

« Les mystères profonds de l'amour maternel,

« Les pudiques transports d'un amour légitime,

« Et tant d'autres penchants dont l'excès fut un crime,

« Mais qui, durant l'exil sur la loi modérés,

« Ont été par l'épreuve à jamais épurés,

« Puisque vos passions, si Dieu les justifie,

« Sont inscrites par lui sur le livre de vie.

　　« Mais vous êtes encor affaissés sous un poids

« Qui ne vous permet pas de comprendre ces lois,

« Et votre intelligence, à l'étroit resserrée,

« Craint de voir le bonheur s'user par la durée....

« Ici-haut, le bonheur, fait pour durer toujours,

« Quoique toujours ancien, est nouveau tous les jours.

« Le comble de la joie est de voir et de croire

« Que rien n'en peut troubler la durée et la gloire,

« Et loin de supputer sur les temps dans le ciel,

« On n'en connaît qu'un seul : présent, mais éternel. »

Et les enfants, les yeux sur l'éternelle aurore,

Vers la cité des saints montaient, montaient encore.

1837.

LES ÉMIGRÉS

CHANT CINQUIÈME.

LE CIEL.

II.

Ave gratia plena !...

Du bout des univers, une lointaine allée
Joint au centre des cieux la profonde vallée
Où, dans sa nuit épaisse et ses chants oubliés,
Notre terre accomplit ses jours humiliés,
Et la cité des saints reconnaîtrait à peine
L'astre éteint qui n'est plus qu'un cadavre de reine,
Si des cieux où Dieu même a caché sa grandeur
Un point du globe encor n'égalait la splendeur.
Mais, parti du Calvaire où le sanglant baptême
Fut de son propre sang versé par Dieu lui-même,
Va, du pied de la croix jusqu'au cœur de Jésus,
Un sillon de lumière ouvert pour les élus.
Entre ses bords sacrés coule dans le calice

3

Le prix, toujours offert, du divin sacrifice,
Et de purs séraphins, tout le long répandus
Ou sur le Golgotha jusqu'en bas descendus,
Autour du grand autel cherchent la place auguste
Qu'arrosent la sueur ou le sang du grand Juste,
Recueillant perle à perle, avec des coupes d'or,
Chaque goutte échappée au flanc qui saigne encor.
Seul et dernier chemin par où notre poussière
Tienne encore à la vie et touche à la lumière,
C'est la mystique échelle où le songe divin
Sans cesse voit monter et descendre sans fin :
Sans fin vont nos soupirs aux cieux qui les entendent,
Sans fin Dieu nous exauce et ses dons nous descendent.

Les yeux par ce chemin sur leur vol attachés,
Un chœur de bienheureux que leur sort a touchés
Attendaient au sommet nos enfants : Radegonde,
Hilaire, et tous les saints de la terre féconde
Où deux fois triompha l'étendard des chrétiens,
Quand Voglad but le sang du roi des Ariens,
Et, plus tard, quand le ciel, d'une seule défaite
Écrasant tout l'espoir des soldats du Prophète,
De l'avenir du monde et du sort de la croix
Décida par les Francs pour la deuxième fois.
Mais Berthe les précède encor : la noble dame
Au-devant des enfants laisse voler son âme
Et sent, lorsque leur pied touche au seuil éternel,
Tout le ciel tressaillir dans son sein maternel.

Sous leur forme idéale et semblable aux images
Dont les vieux imagiers enluminaient leurs pages,
Lorsqu'en traits si naïfs ils savaient peindre aux yeux
L'âme sortant du corps pour s'envoler aux cieux,
Ils volent à ses bras : absorbés dans l'extase,
De tant d'immensités la grandeur les écrase,
Et leur regard en vain s'étend pour contenir
Cet Océan de Dieu qu'il ne voit pas finir.
Mais lorsque, entrés enfin dans la sainte cohorte,
De la première enceinte ils ont franchi la porte,
Comme si de leurs yeux tombait un verre obscur,
Ils semblent d'un jour sombre entrer dans un jour pur,
Et d'enceinte en enceinte, en montant, la lumière
Se transforme toujours, plus limpide et plus claire.
En même temps, pressés sur le sein dont l'amour
Les emporte au sommet du céleste séjour,
Il leur semble, en passant par ces phases étranges,
Qu'ils changent de nature et deviennent des anges,
Et comme si d'un songe ils sortaient éveillés,
De leur beauté nouvelle ils sont émerveillés.

Comme l'astre du jour annonçant sa carrière
Inonde l'Orient d'une mer de lumière,
Ainsi brille de loin, dans ces champs spacieux,
Plus blanche et plus limpide, une clarté des cieux.
Autour de ce foyer s'adoucit et s'épure,
Si pure qu'elle soit, la céleste nature,
Et règne plus encor dans son intégrité

Le calme et le parfum de la virginité.
Rien n'y trouble les airs : la brise y touche à peine
Le calice des fleurs où s'endort son haleine ;
Le murmure de l'onde y ressemble au soupir
Qui sort du sein du juste et se laisse assoupir ;
Un doux frémissement fait sortir du feuillage
Le chant toujours nouveau de l'éternel hommage,
Et de ces voix qu'un souffle accorde et réunit,
Sort en hymne d'amour un concert qui bénit.

Après un trajet tel que l'agile hirondelle
Y pourrait mettre un siècle à fatiguer son aile,
Mais pour des esprits purs moins lent à parcourir
Qu'un flambeau qu'on éteint n'est de temps à mourir,
Le cortége des saints arrivait à ces plaines
Qui forment les Etats de la Reine des reines,
Et bientôt ils allaient déposer à ses pieds
Les hôtes de l'exil qui leur sont confiés.
Le regard ébloui par ces clartés nouvelles,
Les enfants se voilaient de leurs petites ailes,
Et Berthe, entre ses bras les sentant frissonner,
A son sein de plus près semblait les enchaîner.
Enfin se rassurant dans cette douce étreinte,
Edgar ose pour deux interroger la sainte.
Mais la langue du ciel qui dit tout à la fois,
Comment la reproduire avec l'humaine voix ?
Tous nos mots sont menteurs : leur chaîne embarrassée,
Comme une entrave aux pieds, traîne après la pensée,

Et du Verbe enfanté depuis l'éternité
Le sens dans notre bouche a perdu l'unité.

« Mes enfants, répondait Berthe dans ce langage,
« C'est l'étoile des mers qui luit : son doux visage,
« En plein midi du ciel, répand tout à l'entour
« L'aube dont la blancheur fait ce jour dans le jour. »
Et l'ardeur des enfants n'aspirant qu'à comprendre,
Et la science en eux se plaisant à descendre,
Ils voudraient d'un coup d'œil pouvoir tout découvrir,
Et leurs lèvres sans fin s'ouvrent pour s'enquérir ;
Comme au regard répond le cadran de l'horloge,
Ainsi la voix de Berthe au vœu qui l'interroge :
« Chers enfants ! ce sommet qu'à l'horizon lointain
« Blanchit de ses regards l'ÉTOILE DU MATIN,
« C'est le jardin d'amour et le sol symbolique
« Où croît l'arbre vivant de la ROSE MYSTIQUE.
« Fleurs volantes du ciel, dans les airs répandus
« Ou par leur aile bleue aux rameaux suspendus,
« Les tout petits enfants, changés en petits anges,
« Effleurent son calice en chantant ses louanges,
« Ou sur son doux feuillage appuyant leur essaim,
« S'enivrent des parfums qui sortent de son sein.

« Vous voyez parmi ceux dont la cour l'environne
« Les saints qui plus près d'elle ont porté leur couronne.
« Cette femme si belle assise à ses genoux,
« C'est Ève, elle nous montre et lui parle pour vous.
« Auprès de Rébecca, non loin d'elle, est assise

« L'épouse de Jacob préférée et conquise ;

« Avec le roi-prophète est le saint précurseur,

« Sa mère, que Marie aima comme une sœur,

« Et sainte Anne à genoux qui, toujours en extase,

« A gardé le parfum que le vin laisse au vase,

« Et ne peut détacher, durant l'éternité,

« Ses yeux du fruit d'amour que ses flancs ont porté.

« A sa droite et debout, l'aigle des grands mystères

« En qui Jésus mourant nous adopta pour frères,

« Et, des âges de foi puissante et de candeur,

« A sa gauche, et debout aussi, le grand Docteur.

« Dans les regards de Jean attachés sur la mère

« Brille encor reflété l'amour du divin frère,

« Et sur sa Reine sainte ouvrant des yeux si doux,

« Bernard lui dit toujours : Vierge, souvenez-vous !...

« Voyez ce double siége encore et l'auréole

« Qu'au-dessus réfléchit la mystique corolle...

« Quel est dans ses desseins le front prédestiné

« Que d'avance à ses pieds Marie a couronné?...

« Marie attend ici son chantre et son poëte :

« Toi peut-être, mon fils, et l'épouse discrète

« Qui, de sa charité t'embaumant nuit et jour,

« Aura dans l'innocence épuré ton amour,

« Et par sa candeur sainte assurant ta victoire,

« D'avance est destinée à partager ta gloire. »

Des enfants, à ces mots, le regard plein d'ardeur,

Se plonge l'un dans l'autre avec un saint bonheur,

Et déjà le cortége entrait sous la coupole,
Large plus que des cieux, haute comme le pôle,
Que forment, sur leur reine en cercles étendus,
Les anges dans les airs à milliers suspendus.
Par le sommet ouvert laissant tomber sur elle
Le baiser de l'Esprit qu'ils couvrent de leur aile,
Ils récitent en chœur sur son front glorieux
Le rosaire formé des étoiles des cieux :
L'hommage harmonieux d'astre en astre se passe
Qui salue en chantant : AVE! PLEINE DE GRACE!
Et Marie, abaissant son regard clair et doux,
Reçoit les deux enfants sur ses sacrés genoux.
A ce contact divin qui soudain les enflamme,
Un monde d'allégresse est créé dans leur âme.
Ivres de ce regard qui ravit les élus,
Assis où fut lui-même assis l'enfant Jésus,
La Vierge, caressant leurs têtes enfantines,
Entre leurs blonds cheveux passait ses mains divines,
Et vers son front brillant des splendeurs de la croix,
Tous les yeux des élus se tournaient à la fois.
« Avant que jusqu'à moi les portât votre zèle,
« Déjà ces chers enfants croissaient sous ma tutelle,
« Dit le rayon d'amour qui brilla dans ses yeux :
« Pour eux, j'irai trouver l'agneau victorieux,
« Pour eux, il ouvrira les trésors où sa grâce
« Égale aux maux toujours, plus souvent les surpasse,
« Et ceux que de son sang lui-même a rachetés,
« De mon sein par sa voix ne sont point rejetés. »

A ces mots, tous les chœurs suspendent leur haleine
Pour entendre au Sauveur parler leur Souveraine.
Ministres de ses vœux, douze petits enfants
L'élèvent sans effort dans les cieux triomphants ;
Une émanation de gloire et de lumière
De son manteau d'azur reste dans la carrière,
Et la voûte, s'ouvrant à ses vœux maternels,
Découvre aux yeux le seuil des parvis éternels.

Par delà les splendeurs et les magnificences
Plongent dans l'infini des espaces immenses,
Solitudes de vie et campagnes de feu
Que suffit à remplir l'existence de Dieu.
Un mur de diamant à la face des mondes
Cache du Saint des saints les retraites profondes,
Mais dans tout l'univers leurs échos reproduits
Répondent au néant : JE SUIS CELUI QUI SUIS.
Là s'unit dans l'amour la force à la science ;
Là du Père et du Fils l'unique et triple essence
Compose avec l'Esprit, dans la grande unité,
L'Être père de l'être, un dans sa trinité ;
Là sort des profondeurs du mystère adorable
La liberté par qui l'homme est juste ou coupable,
Et qui pour lui coulant des sources du saint lieu,
En a fait le chef-d'œuvre et l'image de Dieu.

L'âme, en effet, n'est pas, suivant la destinée,
Au but marqué de loin forcément entraînée,

Et même en l'invitant à marcher sous la croix,
Dieu veut que l'homme encor soit maître de son choix.
Le ciel montre aux enfants comment la prescience
N'est dans l'ordre absolu que la simple science.
Dieu sait, perçoit et juge : il voyait, il a vu,
Il voit encore, il voit toujours : rien n'est prévu.
Dieu, c'est le spectateur : sa présence éternelle
Suit, sans gêner l'acteur, la scène universelle ;
Dans l'ordre qui s'engendre il embrasse à la fois
La cause et les effets, les actes et les lois ;
Mais l'ordre dans le temps n'est que l'erreur d'un songe ;
Devant l'éternité, le temps est un mensonge :
La voix de la révolte ou de la déraison,
En vain pour s'avilir fait appel à son nom :
L'homme est libre, il le sait : rien ne saurait détruire
Le flambeau qu'en son cœur Dieu lui-même a fait luire,
Et s'il ferme les yeux, au jour du jugement
Il sera condamné sur son aveuglement.

Prompte comme l'éclair qui brille à la pensée,
Dans l'esprit des enfants la lumière est passée.
L'être dans sa substance est dévoilé pour eux :
Arbre né de lui-même, actif et généreux,
Tirant du sein de Dieu par ses fortes racines
Ses rameaux tout chargés de semences divines,
Et sûr de propager jusqu'à l'éternité
Ses principes de vie, amour et vérité.
Puis en face de lui le terrible adversaire

Qui suit ses lois aussi, mais dans un sens contraire;
En qui naître est mourir, implacable, fatal,
Dont le ciel est l'enfer et la vertu le mal;
Semant sur tous les vents de ses branches diverses
Les semences d'erreur et les haines perverses,
Ardent à propager son règne, habile et fort,
Mais né de la révolte et fécond pour la mort.

Ce qui frappe surtout, c'est la règle uniforme
Par qui sans s'altérer tout change et se transforme.
Le principe transmis reste jusqu'à la fin
Ce qu'il fut dans son germe, infernal ou divin.
En remontant son cours, une famille entière
Ne fait qu'un, à la source, avec son premier père,
Et celui dont le monde est la postérité
A porté dans ses flancs toute l'humanité.
Ainsi s'explique l'homme et sa perte : origine
Digne d'un Roi de l'être et de souche divine,
Mais déchu pour avoir, rebelle à son auteur,
Prétendu s'égaler à l'être créateur.
Le regard des enfants plonge dans ces mystères
Pour eux rendus soudain des lois simples et claires,
Quand s'ouvre devant eux le mur de diamant
Dont l'éclat fait pâlir les feux du firmament,
Et quoique Dieu s'y voile encor sous un nuage,
Dans le sein de Marie ils cachent leur visage.

Les vingt-quatre vieillards que dans sa vision

Jean vit devant sa face en contemplation,
Ceints de couronnes d'or et de robes de gloire
Entourent Jéhovah sur son trône d'ivoire.
Les sept chandeliers d'or qui sont l'esprit de Dieu
Répandent la clarté par des langues de feu,
Et les quatre animaux du mystique symbole
Écrivent le grand livre où reste la parole.
Debout, sept messagers attendent pour partir
Le signal du courroux prêt à s'appesantir :
L'un tient, pleine à tout bord, la coupe de colère,
L'autre veille au timon du chariot de guerre :
Ce char vivant, formé de tonnerre et d'éclairs,
Rompit les bataillons des archanges pervers,
Quand le fils, culbutant leurs phalanges rebelles,
Les jeta tout flambants aux ombres éternelles.
Celui-ci tient la clef de la chaîne de fer
Qui sur eux doit fermer les portes de l'enfer ;
Celui-là, le compas qui dessine et mesure
De la cité des cieux la sainte architecture,
Tandis qu'un plus terrible, attentif et muet,
D'une main flamboyante ouvre au premier feuillet
Le livre des sept sceaux qu'au-dessus de la terre
Le lion de Juda brise comme du verre.

Mais d'un autre tableau bientôt sont réjouis
Les yeux qui devant Dieu se fermaient éblouis,
Et la nue, en s'ouvrant, laisse voir le calvaire
Tel que, dans son amour, tout le ciel le révère.

La scène reproduit dans son intégrité
Le grand drame où Dieu lutte avec l'humanité,
Offrant pour désarmer l'inflexible justice
Le rachat permanent du sanglant sacrifice
Et la rançon, toujours présente à l'Éternel,
Du juste qui se livre au lieu du criminel.

Sous de hauts palmiers d'or où se mêle à l'ombrage
L'hymne d'amour qui sort de l'éternel feuillage,
Le Sauveur attendait, montant dans sa splendeur
La Vierge que précède un rayon de candeur.
Si doux est son abord, qu'il rend la confiance
Aux enfants qu'eût peut-être effrayés sa présence ;
Il semble les attendre autant qu'elle : en voyant
L'étoile du matin poindre vers l'Orient,
Il s'incline de loin, car dans les cieux encore
Il l'appelle sa mère , il l'accueille, il l'honore ,
Et par l'éclat vivant qui rayonne du fils,
Les rayons maternels ne sont point amortis.
Devant Emmanuel, Marie et son cortége
Présentent les enfants que leur vertu protége ,
Et comme elle attendait prosternée à ses pieds :
« Seigneur ! tous les péchés sont par vous expiés;
« Tout-puissant est le Père, et son Verbe console :
« Qu'il me soit fait, Seigneur, selon votre parole ! »
Le Sauveur, relevant sa mère avec bonté,
Lui sourit dans sa grâce et dans sa majesté :
« De mes frères d'en bas mère et médiatrice,

« Dans ses décrets profonds j'ai scruté la justice.

« La justice répond : pour vous et pour mon Fils,

« Du courroux souverain les coups sont adoucis.

« La clémence permet que ces enfants fidèles

« Combattent dans l'épreuve à l'abri sous vos ailes,

« Et qu'appuyant leurs pas durant l'âpre chemin,

« Vous preniez, guide sûr, leur main dans votre main,

« Car la terre et les cieux sont bénis dans Marie,

« Qui rend son cours au flot dont la source est tarie. »

A ces mots du Sauveur. les Cieux et les Vertus

Reprennent à l'envi leurs chants interrompus,

Et Berthe pour l'exil dans le sein de Marie

Fiance ses enfants qu'attendra la patrie.

Quels doux épanchements de sainte effusion

Consacrèrent les nœuds d'une telle union !

Les fiancés quittant le séjour de la gloire

N'en ont point ici-bas rapporté la mémoire ;

Mais, depuis cet instant, il leur sembla toujours

Que Dieu, pour vivre ensemble, avait compté leurs jours.

Par tant d'empressement dans les saintes phalanges

Et tant de sympathie accueillis, les deux anges,

Enivrés des douceurs de ce divin séjour,

Pouvaient perdre un instant dans la céleste cour,

Des devoirs qui fixaient leur séjour sur la terre,

— Trop pardonnable erreur — le souvenir austère ;

Mais tous deux à la fois, se comprenant des yeux,

S'arrachent d'un coup d'aile aux délices des cieux ;
Et tournant leurs regards vers l'infini des mondes,
Ils plongent comme un trait dans ses pentes profondes.

1837.

LES ÉMIGRÉS

CHANT SIXIÈME.

PREMIER AMOUR.

> .....*S'a conoscer la prima radice*
> *Del nostro amor tu hai cotanto affetto ,*
> *Farò.....* (DANTE, *Infern.* V.)

Comme ces feux des nuits qui, sillonnant leurs voiles,
Tombent en s'éteignant du séjour des étoiles,
Ainsi, des saints parvis emportant la clarté,
Les deux anges des cieux fendaient l'immensité.
Mais sitôt que, suivis par ce flot de lumière,
Leur vol eût des humains pu frapper la paupière,
De peur qu'un tel éclat ne consumât des yeux
Trop faibles pour suffire à la clarté des cieux,
Chacun d'eux, secouant la lumière divine,
De ses ailes trois fois frappa sur sa poitrine,
Afin de renvoyer vers les sources du jour
Ce reste des splendeurs de l'éternel séjour,
Et le pasteur crut voir, par-dessus les montagnes,

D'autres soleils éclore aux célestes campagnes,
Quand jaillit dans les champs de la création
La poudre des sentiers de la sainte Sion.

Du jour qui la poursuit discrète avant-courrière,
L'aube sur l'Orient entr'ouvrait sa paupière,
·Quand sur les deux enfants dans Morville endormis
S'arrêta le regard des célestes amis.
Telle, du haut des airs, si la gaie alouette
Laissant, l'aile fermée et tout à coup muette,
Tomber comme un poids mort son vol silencieux,
Sur son nid bien-aimé vient à porter les yeux,
Elle arrête à l'instant cette chute éperdue,
Sur son aile qui bat se maintient suspendue,
Recommence à nouveau, pour fêter son retour,
Les yeux sur son trésor, tout le couplet d'amour,
S'enivre à ces accents de sa propre allégresse,
Et, reprenant sa chute avec plus de vitesse,
N'ouvre qu'en les touchant sur ses tendres petits
Ses ailes qu'elle étend comme deux bras amis;
Telle, un instant, s'arrête et palpite immobile
L'aile des deux Esprits suspendus sur Morville,
Et leur vol replongeant y porte le réveil
Sur le premier rayon dardé par le soleil.

Ce réveil radieux qui sourit à l'aurore
Dans les rêves divins semble nager encore.
Edgar prie avec Berthe encore; il sent la main

Qui l'enlace et le presse en tremblant sur son sein,
Et son âme passant, doucement caressée,
Du repos au réveil sans changer de pensée,
Le pousse à la chapelle où, presque chaque jour,
Il vient, enfant pieux, conduit par son amour.
Marie aussi, sortant de sa couche pudique,
Laisse sur ses pieds nus descendre sa tunique,
Et d'un lin éclatant qui tombe de ses bras
Voile à ses propres yeux ses membres délicats.
Sans art que la beauté, sans fard que la nature,
Elle noue à sa taille une blanche ceinture,
Et lâchant le tissu qui retient ses cheveux,
Livre au souffle de l'air leurs spirales de nœuds.
Elle va d'une marche heureuse et cadencée,
Souple comme la vigne à l'orme balancée,
Et plus fraîche au regard que la fleur d'églantier
Qui se penche et s'entr'ouvre au berceau du sentier.

Edgar avait à peine, à genoux sur la pierre,
De sa félicité fait l'hommage à sa mère,
Qu'au seul bruit de ses pas par l'écho répétés,
Il comprend que sa sœur prend place à ses côtés.
Plein du ciel dont il sort, il sent que de la sainte
L'aile avec lui la couvre encor dans cette enceinte,
Et ravi d'un bonheur qui lui semble nouveau,
Il dépose en priant sur le front du tombeau,
Comme un gage d'amour, le bouton d'immortelle
Que dans leur tendre échange hier il reçut d'elle.

Mais elle a tout compris, et tirant de son sein
Le rameau qu'elle-même a reçu de sa main,
D'un nœud de ses cheveux qu'elle coupe, elle enlace
En un même faisceau les deux fleurs et les place,
Sous le saint patronage, au redoutable lieu,
Quand lui, la contemplant tendrement : « Puisse Dieu
« Te payer, lui dit-il, du bonheur de ton frère
« Pour le culte d'enfant que tu rends à sa mère,
« Doux ange ! et bénir ceux qui, soutenant mes pas,
« Ont pour aimer son fils pris sa place ici-bas !
« Pour eux j'ai prié plus ici que pour moi-même,
« Plus que pour toi, ma sœur, et tu sais si je t'aime;
« Mais dans ton cœur le ciel n'a guère à pardonner,
« Et sans rien recevoir, tu peux beaucoup donner. »
A ces mots, plein de joie et de paix, avec elle
Il se lève et franchit le seuil de la chapelle,
Prend son bras, et dépose, en lui serrant la main,
Sur son front virginal le baiser du matin.

Aux regards des enfants combien s'ouvre azurée
La carrière où la paix partout semble assurée !
Au lointain avenir, comme en un clair miroir,
Tout est joie et clarté pour eux, sans un point noir...
Trop courte illusion : les rapides journées
Tournent sans se lasser le cercle des années,
Et devant eux la vie, avançant de saison,
De ces rêves si purs va troubler l'horizon.
Edgar bientôt l'éprouve : une langueur secrète

Envahit sourdement ses jours qu'elle inquiète.
L'ennui que jusqu'alors il ne connaissait pas,
A toute heure l'assiége et suit partout ses pas.
Ses livres, ses travaux, ses plaisirs de jeunesse,
Tout l'importune, et rien ne l'ôte à sa tristesse.
Dans l'œil qui rayonnait de l'ardeur de savoir,
L'âme semble s'éteindre ou regarder sans voir,
Sans voir, du moins, au fond du douloureux problème,
Que tout, dans ses langueurs, se rapporte à lui-même.
Si, le soir, il s'oublie en suivant de ses tours
Le firmament roulé dans ses vastes contours;
Si, mollement bercé, son oreille attentive
Prête au chantre des nuits une voix si plaintive;
Si dans la solitude où l'instinct le conduit,
Il voudrait toujours être à rêver loin du bruit;
C'est que dans ces hauteurs d'où la pensée embrasse
La terre avec les cieux emportés dans l'espace;
C'est que dans ces accents de mollesse et d'amour,
Sous cette ombre des bois qui l'isole en plein jour,
Et dans ces longs soupirs des nuits dont il s'enivre,
Tout s'harmonise à lui, dans tout il se sent vivre,
Et que, dans le secret de son cœur attristé,
Tout est vague et profond comme l'immensité.

L'attrait dont le pouvoir l'enchaîne, à l'origine
N'était que le parfum d'une grâce enfantine,
Le charme indéfini répandu sur la fleur
Avec le pur rayon qui l'ouvre à sa chaleur.

Alors, le grand bonheur était, à chaque aurore,
De revoir cette fleur plus ravissante encore,
Et d'avoir dans le jour, tout le long du chemin,
Son éclat sous les yeux, son velours sous la main :
Bonheur sûr et sans vide, hélas! si l'âme humaine
N'étendait sa mesure aussitôt qu'elle est pleine,
D'autant plus accessible au prestige des sens,
Que le cœur est plus pur, les vœux plus innocents.
Adieu donc! jeux d'enfance ; adieu, gaîté si vive !
Imprévoyance aimable, ignorance expansive,
Adieu ! L'enfant comblé de vos dons les plus doux
Ne doit plus, désormais, se retourner vers vous.

Cependant, dans ce trouble, étranger à lui-même
Et trop faible pour vaincre une douleur qu'il aime,
Edgar n'a pas compris comment l'affection
Dans son sein par degrés se change en passion.
Esclave d'une enfant, sa dépendance est telle,
Que souvent il bégaie ou tremble à côté d'elle.
Heureux, lui semble-t-il, s'il pouvait quelquefois
L'entraîner comme lui pensive au fond des bois,
Répéter qu'il est triste et que le front lui pèse,
L'attendrir aux tableaux de ce profond malaise,
Et la faire rêver aussi sur ces combats
Qu'elle plaindrait, peut-être, et ne comprendrait pas!
Pour être plus souvent près de la jeune fille,
Il prendrait volontiers la quenouille ou l'aiguille,
Sans la rougeur qu'il sent monter, prête à trahir

Le secret sentiment qui le fait obéir.
Habile à s'exprimer dans la langue choisie
Qu'en ses transports divins parle la poésie,
Souvent encore il veut au Roi de l'univers,
Par un élan d'amour s'élever dans ses vers;
Mais rivé sur la terre à sa chaîne mortelle,
L'air manque à sa pensée et la force à son aile,
Et la voix sur sa lèvre expirée à moitié,
Retombe sur lui-même en soupirs de pitié.

Un soir qu'ils étaient seuls, du haut de la terrasse,
Comme sur un navire emportés dans l'espace,
Ils contemplaient tous deux les superbes tableaux
Du grand ciel encadré dans l'azur des coteaux.
La lune, balançant son orbe solitaire,
Autour d'eux répandait son calme et son mystère,
Et voguant dans les airs, la gothique maison
Semblait prête à monter par-dessus l'horizon.
Hors le gémissement sur les brises confuses
Des eaux qui bruissaient en tombant des écluses,
Nul accent, traversant cet immense repos,
Du vallon endormi n'éveillait les échos.
Edgar, assis non loin du tilleul centenaire,
Paraissait plus distrait encor que d'ordinaire,
Et sa sœur l'écoutait sans détourner les yeux
De son front languissant et pourtant radieux.

« Sœur, disait-il, le cœur débordant d'harmonie,

« Comme nos prés sont frais et nos arbres sont verts !
« Comme la main de Dieu partout s'ouvre bénie !
« Que partout il est grand sous des aspects divers !
« N'entends-tu point aussi, là-bas, la voix lointaine ?
« Un murmure qui prie ? un son rempli d'amour ?
« Un souffle dans le saule, un chant dans la fontaine
      « Qui porte à rêver nuit et jour ?

« Quand je vois, s'allongeant comme une large allée,
« La plaine où notre fleuve a creusé ses détours,
« Et, comme des créneaux régnant sur la vallée,
« Ces arbres qui, d'ici, ressemblent à nos tours ;
« Le soir, lorsque j'entends rouler dans le silence,
« Vague soupir des nuits qui ne s'endort jamais,
« Le bruit lointain des eaux, qui recule ou s'avance
      « Avec le souffle des forêts ;

« Dis-moi pourquoi toujours ma paupière se lève
« Pour chercher où s'adresse un cantique si beau ?
« Pourquoi c'est dans mon sein qu'il résonne et s'achève
« Pour monter jusqu'à Dieu de ce vivant tableau ?
« Pourquoi je me complais dans cette rêverie,
« Dans ce calme des nuits où tout parle à la fois ?
« Dans ce jour de la lune inondant la prairie,
      « Ou baignant la cime des bois ?

« C'est que j'y pense à nous : dans ces blanches étoiles
« J'en ai distingué deux qui ne se quittent pas,
« Riches des mêmes feux, cherchant les mêmes voiles,
« Sœurs d'amour dans le ciel, comme nous ici-bas.

« L'une, c'est ton Edgar ; l'autre, c'est toi, Marie,
« La plus jeune des deux, la plus fraîche au regard :
« L'une et l'autre déjà brillent dans la patrie
　　« Où nous nous aimerons plus tard... »

.　.　.　.　.　.　.　.　.　.　.　.　.

.　.　.　.　.　.　.　.　.　.　.　.　.

C'est ainsi qu'à sa sœur en secret il confie
Des chants où, sans le voir, son cœur la déifie,
Et qui, dans leur essor vague et mystérieux,
Partent tous de la terre et parlent trop des cieux.
L'enfant par ces élans de tendresse exaltée,
Peut-être est dans sa paix parfois inquiétée,
Et des langueurs sans fin qui la font trop aimer,
Sa candeur, par moments, est près de s'alarmer.
Elle appuie, en cherchant ses mots, vierge innocente,
Sur l'épaule d'Edgar sa tête un peu souffrante,
Et d'une main distraite, écarte les cheveux
De ce front toujours pur, mais qui n'est plus heureux.

« Frère, dit-elle enfin, ta parole est plus douce
« Que la brise du soir qui s'endort dans la mousse,
« Et plus touchante encor que l'haleine des nuits
« Dont le fleuve et les bois nous apportent les bruits ;
« Mais de ta vie, hier encor fraîche et bénie,
« D'où provient aujourd'hui que la joie est bannie ?
« Est-ce l'air qui lui manque ? Esprit ambitieux,
« Te sens-tu tout à coup à l'étroit sous nos cieux ?
« Nourris-tu pour toi seul quelque peine cachée

« Qui dans mon sein au moins ne puisse être épanchée,

« Quelque retour amer pour ton cœur offensé,

« Que ne puisse adoucir la main qui l'a blessé?

« Nos parents, t'embrassant avec indifférence,

« Ont-ils entre nous deux fait quelque préférence,

« Ou, par son amitié réjoui tant de fois,

« Trouves-tu que ta sœur t'aime moins qu'autrefois? »

« Chère enfant! lui répond Edgar, trop éclairée,

« Ton âme a vu la paix dans la mienne altérée;

« Mais d'où provient le trouble et comment l'appeler?

« Mon propre esprit en vain le voudrait démêler.

« Je souffre sans douleur de corps ou de pensée,

« Sans amertume au cœur, sans vanité froissée,

« Sans dégoût du présent, sans rêve ambitieux,

« Et surtout sans regret que je cache à tes yeux.

« De nos tendres parents l'amitié ralentie

« Ne s'est point envers moi tout à coup démentie,

« Et quand leurs doux baisers seraient encor plus doux,

« Edgar, s'ils sont pour toi, n'en peut être jaloux.

« Oh! ce n'est pas de toi — mais dois-je oser le dire

« Si tu ne l'as pas vu — que mon cœur se retire.

« J'ai béni Dieu, c'est là mon plus cher souvenir,

« D'avoir, pour cet exil, daigné nous réunir ;

« J'ai goûté la douceur de t'aimer : te complaire

« Jusqu'ici suffisait au bonheur de ton frère ;

« Mais en te chérissant, en faisant tout pour toi,

« Je pouvais sans souffrir être seul avec moi :

« Aujourd'hui, s'il me faut te quitter pour une heure,
« Sans m'expliquer pourquoi, je languis ou je pleure,
« Et si je veux lutter, ma faible volonté
« N'offre qu'un vain obstacle aussitôt surmonté.
« Je sens qu'à ton nom seul, dans ma poitrine émue
« Quelque chose me brûle et tout mon sang reflue ;
« Libre de tout souci tandis que je te vois,
« Si je te perds des yeux, si je n'entends ta voix,
« Il semble qu'une part de moi-même arrachée
« Me quitte pour rester à ton ombre attachée ;
« Mon front toujours pensif languit chargé d'ennui,
« Et jusqu'à mon bonheur, tout me pèse aujourd'hui. »

Et Marie, à son tour : « Cette étrange souffrance
« Ne se peut voir, mon frère, avec indifférence ;
« Mais comment l'union qui fait notre bonheur
« Peut-elle, en même temps, t'apporter la douleur ?
« Ne crois pas, cependant, m'aimer plus que je t'aime :
« Tu m'es cher, je le sens, beaucoup plus que moi-même,
« Mais rien dans cet amour ne me vient alarmer,
« Et présent ou sans toi, ma joie est de t'aimer.
« En fut-il autrement jamais ? Dans notre enfance
« N'étais-tu pas ma force et mon intelligence,
« Le bon ange visible à mes pas attaché
« Comme celui qui veille à ma droite caché ?...
« Pour moi, petite enfant, plus grand et déjà sage,
« Toi tu redevenais l'enfant du premier âge,
« Oubliant, pour te rendre à mes moindres désirs,

3**

« Tes goûts d'adolescence et tes propres plaisirs.
« Comment grandir ainsi sans s'aimer, quand la vie
« Ensemble commencée, ensemble est poursuivie?
« Ta sœur, jusqu'à ce jour, n'a fait qu'un avec toi :
« Voilà ton grand secret, cher Edgar! c'est pourquoi
« Nous nous sentons unis comme, sur nos collines,
« Deux arbrisseaux nourris sur les mêmes racines,
« Pourquoi ta sœur aussi voudrait, comme autrefois,
« Pour soulager ta peine en partager le poids. »

En achevant ces mots, la douce enchanteresse
Attirait dans ses bras Edgar avec tendresse,
Et, loin de succomber sous l'ardeur du baiser,
Il sentit dans son sein la chaleur s'apaiser,
Tant cet épanchement d'une candeur céleste
Dans son tendre abandon était chaste et modeste !
Peut-être l'entretien, s'il se fût prolongé,
Dans un trouble plus grand l'eût bientôt replongé ;
Mais leur mère entendait et parla : c'était l'heure
Où tout allait dormir dans la noble demeure,
Et les enfants, tirés de leurs tendres propos,
Rentrèrent pour goûter les douceurs du repos.

                                    1838.

LES ÉMIGRÉS

CHANT SEPTIÈME.

PREMIÈRE ÉPREUVE.

Gardez-vous d'espérer qu'exprès pour vous le ciel
Change ses flots d'absinthe en des sources de miel.
(L'Auteur.)

Les jours ont fui : bientôt la dix-huitième automne
Va sur le front d'Edgar effeuiller sa couronne,
Et Marie elle-même a des prés et des bois
Vu renaître les fleurs déjà quatorze fois.
Des périls de cet âge, oubliant sa prudence,
Monvert n'a pas assez surveillé la présence,
Jusqu'aux aveux d'Edgar trompé par la douceur
Des noms trop innocents et de frère et de sœur,
Et couvé trop longtemps, quand le feu se fait craindre,
Il est bien tard déjà pour songer à l'éteindre.
Aussi dans les combats et la perplexité
L'esprit des deux époux dès l'abord est jeté.
Si l'enfant souffre, un voile à ses yeux cache encore

La source, et jusqu'au nom du mal qui le dévore ;
Ce voile de candeur, le faut-il déchirer ?
N'est-il pas imprudent désormais d'éclairer
Ces mystères profonds de l'âme où l'ignorance,
Même alors qu'elle égare, est encor l'innocence ?
Edgar descend la pente un bandeau sur les yeux ;
Pour voir le fond du gouffre, en sortira-t-il mieux ?

Mais saurait-il sans crime, au moment qu'il y glisse,
Abandonner l'aveugle au bord du précipice,
Et si la conscience y savait se plier,
S'en pourrait-elle au monde aussi justifier ?
Monvert, dira le monde, a, par lâche indulgence,
D'une maison puissante acheté l'alliance,
Et Monvert est trop fier pour braver à ce prix
Même un blâme vulgaire et l'ombre d'un mépris...
La lutte est chez la mère encor plus douloureuse.
Peut-être elle avait vu dans son âme pieuse,
Unis entre ses bras par les saints nœuds d'époux,
Ceux qu'elle avait bercés tous deux sur ses genoux...
Il faut de ce doux rêve écarter la chimère,
Dans son sein renfermer sa douleur, deux fois mère,
Séparer ces enfants trop chers et préparer
L'impitoyable adieu qui va les déchirer.

Sœur de Monvert, souvent pour fêter sa famille,
La dame de Villiers lui demandait sa fille :
Pressé toujours, toujours il avait résisté ;

Mais dans ces jours d'angoisse encor sollicité,
Il saisit ce moyen d'éloigner, par prudence,
L'enfant dont il voulait préserver l'ignorance,
Et le cœur désolé, se combattant encor,
Loin du danger la mère emporta son trésor.
Cependant, resté seul, Edgar, tout à son père,
Ne sent-planer sur lui ni danger ni mystère,
Et dans l'isolement qu'il veut faire oublier,
Présent partout, son cœur sait se multiplier.
Non que soudain la flamme ait froidi dans ses veines,
Ou que, d'un cœur vaillant luttant contre ses peines,
A force de courage, il ait enfin dompté
Le flot qui de sa paix l'a si loin emporté.
Si, dans ses nuits sans calme, il suit par la pensée
Sa sœur dans tous les bras accueillie et pressée,
Pour la première fois il la voit aujourd'hui
D'amour et de bonheur s'enivrer loin de lui...
Pour lui, d'ailleurs, jamais on ne la fit si belle :
Il a vu préparer la soie et la dentelle,
On la flatte, on s'empresse, on la couvre de fleurs...
Sa tête alors s'égare, et cédant à ses pleurs :
Comme on doit l'admirer ! dit-il, et cet hommage
Le blesse au cœur peut-être à l'égal d'un outrage.
Mais à force de zèle et de soins empressés,
Le jour, près de son père, il se contient assez,
Et toujours tendre et plein d'aimable complaisance,
A lui seul il remplit le vide de l'absence.

Cependant, plus d'Edgar le zèle est empressé,
Plus Monvert dans sa tâche hésite embarrassé.
Faible devant lui-même, il diffère, il calcule,
Et toujours résolu, toujours pourtant recule.
Mais le temps d'hésiter n'est plus : encore un jour,
Marthe arrive, et lui-même est vaincu sans retour.
Refoulant dans son sein la pitié qu'il comprime,
A travers la campagne il conduit la victime,
Et cherche par quels mots, en la frappant au cœur,
Il pourra de ses coups tempérer la rigueur.
Telle on voit, sur le soir, l'active ménagère,
Traversant le chemin d'une marche légère,
Garder contre le vent qui s'élève soudain
La lampe qui vacille à l'ombre de sa main ;
Tel il veut abriter et protéger la flamme
En faisant traverser son épreuve à cette âme,
Et lui, cœur si loyal, c'est par feinte et détours
Qu'au but, tremblant lui-même, il conduit son discours :
« D'égards si délicats vous comblez votre père,
« Fit-il, aimable enfant, que son âme en est fière,
« Et vous la rempliriez si son amour jaloux,
« Ensemble ou séparés, ne vous embrassait tous.
« Si des riches trésors dont la vôtre est remplie
« J'ai pris plus que ma part, la tâche est accomplie,
« Et pour vous relever de soins trop assidus,
« Ceux que vous suppléez nous vont être rendus. »
Et l'enfant voilant mal un intérêt trop tendre :
— « D'un tel bonheur ma voix ne se veut point défendre,

« Dit-il, et nous revoir dans vos bras réunis

« Est un désir pour moi naturel et permis ;

« Mais je n'ai, fils ingrat, point compté les journées

« Qu'en l'absence de tous, seul je vous ai données,

« Et le poids de ces jours, si j'ai pu l'alléger,

« Pour moi-même il était doux de le partager. »

« De vous tout m'est compris, cher Edgar ; je vous aime,

« Ou mieux, nous vous aimons comme votre sœur même,

« Et jamais nous n'avons, dans nos tendres souhaits,

« Entre vous fait deux parts ou vu deux intérêts. »

« — Et l'orphelin, pour prix d'un intérêt si tendre,

« Fit tristement Edgar, qu'aura-t-il à vous rendre,

« Et comment s'acquitter par un stérile amour,

« Seul don, pourtant, qu'il puisse apporter en retour ? »

« — Et ce don, cher enfant, nous paie avec usure

« Des soins dont à nos yeux il grossit la mesure,

« Poursuit Monvert. Si, tendre et plein d'infirmité,

« L'enfant n'est qu'un roseau par les vents agité ;

« Si, trop souvent, j'ai pu dans la main paternelle

« Craindre de voir se rompre une tige trop frêle,

« Des soins donnés à l'âme et pour la volonté

« J'ai recueilli des fruits qui ne m'ont rien coûté,

« Et semé dans un sol où votre foi docile

« M'a jusqu'à ce moment fait la moisson facile.

« Heureux, dans le chemin qui vous reste à tenir,

« Si sur un tel passé vous réglez l'avenir,

« Sans vous laisser séduire aux embûches diverses

« Qui déjà l'ont coupé d'écueils et de traverses. »

« — Mais qui donc, fit Edgard, se serrant à son bras,

« S'ils sont guidés par vous, peut égarer mes pas? »

Et Monvert : « J'ai compris cette condescendance

« Qui, librement soumise, aime sa dépendance ;

« Mais vous voici par l'âge entré dans la saison

« Où le flambeau pour l'homme est sa propre raison.

« Quelque charme pour vous qu'ait ici l'existence,

« Vous n'en voulez pas faire une éternelle enfance,

« Et dans le cercle étroit dont il lui faut sortir,

« Vous-même en vous, mon fils, vous la sentez languir.

« Pour moi, je me prépare à ce moment suprême

« Où, libre enfin, vous seul répondrez de vous-même,

« Et dût de l'avenir l'aspect nous affliger,

« En face il faut pourtant savoir l'envisager. »

Vagues encor, ces mots vont au fond du mystère :

Edgar sent dans son âme entrer l'œil de son père,

Et du jour qui s'y fait l'amer pressentiment

L'a d'un trouble nouveau frappé profondément.

« — Jusqu'ici j'ai toujours, depuis ma tendre enfance,

« Reprend-il, sous vos lois marché sans résistance ;

« D'un joug si doux mon front n'est point las : j'ai compris

« Que, pour moi, le salut n'était sûr qu'à ce prix ;

« Pourquoi m'en affranchir, mon père, ou les enfreindre? »

« — En les suivant encor vous n'auriez pas à craindre,

« Dit Monvert : des sentiers je connais les périls,

« Et du dédale en main puis vous mettre les fils ;

« Mais la règle, pour vous jusqu'à présent légère,
« Demain peut à vos yeux paraître bien sévère,
« Et vous craindrez, s'il faut jusqu'au bout la subir,
« Peut-être d'acheter trop cher votre avenir. »
« — Mais, fait encore Edgar, je n'attends rien du monde :
« Si ses biens sont menteurs et sa cohue immonde,
« Qu'importe pour celui qui n'expose à ses bruits
« Ni l'honneur de ses jours, ni la paix de ses nuits
« N'ai-je pas, sans courir aux plaisirs qu'il envie,
« Tous les biens que le ciel peut offrir à la vie,
« Et faut-il malgré moi qu'à ses déceptions
« J'immole le trésor de mes affections ?...

Edgar parlait de paix, mais il sentait la flamme
Accuser sur son front le trouble de son âme.

— « Vous raisonnez, cher fils, comme si les dangers
« Ne vous pouvaient venir que des vents étrangers,
« Fait Montvert. Par instinct de juste défiance,
« Vous avez peur de voir dans votre conscience,
« Et pour vous déguiser la simple vérité,
« Les mots même avec vous sont de complicité.
« Ils vous mentent, Edgar, et leur sens légitime
« Cache à vos yeux un sens moins simple et plus intime.
« Dieu n'a point au chrétien ouvert pour ses vertus
« Une route abritée hors des sentiers battus,
« Où, se faisant à part une paix solitaire,
« Il se puisse exempter du fardeau solidaire.

« Vous seriez impuissant, d'ailleurs, à vous cacher :
« Vous fuiriez les devoirs, ils viendraient vous chercher,
« Et ces devoirs, si grands, si lourds qu'on les suppose,
« Quand la loi les prescrit, c'est Dieu qui les impose.
« Il en faut donc, mon fils, avec sincérité,
« Sans vous rien déguiser, peser la gravité ;
« Dans la commune lice entrer avec courage ;
« Accepter noblement les rigueurs du partage,
« Et pour vous aguerrir, oser, dès aujourd'hui,
« Vous fier à vous-même et marcher sans appui.
« Et c'est pour nous surtout que l'épreuve est cruelle,
« Car, vers quelques destins que le ciel vous appelle
« Et si loin qu'il vous mène, il ne nous permet pas,
« Jusqu'au jour du retour, d'accompagner vos pas. »

La foudre éclaire Edgar, et la lumière est telle,
Qu'en vain il veut douter sous l'atteinte mortelle.
Il cherche et trouve encor quelques mots pour fléchir
Celui dont à nul prix il ne veut s'affranchir :
« Où donc, loin du foyer qui nourrit sa jeunesse,
« Ira-t-il pour trouver la force et la sagesse,
« Et pourra-t-il quitter sans mourir de douleur
« Tout ce qui dans le monde a des droits sur son cœur?... »
Mais il en a trop dit : son trouble le surmonte,
De l'âme au front qui brûle, il sent monter la honte,
Et son cœur et sa voix se brisant sur ces mots,
Dans le sein paternel il éclate en sanglots.

Et Monvert l'y pressant : « Ah! croirez-vous encore

« Qu'ici votre âme échappe au poison qui dévore,

« Pauvre enfant! lorsqu'en vous la raison n'entend plus?

« Quand mes soucis profonds vous semblent superflus?

« Quand mon fils bien-aimé peut-être, en sa détresse,

« M'accuse au fond du cœur d'oublier ma tendresse,

« Alors que pour lui seul contre lui je combats,

« Afin que, par faiblesse, il ne déroge pas,

« En la laissant ici végéter sans culture,

« Aux dons échus du ciel à sa noble nature?

« Si des droits nés du sang le règne est abattu,

« La science est un sceptre aussi pour la vertu :

« Il faut, pour les juger sur leur philosophie,

« Voir de près nos Platons que l'orgueil déifie,

« Et nos Quintiliens dont le nom serait beau,

« S'ils prenaient Dieu pour base et sa foi pour flambeau.

« Il faut voir ces Docteurs qui du Dieu de leurs pères

« Prétendent juger l'œuvre et scruter les mystères,

« Affermir votre sens par l'étude des lois

« Qui règlent les devoirs et consacrent les droits,

« Et juger, puisque enfin vous l'ignorez encore,

« Comment Dieu par les arts se révèle et s'honore.

« Enfin, qui nous rendra, mon fils, calmes et forts,

« Si la communauté d'études, de rapports,

« Le commerce avec tous, qui police les hommes,

« N'ont façonné nos mœurs pour la scène où nous sommes?

« Si cruelle à vos yeux que soit la vérité,

« Vous n'en renierez pas la juste autorité;

« Si, cependant, sa voix n'était pas suffisante,
« Écoutez-en, mon fils, une autre plus pressante

« La mienne à votre sein ne veut point arracher
« Le secret que la honte encor pense y cacher ;
« Mais le feu mal couvert qui pour moi s'y révèle,
« Edgar, pour éclater, n'attend qu'une étincelle.
« Me garde Dieu de craindre avec vous les excès
« Des âmes où le vice a su trouver accès !
« Cependant, suffit-il à la vertu chrétienne,
« Quand l'âme a succombé, que la chair se contienne ?
« Eh bien ! vos jours, naguère au labeur assidus,
« Languissent à présent désœuvrés et perdus ;
« Dans l'engourdissement d'une triste indolence
« Votre courage éteint souffre avec complaisance,
« Et sans voir la nature et la source du mal,
« Vous vous laissez bercer sous le charme fatal.
« Moi qui vais jusqu'au fond, mon fils, je vous l'assure :
« Il est temps de porter remède à la blessure,
« De rompre avec vous-même en fuyant un séjour
« Où, maître et sûr de vous, vous reviendrez un jour :
« Votre âme y perd sa vie, et l'air qu'on y respire
« Ne vient pas de la sphère où Dieu veut qu'elle aspire. »

Mais Edgar n'entend plus : immobile, affaissé
Sous l'atteinte du trait dans son sein enfoncé,
Et semblable au proscrit qui reçoit sa sentence,
Il reste anéanti dans un morne silence.

Et Monvert : « Pauvre enfant ! devant tant de douleur
« Votre père avec vous sent se fendre son cœur ;
« Mais puisqu'il a si loin fait entrer la lumière,
« Écoutez cependant jusqu'au bout ma prière.
« Je sais trop d'où sont nés les rêves mensongers
« Dont j'aurais dû pour vous mieux prévoir les dangers :
« Si vos illusions encor vous sont trop chères,
« Laissez-vous seul, au moins, tromper par ces chimères.
« C'est assez que sur un nous ayons à pleurer :
« Le feu qui brûle en vous ne tend qu'à dévorer ;
« N'approchez pas, mon fils, le foyer d'une autre âme
« Que sa candeur encor garde contre la flamme,
« Et quand vous partirez, n'emportez rien de nous
« Que les vœux de retour et les larmes de tous.
« L'épreuve aura son terme aussi : quelques années
« Feront de vous bien vite un homme, et les journées,
« Devant Dieu qui nous aime et nous aide à vouloir,
« Coulent rapidement dans l'attente et l'espoir. »

Le père enfin respire, et la lutte s'achève.
Penché sur son enfant, c'est lui qui le relève,
Et sans le fatiguer par d'impuissants discours,
A ses premiers transports il laisse un libre cours.
Le pauvre enfant, d'ailleurs, broyé du coup de foudre,
Ne cherche plus dès lors qu'oser et que résoudre.
Bien qu'il ait mesuré ses mots embarrassés,
Pour dessiller ses yeux Monvert a dit assez :
Fuyez! votre salut commande un sacrifice,

4

Fuyez !... Ainsi parlait Mentor au fils d'Ulysse,
Et dans son sein lui-même il a trop bien compris
Qu'il porte tous les feux de l'amant d'Eucharis.

Et cependant, quel crime est le sien ? puisqu'il aime
D'un amour qu'il pourrait confesser à Dieu même....
Et s'il est innocent, faut-il qu'il soit puni ?...
L'enfant vraiment aimé fut-il jamais banni ?...
Mais lui n'a plus qu'au ciel sa famille et sa mère,
Pauvre orphelin !... Sa langue alors devient amère :
Le délire n'a pas de fantasque tableau
Qui ne vienne à son tour ébranler son cerveau ;
Dans sa poitrine en feu s'agite une tempête ;
Ses membres sont brisés, la fièvre est dans sa tête,
Il rêve d'abandon, de piéges, de complots,
De rivaux préférés... il éclate en sanglots,
Et ne mettant ni frein ni trêve à ses alarmes,
Il laisse aller ses yeux à des torrents de larmes.

La raison, cependant, lutte pour étouffer
Ces révoltes du cœur dont il veut triompher.
Quel enfant plus que lui fut cher à sa famille ?
Qui plus qu'un père a droit de veiller pour sa fille ?...
Mais, sur la chère enfant si planait un danger,
Est-ce donc contre Edgar qu'il la faut protéger ?...
Ah ! s'il connaît son fils, que Monvert se rassure !
Le respect est trop saint, la tendresse est trop pure,
Il a trop haut placé le culte de son cœur,

Pour qu'il trouble jamais le vase de candeur.
Cent fois plutôt, cent fois mourir ! ! !... Ce vœu suprême
A l'instant l'a rendu plus maître de lui-même ;
Il sent battre son front moins brûlant, et les pleurs
Semblent en l'inondant adoucir ses douleurs.

1838.

LES ÉMIGRÉS

CHANT HUITIÈME.

REMÈDE PIRE QUE LE MAL.

Enfin, Marthe s'annonce et les cœurs sont en fête :
Aux portes de Morville on accourt, on s'apprête ;
Du carrosse à grand bruit roulant sur les graviers,
On voit l'ombre courir à travers les halliers ;
Déjà battent les mains, et le vieux dogue aboie ;
Le fouet claque en réponse à ces signes de joie,
Et frémissant d'ardeur en rentrant au logis,
Les chevaux ont d'un bond franchi les ponts-levis.

D'un bond joyeux, Marie aussi s'est élancée.
Dès l'instant du départ elle a, par la pensée,
Vers les bras qui s'ouvraient pour fêter son retour
Laissé voler son cœur emporté par l'amour :
Et cependant, tandis qu'avec tant d'allégresse
Ses ailes des coursiers devançaient la vitesse,

Elle a senti, durant le trajet tout entier,
Sa mère, à ses côtés, ou gémir ou prier ;
Monvert, maîtrisant mal sa souffrance cruelle,
Trouve à peine, à l'abord, un mot tendre pour elle ;
Loin qu'il vole à ses bras heureux et caressant,
Edgar, son cher Edgar, suffoque en l'embrassant ;
Tous ces fronts d'un nuage ont voilé leur tendresse,
Et, l'enfant l'a compris sous le poids qui l'oppresse,
C'est sur son ami seul que tous ont à souffrir.
Mais elle espère en vain le contraindre à s'ouvrir :
Il passe sans la voir, insensible et sauvage,
Comme devant l'auteur du mal qui le ravage,
Et la laisse à l'angoisse en lui fermant son cœur.
Quel funeste secret s'y cache à sa douleur ?
Dans la nuit qu'on lui fait quel dénoûment s'apprête ?...
Le délire, bientôt, du cœur monte à la tête,
Et la fièvre à tel point exalte ses esprits,
Qu'il lui faut pénétrer le mystère à tout prix.

Pour Edgar, dans sa force et sa persévérance
Il a mis désormais sa suprême espérance.
Peut-être, se dit-il, quand ils pourront juger
A quel point dans l'épreuve il commande au danger,
Peut-être enfin, touchés des larmes qu'il dévore,
Avant de le bannir, ils attendront encore,
Et rattachant son âme à ce débris d'espoir,
Il se fait de lui-même un martyr du devoir.
S'il se juge en aveugle, au moins il est sincère,

Et gardien vigilant des ordres de son père,
Plus il se croirait libre et certain du secret,
Plus il s'interdirait même un geste indiscret.
Mais Marie à toute heure épiait sa venue,
Et comme, en se glissant le long de l'avenue,
Un soir, dans la chapelle il entrait pour prier,
Elle aussi s'y rendit par un autre sentier.

Le cœur plein, toutefois, d'une frayeur trop sainte
Pour oser jusqu'à lui pénétrer dans l'enceinte,
Elle tombe à genoux et, du seuil du saint lieu,
Aux vœux qu'il offre au ciel joint ses pleurs devant Dieu.
Quels vœux et quel tableau ! Prosterné jusqu'à terre,
Le front du noble enfant est collé sur la pierre ;
Sa voix n'est qu'un sanglot, et dans son désespoir
Il est trop absorbé pour l'entendre ou la voir.
Mais quand, plus calme, au seuil de la sainte demeure
Il voit à deux genoux la douce enfant qui pleure,
D'un premier mouvement qu'il ne peut contenir,
Il va, les bras au ciel levés pour le bénir,
Oublier tous ses plans, s'élancer et, près d'elle,
Pour y prier encor rentrer dans la chapelle...
Puis soudain, de ce vœu réprimant la douceur :

« Quel destin sur mes pas vous entraîne? ô ma sœur !
« Que vous sert d'exposer la fraîcheur de votre âme
« A cette haleine où tout se corrompt et s'enflamme?... »
Il ne peut achever : Marie est dans ses bras.

— « Mon frère ! ô par pitié ! ne me repousse pas !
« A quel soutien veux-tu que mon cœur se reprenne,
« Si ma douleur ne peut s'appuyer sur la tienne ?
« S'il ne m'est pas permis d'épancher dans ton sein
« Les larmes dont je sens, hélas ! qu'il est trop plein ? »
Et ses pleurs l'étouffaient. — « Pour soulager mes peines,
« Croyez, trop chère enfant ! que les larmes sont vaines,
« Reprend Edgar : Dieu seul les pourrait alléger,
« Et nul autre avec moi ne les doit partager. »
Il dit, mais à son bras l'enfant s'est attachée.
Il ne veut déjà plus qu'elle en soit arrachée,
Il ne peut plus, déjà, combattre qu'à moitié
Les mots du tendre amour qui croit être amitié,
Et sous le poids du bras qui l'étreint et qu'il presse,
Tout son cœur se dilate et frémit d'allégresse.

Au tournant des coteaux, un rocher sourcilleux
Semble aller provoquer la foudre dans les cieux.
De sombres entonnoirs, de profondes crevasses
En coupent en tout sens les murs et les terrasses,
Et son âpre sommet, dans ses creux les plus hauts,
Sert d'asile aux ramiers et de nids aux corbeaux.
Sur ses flancs règne à peine un sentier praticable,
Mais sa masse, d'ailleurs partout inabordable,
S'élargissant soudain du Sud à l'Orient,
A cent pieds du sommet forme un plateau riant.
D'un vieux géant, assis sur le bord de la plaine,
On dirait les genoux repliés avec peine

Pour porter l'oasis qu'abrite et garantit
Du côté des hivers son buste de granit.
Des abruptes hauteurs de son front qui surbaisse
Pend la vigne qui flotte en chevelure épaisse,
Et tout près d'une source est le rustique autel
Qu'un saint moine autrefois, pour s'approcher du ciel,
Sur le haut piédestal de ce premier étage
S'était taillé lui-même avec son ermitage.
L'esprit, quand il s'élève à ces hauteurs des saints,
Plus près du Créateur, lit mieux dans ses desseins :
Edgar s'était souvent, dans ses chants de poëte,
Inspiré des beautés de cette âpre retraite,
Et près de lui, Marie aimait à contempler
Ces grandeurs dont pourtant l'abord la fait trembler.
Vers ce lieu dont le charme est voisin du vertige,
Un même sentiment sans parler les dirige,
Et gravissant la pente, ils s'y viennent asseoir,
Comme pour s'inspirer des tristesses du soir.

C'était, ardent et calme, un de ces soirs d'automne
Si pleins d'adieux secrets que l'âme s'en étonne
Et semble, en les quittant, vouloir s'y rattacher
Comme à l'arbre la feuille en se sentant sécher.
Tut s'y prépare au deuil : déjà sur les rivages
Roulent de loin en loin quelques pampres sauvages ;
Un ton moins uniforme et plus grave à la fois
Succède au vert riant des vallons et des bois ;
Le soleil descendu projette au loin les ombres

4*

Sur leurs reflets ardents mêlés de teintes sombres,
Et l'esprit des enfants, à l'unisson du cœur,
Prête à ces grands tableaux encor plus de langueur.
Muets tous deux, tous deux sur l'âme un poids immense,
Sentent la voix manquer pour rompre le silence;
Des lèvres de Marie enfin sortent ces mots :

« Il n'était plus pour moi d'espoir ni de repos :
« Si j'ai pu m'attirer l'épreuve que j'endure,
« Elle est pour ma faiblesse et trop longue et trop dure,
« Frère, je t'ai suivi. Qui donc a de nos jours
« Troublé le flot si pur jusqu'ici dans son cours ?
« T'ai-je offensé? Ta sœur, l'eusses-tu condamnée,
« Ne peut-elle être, au moins une fois, pardonnée?
« Mais tu ne m'aimes plus ! Rien ne peut t'émouvoir;
« Tu fuis, tu ne veux plus m'entendre ni me voir,
« Tu ne te souviens plus des jours de notre enfance...
« Huit jours sans me parler après huit jours d'absence!!! »
Sa bouche s'ouvre encor, mais sur ces derniers mots
Elle éclate, et sa voix s'éteint dans les sanglots.
Aimable et chaste enfant, quel est donc ce délire
Qui vers l'abîme aussi te fascine et t'attire ?
Sais-tu quel est ton but? Sais-tu par quels aveux
Edgar, s'il t'obéit, va répondre à tes vœux ?
Mais le courant qu'attire une chute effrayante,
Lui non plus, ne sait point lutter contre sa pente;
L'insecte ailé des nuits que son aveugle amour
Pousse au flambeau qu'il prend pour la source du jour,

Se porte à ce foyer dont la clarté dévore
D'un vol qui croit aller se baigner dans l'aurore.
Et l'homme, en poursuivant un but qui toujours fuit,
Lui-même suit la pente où son cœur le conduit.

Edgar ne peut ni fuir ni voir couler ces larmes,
Et, renonçant à vaincre, il ne cherche plus d'armes.
« Vous savez, ô mon Dieu ! si mon cœur épuisé
« De honte et de douleur n'est point assez brisé,
« Reprend-il ; vous savez si mon amer silence
« Est le fruit du caprice ou de l'indifférence ;
« Si je ne fuyais pas pour mieux l'accoutumer
« A ne plus voir celui qu'il ne faut plus aimer ;
« Si quelque autre tourment me poursuit et me tue,
« Que celui de mourir après l'avoir perdue !.... »

Marie enfin pressent qu'elle touche au danger.
Stupéfaite, elle écoute et n'ose interroger ;
Mais Edgar : « C'en est fait ! je ne puis plus vous taire
« L'arrêt qui pour vous seule est encore un mystère,
« Et la vertu qu'il faut pour de pareils combats,
« Dans mon cœur faible, hélas ! le ciel ne la mit pas... »

« Vous savez sous quels noms, ma sœur, nos destinées
« L'une à l'autre ont été dès l'enfance enchaînées,
« Et nous nous aimions trop pour briser sans souffrir
« Cette sainte union qu'on nous a fait chérir.
« J'ai voulu mourir seul et souffrir sans partage :

« Mais tu viens réclamer ta part dans l'héritage,
« Ta moitié du malheur et des larmes... Eh bien !
« Je comprends, et mon cœur aime à l'égal du tien...
« Et pourtant ! si je pèche en l'ardeur qui m'entraîne,
« Que seul de mon erreur je supporte la peine !
« Mais comment résister encor, quand va sonner
« L'heure qui me condamne à tout abandonner ?...
« Ton Edgar est chassé : loin des murs de Morville,
« Loin de toi, loin de tous, dans l'exil d'une ville
« Bientôt il va montrer comment l'oiseau banni
« Peut sécher de tristesse en songeant à son nid.
« L'ordre vient de ton père, et quoiqu'il en gémisse,
« Notre salut, dit-il, veut ce grand sacrifice. »

Marie écoute encore, et soudain : « Quelque amer
« Que soit le coup porté par un bras aussi cher,
« Gardons-nous, cher Edgar ! d'y chercher d'autre cause
« Qu'un devoir rigoureux surtout pour qui l'impose. »
Puis encor : « Tu partais sans goûter la douceur
« D'emporter avec toi les larmes de ta sœur !
« Tu pouvais t'éloigner avec cette pensée,
« Que sans un mot d'adieu je restais délaissée,
« Moi, seule pour son frère à prier, jusqu'au jour
« Où Dieu réjouira nos cœurs par ton retour !... »

Edgar semblait rêver : sans chercher son langage,
Sans y songer, sa sœur raisonnait comme un sage.
Touché par tant de paix, il descend dans ce cœur

Dont il s'est tant juré d'épargner la candeur,
Et cependant le sang brûle trop dans ses veines,
D'attente et de bonheur ses larmes sont trop pleines,
Pour qu'en son lit bouillant jusqu'ici comprimé,
Le flot puisse y rester plus longtemps renfermé.

« O ma sœur ! disait-il, priez Dieu qu'il pardonne
« Des discours où ma voix malgré moi s'abandonne,
« Vous qui seule, il le sait, de mon sein arrachez
« Les secrets qui pour vous devaient rester cachés.
« Vous êtes une sainte, et mon âme s'effraie,
« Mon âme, votre sœur, de vous montrer sa plaie :
« Mais je ne parle plus à la sœur d'autrefois,
« A cette enfant, si vive et si calme à la fois,
« Dont le joyeux sourire et la simple présence
« Ne réveillaient en moi que joie et complaisance.
« Ce n'est plus de ces noms, hélas ! qu'il faut nommer
« Les délires d'une âme ivre de vous aimer.
« Le besoin doux alors de vous avoir présente
« S'est changé désormais en une soif ardente,
« Qui, le jour et la nuit prompte à me dévorer,
« Cherche en vain loin de vous où se désaltérer.
« Mais si vous respirez dans l'air que je respire,
« O mon Dieu ! c'est le ciel que mon haleine aspire.
« Votre robe flottante, en passant sur mes pieds,
« Fait refluer en moi mes sens extasiés.
« Lorsqu'à mon bras heureux le vôtre s'abandonne,
« Je sens fondre mon cœur, tout mon être frissonne,

« Et je voudrais, ma sœur, vous aimer à genoux,

« Comme si de Dieu même un souffle était en vous.

« Voyez-vous mes tourments? Sentez-vous mes alarmes?

« Dieu ne m'a pas fait seul sensible à tant de charmes,

« Il n'a pas assuré le succès à mes vœux.

« Un autre, Edgar absent, plus digne, plus heureux,

« Peut justement prétendre à votre préférence,

« Et cependant, s'il perd sa dernière espérance,

« Edgar, las de la vie et perdu désormais,

« Votre Edgar de l'exil ne reviendra jamais. »

Dans son étonnement et sa pitié, Marie

Fixait sur son ami sa paupière attendrie,

Puis, avec un accent de chaste intimité :

« Pourquoi douterais-tu de ma fidélité?

« A qui peux-tu penser que ta sœur sacrifie

« L'amour de son Edgar, la moitié de sa vie,

« Quand garder son image et prier Dieu pour lui

« Est l'unique bonheur qui lui reste aujourd'hui? »

« — Ma sœur, un mot de plus! le dernier que j'implore :

« Ce mot, à votre Edgar, le direz-vous encore?

« Et s'il vous revenait pour être votre époux,

« Ce nom sacré, pour lui, le réserveriez-vous?... »

Tous deux tremblaient : la vierge, inhabile à comprendre

Le mystère des nœuds que cache un nom si tendre,

Demandait de quel prix il serait pour celui

Que le ciel de bonheur comblait dès aujourd'hui.
Edgar s'encourageant — : « Je sens que ma science
« Est pleine aussi de doute et d'inexpérience,
« Dit-il ; mais si j'en crois mon sens propre et la voix
« Qui du ciel à la terre a révélé les lois,
« Un époux, c'est la roche où contre les orages
« Vous voyez cette vigne abriter ses ombrages,
« Et l'orme où, par les nœuds de ses tendres anneaux,
« Elle attache sa grappe ou suspend ses berceaux ;
« C'est l'amour chaste auquel votre amour se confie,
« Le chef d'en haut choisi pour guider votre vie
« En marchant devant vous par le même chemin,
« Son cœur dans votre cœur, sa main dans votre main ;
« Vous tout entière à lui, lui chargé sur la terre
« D'être pour vous la mère, et le père, et le frère :
« La chair de votre chair, l'honneur de votre honneur,
« Le nom de votre nom : celui dont le bonheur
« Est d'exister en vous d'une double existence,
« Et qui, toujours fidèle à votre confiance,
« Que l'un par l'autre il faille être heureux ou souffrir,
« Est de part avec vous pour vivre et pour mourir. »

« — Mais sous les noms divers que ta voix énumère,
« C'est toujours l'union d'une sœur et d'un frère,
« Reprend l'aimable enfant, et sans mots superflus,
« Quand la sœur est à toi, que prétendre de plus ? »

« — Trop heureux, en effet, quelque nom qu'il obtienne,
« Celui qui peut unir votre vie à la sienne,

« Et voir par vous renaître à la sérénité

« Ses jours d'heureuse enfance et de simplicité ;

« Mais, sœur, ouvrez les yeux sur une erreur trop chère :

« Edgar est votre Edgar, il n'est pas votre frère. »

« — Oh ! ne dis pas ainsi ! Pour te croire et t'aimer

« J'ai tous les sentiments que tu sais exprimer ;

« Je les sens, à ta voix tendre et persuasive,

« Chaque jour en moi prendre une force plus vive :

« Dès longtemps c'est à toi que de mon avenir

« Le rêve encor lointain me semble appartenir ;

« Cet empire absolu qu'offre la confiance,

« C'est à toi, je le sens, qu'il est promis d'avance ;

« Mais si tu veux garder ton sceptre tout entier,

« M'avoir à tes côtés tout le long du sentier,

« Mêler par les rameaux comme par les racines

« Les fleurs, puisque le ciel en donne, et les épines ;

« Si c'est à ce destin que tu mets ton bonheur,

« Ne dis plus que ta sœur, Edgar, n'est pas ta sœur. »

« — O mon Dieu ! qui mettez votre ciel dans nos âmes,

« Bénissez, fit Edgar, et gardez-en les flammes !

« Et qu'importe, à présent, certain de votre foi,

« Sous quel titre, ô ma sœur ! le ciel vous donne à moi ?

« Mais à moi tout entier, comme est à votre père

« La foi, le dévoûment, l'âme de votre mère...

« Dites ! le voulez-vous ? — O mon frère ! pourquoi

« Presser ainsi mon cœur qui s'abandonne à toi ?

« Aujourd'hui ni jamais nul n'y prendra ta place :
« Quel serment plus étroit faut-il que je te fasse,
« Et ne peux-tu laisser t'aimer et te parler
« Ta sœur d'enfance en mots qui ne font pas trembler? »

La pauvre enfant pleurait : saisi par ce mélange
Du trouble de la vierge et du calme de l'ange,
Edgar s'écrie enfin, la pressant sur son cœur :
« O sainte enfant ! pardon ! pardon pour mon bonheur !
« Mais ce bonheur m'enivre : un céleste scrupule
« En vain à ton œil d'ange encor le dissimule,
« Mais tu m'aimes d'amour, Marie, et désormais
« Mon cœur est dans le tien pour n'en sortir jamais. »

De la cloche, à ces mots, lentement ondulée,
La voix sur les échos roula dans la vallée,
Et d'en bas l'*Angelus*, s'élevant vers les cieux,
Leur envoya du jour les mystiques adieux.
Avec lui sur les airs montent des mêmes ailes
Leurs âmes qu'il emporte aux sphères éternelles,
Et toujours à genoux, Edgar, prenant la main
Que sa sœur trop émue abandonne à sa main :
« Seigneur ! s'écria-t-il, sous l'œil de ta présence
« Vois ces deux cœurs formés à ton obéissance
« Et qui, n'ayant fait qu'un jusqu'ici sous ta loi,
« Plus saintement encor se fiancent en toi.
« Je jure, en cette épreuve où ta foi m'accompagne,
« Que jamais mon exil n'aura d'autre compagne,

« Et demande, ô mon Dieu ! qu'une égale amitié
« Lui fasse du serment accepter sa moitié. »

Seul il dit, mais la vierge avec tant d'innocence
Lève sur lui son front plein de calme assurance ;
Dans l'œil clair et profond il voit si bien son cœur,
Qu'il y peut lire écrit le serment de sa sœur.
« — Sœur, levons-nous, dit-il, et partons ! car Dieu même
« Du même doigt éprouve et bénit ceux qu'il aime. »
Et, ferme désormais, il attache à son bras
La généreuse enfant dont il soutient les pas.
A travers les buissons et la bruyère aride,
Muette elle descend sur la pente rapide :
Son souffle qui l'oppresse et déborde trop plein
Abaisse avec effort et soulève son sein ;
Le sang précipité remonte à son visage ;
Il lui semble ne voir qu'à travers un nuage,
Et du choc en retour de coups trop répétés
Son cœur bat dans sa tempe à bonds précipités.

Pour Edgar, le bonheur qui dans son sang bouillonne
Le revêt d'un éclat dont sa beauté rayonne,
Et l'épreuve d'hier, acceptée aujourd'hui,
N'est plus, lui semble-t-il, qu'un poids léger pour lui.
Il ne sait pas encore, hélas ! que sur la terre
Le bonheur n'est qu'un nom d'erreur héréditaire
Et dont, cherché toujours, le vrai sens est perdu,
Si ce n'est pour le ciel dont il est descendu.

Mais quand il est rentré seul avec ses pensées,
Il sent manquer en lui ses forces affaissées.
Altéré de tendresse, il vient d'en obtenir
Plus que son sein d'enfant n'en pouvait contenir,
Et voici que, du fond de cette plénitude,
Déjà monte un levain amer d'inquiétude,
Soit sourd pressentiment de l'instabilité
Qui, dans son cours, poursuit toute félicité ;
Soit retour sur lui-même au sortir de l'ivresse,
Quand il songe à sa chute et comprend sa faiblesse.
Frappé par ce reproche, il voit sans hésiter
Et sa faute, et le prix qui la doit racheter,
Et dès demain il va demander à son père,
Enfant humble et soumis, le pardon qu'il espère..

1838.

LES ÉMIGRÉS

CHANT NEUVIÈME.

AVEU.

Ante te desiderium meum !
Ps.

Tandis que du jeune homme, un instant abattu,
Le front se relevait par sa propre vertu,
D'un effroi non compris, dans son âme ingénue
Marie aussi portait la souffrance inconnue.
Elle cherche à penser que la seule amitié
A pu jusqu'au délire exalter sa pitié ;
Mais elle a peur encor des discours de son frère,
Comme s'ils offensaient sa vertu la plus chère,
Et ce vague scrupule, alarmant sa candeur,
A son front virginal fait monter la pudeur.
Non la triste pudeur, fruit de l'expérience
Cueilli par Ève au bois de l'arbre de science,
Mais un instinct profond, plus fort que le savoir,

Qui fait trembler sans honte et rougir sans savoir.
Et soudain, s'inspirant du conseiller fidèle,
Qui de l'ange ennemi la garde sous son aile :
« Reine de toute grâce et de toute beauté,
« Dit-elle, en se levant sur son lit agité
« Et les mains sur son cœur : O ma sainte patronne !
« Vous que de tant d'amour l'innocence environne,
« Que, pour guider mes pas ou me tendre la main,
« Toujours à mes côtés je sens sur mon chemin,
« Et dont, chaque matin, vers moi la douce image
« Semble, pour me sourire, incliner son visage,
« A ce trouble funeste ô n'abandonnez pas,
« Vous, la mère du ciel, votre enfant d'ici-bas,
« Et préservant ses jours de tout mal qu'elle ignore,
« Ouvrez-lui votre sein pour l'y garder encore ! »
Elle a dit, et déjà, dans son sein virginal
Aux soupirs oppressés succède un souffle égal ;
Elle sent, en collant ses lèvres au rosaire,
Qu'un sommeil doux et frais descend sur sa paupière ;
Le chevet soulevé par tant d'anxiété
Est paisible, au réveil, comme sa piété,
Si ce n'est qu'elle éprouve une tristesse amère,
Tendre sœur, en songeant aux larmes de son frère.

Pour lui, dès le matin, il avait, à pas lents,
Au tombeau de sa mère entraîné ses parents ;
Souvent ainsi par lui guidés vers la chapelle,
Tous ensemble ils venaient y prier auprès d'elle,

Mais cette fois, l'enfant, pour les mieux émouvoir,
En face du tombeau les avait fait asseoir.
A la pitié qu'alors il lut sur leur visage,
Tout d'abord il sentit chanceler son courage,
Et sous le grand devoir qu'il venait accomplir,
Son âme, en cet instant, fut prête à défaillir ;
Mais bientôt retrouvant pour ce combat suprême
Sa volonté loyale et sa foi dans lui-même.
Il reprit sa pensée et, sans feinte ou détours,
D'une voix ferme encore, il vint à son discours.

« Si j'ai conduit vos pas, dit-il, en cette enceinte,
« C'est qu'elle est pleine encor de l'amour d'une sainte ;
« C'est qu'au pauvre orphelin tombé dans l'abandon
« Il faut plus d'une voix pour vous crier pardon !
« Et que, pour conjurer votre juste colère,
« Son courage est plus ferme, appuyé sur sa mère.
« Et pourtant, quel que soit votre arrêt sans appel,
« J'atteste devant vous et ce lieu solennel,
« Et votre propre amour, et Dieu dont la présence
« Repousse le mensonge et soutient ma constance,
« Que si dans le combat sa force a succombé,
« Ce n'est point en fuyant les coups qu'il est tombé. »

Il dit : Marthe ne peut soutenir sa tristesse
Et sur son cœur brisé l'attire avec tendresse ;
Mais lui, se reculant : « O de grâce ! attendez !
« Vous ignorez encor ce que vous demandez,

« Digne mère de celle, hélas ! dont ma démence
« N'a pas su jusqu'au bout respecter l'innocence.
« Vous ignorez encore à quel point votre enfant
« A pu dans le délire oublier son serment ;
« Et plus, en cet instant, votre bonté l'accable,
« Plus il sent qu'envers vous sa faiblesse est coupable. »

« Vous n'oublierez jamais les douleurs de ce jour,
« Mon père, où pour sauver deux enfants , votre amour,
« Déchirant le bandeau qui couvrait ma paupière,
« Dans la nuit de mon cœur fit entrer la lumière.
« Sur votre volonté, je ne m'en défends pas,
« Je résolus, dès lors, de régler tous mes pas,
« Et vaincu, je puis rendre encor ce témoignage
« Que j'ai lutté pour vaincre avec tout mon courage.
« Hier, j'aurais pu fuir sans honte, et devant Dieu
« Rien ne m'eût fait pâlir en vous disant adieu ;
« Mais une heure a suffi : tout est perdu ! la flamme
« De mon sein s'est portée au foyer d'une autre âme,
« Et confesser ma faute en pressant vos genoux
« Est mon dernier espoir devant votre courroux. »

Il tremble, mais ces mots font sangloter sa mère,
Le pardon semble écrit sur le front de son père,
Et détachant sa main de ses yeux essuyés :
« Chers parents, poursuit-il, s'asseyant à leurs pieds,
« Faut-il, sans méconnaître ici votre sagesse,
« Rappeler, pour servir d'excuse à sa faiblesse,
« Par combien de périls, vers la chute entraîné,

« L'enfant de votre amour était environné?

« L'avez-vous dans vos cœurs si pleins d'expérience

« Condamné sans retour devant sa conscience?

« En livrant ma jeunesse à cet enivrement,

« Dieu m'a-t-il tout d'un coup frappé d'aveuglement?

« Ou bien, mon père, est-il au monde un cœur de glace

« Qui fût, malgré vos soins, resté froid à ma place ?

« Ah ! j'ai toujours aimé cette enfant ! mais ma voix

« Ne la peut plus nommer sans délire : autrefois,

« Simples enfants encor, sa faiblesse et son âge

« Si doux entre nous deux avaient fait mon partage !

« Si franche était ma joie à trouver dans nos jeux

« Ses yeux toujours riants, son front toujours heureux,

« Et de soins dévoués et d'amour sans mélange

« Nos jours d'alors offraient un si touchant échange ! ! !

« Mais des nœuds fraternels de notre intimité

« Les doux rapports n'ont plus cette simplicité !

« Que de fois j'ai voulu, seul à seul avec elle,

« Lui demander pourquoi je la trouvais si belle !

« Que de fois, idolâtre et l'adorant tout bas,

« J'aurais voulu baiser l'empreinte de ses pas !

« Puis de mon cœur enfin quand la coupe était pleine,

« Quand mes lèvres s'ouvraient, interdit, hors d'haleine

« Et fasciné devant ce regard innocent,

« Ainsi qu'un criminel, je tremblais impuissant !...

« J'ignorais, cependant, j'ignorerais encore

« La nature et le nom du feu qui me dévore,

« Si mon père, en sondant ce mal mystérieux,

4··

« Sur' ses germes cachés n'eût dessillé mes yeux.

« Ah ! je ne dirai pas, depuis ce coup funeste,

« Quels combats a livrés la force qui me reste,

« Et combien, pour sauver l'honneur et le devoir,

« J'ai souffert à lutter contre le désespoir. »

« Hier j'étais ici, priant avec instance

« Ma mère d'envoyer vers moi son assistance,

« Et sur elle appuyé, je me croyais sentir

« La force d'achéver cette épreuve en martyr ;

« Mais, en tournant les yeux, que devint mon courage

« Quand, le visage en pleurs et barrant mon passage,

« Je trouvai sur le seuil, priant à deux genoux,

« Celle qui dans mon cœur porte des noms si doux ?

« Dès lors, c'en était fait : sous ses chastes caresses

« Je sentis défaillir ma foi dans mes promesses.

« En vain je la pressais, dans un suprême effort,

« Déjà vaincu, de fuir pour me laisser plus fort

« Et, pour me résister, encor cherchais des armes ;

« L'incroyable douleur de voir couler ses larmes,

« Son bras que, dans son trouble et dans mon embarras,

« Une étreinte invincible attachait à mon bras,

« Tout m'avertissait trop que ma volonté même

« Luttait pour succomber dans ce combat suprême,

« Et j'étais trop heureux, d'ailleurs, d'être abattu,

« Pour ne pas étouffer mes remords de vertu. »

« Qu'alléguer à présent ? chers parents ! quelle excuse

« Pour l'enfant qu'à vos pieds son bonheur même accuse,
« Et qui vous trahissait quand sur sa loyauté
« Vos cœurs se reposaient dans leur sincérité?
« Dirai-je que jamais ma pauvre âme ravie
« Sous un charme pareil n'avait goûté la vie,
« Et combien je voudrais, quand j'en devrais mourir,
« Pour être ainsi pleuré, toujours ainsi souffrir?
« O quand, dans l'abandon de sa grâce enfantine,
« Elle appuyait sa droite ainsi sur ma poitrine,
« Interrogeant le cœur à sa pitié fermé,
« O ce cœur, sous le poids si longtemps comprimé,
« Pouvait-il empêcher sès bonds involontaires
« De répondre à la main qui sondait ses mystères?
« Il a parlé, mon père et, coupable envers vous,
« J'attends l'arrêt dicté par un juste courroux.
« Mais vous m'avez laissé vous aimer sans mesure,
« Vous appeler de noms trop chers à la nature,
« Et l'orphelin sauvé, l'enfant de vos soucis
« A répondu trop jeune au doux titre de fils. »

Ici l'enfant s'arrête : à sa voix épuisée
L'haleine ne vient plus qu'affaiblie et brisée.
Du tombeau de sa mère il se fait un appui,
Et Marthe, de nouveau, veut l'attirer, mais lui :
« Ah! reprend-il encore avec effort, de grâce!
« Laissez-moi cet appui, laissez-moi cette place!
« Et puisque jusqu'ici vous m'avez écouté,
« Ne vous fatiguez point d'entendre avec bonté! »

Puis du front ruisselant qu'avec peine il redresse
Essuyant la sueur et domptant sa faiblesse :
« Écrasé, mais soumis avec sincérité,
« Mon front contre le joug ne s'est point révolté,
« Fait-il, et de l'exil que votre loi·m'impose,
« Si rigoureux qu'il soit, j'ai bien compris la cause ;
« Mais le ciel a jugé : Providence ou hasard,
« Fût-il bon, le remède est arrivé trop tard.
« Dieu, qui sous votre égide a placé ma jeunesse,
« Qui m'a fait votre fils, au moins par la tendresse,
« Dieu sans nous attacher par des nœuds plus sacrés,
« N'a pas voulu qu'ainsi nous fussions séparés.
« Je sens sur moi sa main : c'est bien sa Providence
« Dont la vertu déjoue ainsi notre prudence
« Et qui dans ses desseins, quand j'étais résigné,
« Brise l'arrêt avant que ma mort l'ait signé.
« Cette enfant elle-même, à son calme arrachée,
« Quel pouvoir à mes pas, sans lui, l'eût attachée ?
« Qui dans son âme eût mis ces trésors de pitié ?
« Qui si bien déguisé l'amour sous l'amitié,
« Qu'elle ouvrît sans rougir devant celui qu'elle aime
« Le secret de son cœur fermé pour elle-même ?...
« Ah ! c'est Dieu, Dieu toujours, et l'intercession
« De celle dont ici j'ai la protection » !

« Enfin ! nous séparer, ce n'est pas m'interdire
« A tout jamais l'espoir du bonheur où j'aspire.
« Vous n'avez pas voulu ranimer le flambeau

« Pour le rendre si vite à la nuit du tombeau ;

« Me faire ainsi mourir n'est pas votre pensée ;

« Mais vous me conservez votre bonté passée

« Et de ma mère, hélas ! nous quittant pour les cieux,

« Vos cœurs ont retenu les derniers mots d'adieux.

« Au mien ils sont inscrits en traits ineffaçables

« Et dans mes longues nuits, dans mes jours lamentables ;

« Depuis qu'à leur promesse il me faut résister,

« J'entends sa voix de sainte encor vous répéter :

« *Je meurs entre les bras de toute ma famille :*

« *Mon fils est bien à vous, comme à moi votre fille,*

« *Et si mes yeux déjà percent dans l'avenir,*

« *Quelque chaîne sacrée, un jour, les doit unir.*

« Cette prédiction si chère à ma mémoire,

« Qu'est-elle enfin, sinon mon rêve et mon histoire ?

« N'émanait-elle pas du ciel, déjà conquis

« Par celle qui de loin nous y voyait unis,

« Mon père ! et pourrions-nous sur sa cendre glacée

« Renier aujourd'hui sa dernière pensée

« Sans démentir aussi Dieu qui, dans sa bonté,

« Dictait ce testament selon sa volonté ?....

« Oh ! parlez ! pour changer en vertu ma faiblesse,

« Je n'implore et n'attends qu'une simple promesse.

« Les jours d'exil alors seront vite écoulés ;

« Que j'espère ! et je pars demain, si vous voulez.

« L'épreuve, puisqu'il faut qu'enfin je la subisse,

« Ne sera plus pour moi qu'à peine un sacrifice :

« Mais ne rejetez pas, pour ne plus le revoir,

« Chers parents ! votre enfant loin de vous sans espoir.

« Laissez-lui, par pitié ! cette seule pensée

« Qu'il peut aimer sa sœur comme sa fiancée,

« Et s'il faut pour l'exil la quitter aujourd'hui,

« Qu'à son retour, au moins, vous la gardez pour lui. »

« J'ai tout dit, chers parents ! tout avec confiance,

« Sans garder rien au cœur, rien à la conscience :

« Jugez ! et si je dois ne vous plus revenir,

« Je mourrai sans cesser encor de vous bénir. »

Edgar se tait. Troublé par ce touchant langage,
Monvert sent presque en lui défaillir son courage.
Du cœur dont sur la terre il est l'unique appui
En traits si déchirants la voix pénètre en lui ;
Il redoute à tel point qu'un mot inexorable
Ne frappe sur cette âme un coup irréparable,
Qu'avant d'ouvrir la bouche il voudrait méditer,
Et ne peut se défendre un instant d'hésiter.
Enfin, avec l'accent d'une tendresse intime :
« C'était assez déjà, mon fils, d'une victime,
« Et c'est trop si sur deux il nous laisse à pleurer,
« Pour le jour de douleur qui nous doit séparer.
« Du passé, pauvre enfant ! je n'ai plus rien à dire :
« Sur l'avenir, priez le bon Dieu qu'il m'inspire.
« Je ne puis cependant, sans bien l'envisager,
« Si loin du terme encore envers vous l'engager ;
« Mais vous pourriez, au lieu d'une vaine promesse,

« Peut-être, en y songeant, compter sur ma tendresse
« Et penser que par nous jamais vous ne serez,
« Chers enfants ! sans retour malgré vous séparés. »
Mais pour Edgar ces mots étaient une assurance.
Il n'avait pas plus loin porté son espérance,
Et pleurant de bonheur entre leurs bras amis,
« Je suis, répétait-il, ô je suis votre fils ! »
Marthe enfin sur son sein le pressait : mère et femme,
Elle avait jusqu'au fond pénétré dans cette âme,
L'aimait comme lui-même aimait sa chère enfant,
Et le nommait cent fois son fils en l'embrassant.

Comme ils rentraient, Edgar aux côtés de sa mère,
Monvert les précédant, pensif et solitaire,
Marie, en les voyant lentement s'avancer,
Sortit à leur rencontre et vint les embrasser.
Jamais vierge aux regards n'apparut plus charmante.
Même aux yeux de son père, elle était ravissante,
Et quand il l'aborda tout tremblant d'embarras,
Edgar sentit des pleurs et resta dans ses bras.
Pour elle, à peine un trait de rougeur passagère
Sur son front laissa voir une trace légère,
Et dans son innocence et son sourire heureux,
On eût dit un rayon du ciel au milieu d'eux.
Bientôt se répandit sur toute la famille
La paix que reflétait ce front de jeune fille :
Edgar même, un instant, crut avoir retrouvé
Le bonheur sans mélange autrefois éprouvé,

Et dans son cœur soudain sembla redescendue
La douceur d'une paix depuis longtemps perdue.
Mais ce calme apparent, du combat trop voisin,
Loin d'ébranler Monvert, confirma son dessein,
Et surmontant lui-même un intérêt trop tendre,
Il jugea qu'il fallait agir sans plus attendre.

1839.

LES ÉMIGRÉS

CHANT DIXIÈME.

GRAVE SEMONCE.

Fili, si ponis pacem tuam cum aliquâ personâ,
propter tuum sentire aut convivere, instabilis eris.
(IMITAT. III, 42.)

Toutefois, s'il s'arrache à la perplexité,
L'amour du père encore est plein d'anxiété.
Sa volonté n'est pas à tel point obstinée,
Qu'il prétende à ses lois plier la destinée :
Puisqu'il est temps encor, mieux vaudrait s'abstenir
Qu'empoisonner ses jours dans un double avenir
Et d'un coup mal porté briser deux existences,
Sans avoir jusqu'au fond sondé les résistances.
Aussi, prenant à part sa fille, en mots discrets,
Marthe aborda l'objet de ses tourments secrets,
Parla d'adieux cruels, dit la souffrance extrême,
Qu'Edgar en ressentait pour elle et pour lui-même,
Peignit sa douleur propre, et put à découvert
Lire au livre innocent de ce cœur tout ouvert ;

Mais si loin qu'il plongeât, à son regard de mère
Rien n'y vint révéler ni trouble ni mystère,
Et Monvert, dans sa marche affermi sans retour,
Pour le fixer enfin prit Edgar à son tour.

Tout d'abord, de son âme il loua la droiture,
Ses efforts généreux pour dompter la nature,
Et les nobles aveux où des lois du devoir
Le saint amour en lui s'était fait si bien voir,
Sans cacher qu'à ses yeux, pour une âme abusée,
La chute était facile et d'avance excusée ;
Puis allant droit au but : « Votre erreur d'un moment,
« Poursuit-il, m'a troublé d'abord profondément.
« J'ai craint que cette ardeur, une fois déclarée,
« Peut-être n'eût franchi quelque borne sacrée
« Et fait à l'héritier d'une illustre maison,
« Dans la fièvre, oublier l'honneur ou la raison.
« Le bon Dieu par son ange, en sa faveur propice,
« A retenu vos pas au bord du précipice,
« Et quand le gouffre ouvert vous allait engloutir,
« Presque malgré vous-même, il vous en fait sortir.»

Mais Edgar l'arrêtant : « O mon père ! je jure
« Que la pensée en moi ne fut jamais plus pure.
« S'il existe un amour funeste à la vertu,
« Ce n'est point le penchant que j'ai tant combattu,
« Et quoique un feu brûlant dans mes veines ruisselle,
« Edgar, près de Marie, est chaste et saint comme elle... »

« — Me préserve le ciel de vous calomnier,

« Mon fils ! abstenez-vous de vous justifier.

« Dieu n'abandonne pas ainsi l'adolescence,

« Dès les premiers échecs subis par l'innocence ;

« Mais l'abîme du mal, que vous ne voyez pas,

« N'en est pas moins béant encor devant vos pas.

« Jusqu'ici, respectant la candeur de votre âge,

« Moi-même, en vous parlant, j'ai voilé mon langage :

« Il nous faut aujourd'hui briser ce faux miroir

« Où devant vous vos yeux s'ouvrent pour ne point voir. »

« Vous aimez, pensez-vous, depuis peu... qu'est-ce à dire ?

« L'âme est-elle insensible, à moins d'être en délire,

« Et seriez-vous injuste à ce point, d'oublier

« Un passé qu'à l'amour vous devez tout entier ?

« Avant que cette fièvre en vous fût allumée,

« L'enfant que vous aimez, l'aviez-vous moins aimée ?

« Pour conserver ses jours, plus désintéressé,

« S'il eût fallu mourir, eussiez-vous balancé,

« Et quel que soit l'autel où le cœur sacrifie,

« Peut-il y rien porter de plus cher que la vie ?

« Pour être plus ardent et surtout plus jaloux,

« L'amour n'est point, mon fils, plus profond ni plus doux :

« Cette chaleur du sang qui vous brûle auprès d'elle,

« C'est la fougue des sens déjà qui se révèle ;

« C'est vous que vous aimez dans elle, et cette ardeur

« A porté le désordre où regnait la candeur.

« Mais, trop habile encore à vous tromper vous-même,

« Vous prétendez aimer comme nul autre n'aime, •

« Comme, avant vous, jamais on n'aima : tous vos vœux

« Sont d'un cœur vierge et pur les élans vertueux.

« Comme l'œil s'ouvre au jour, comme le sein respire,

« Vous cédez sans contrainte au flot qui vous attire,

« Et bercé, pauvre enfant ! par ce flux et reflux,

« Vous vous croyez, peut-être, une vertu de plus :

« Et cependant, pour ceux qui l'ont si mal suivie,

« Confiante et sans crainte, ainsi s'ouvrit la vie,

« Et le front sans pudeur, l'éhonté scandaleux

« Fut souvent, au départ, humble et respectueux. »

« Vous dites, il est vrai, vous abusant encore,

« Que vous tremblez aux pieds d'une enfant qui s'ignore...

« Mais, pour vous imposer un excès de respect,

« Cette enfant n'a changé ni de nom ni d'aspect :

« Vous seul avez changé, dont la langue craintive

« Perd la simplicité de sa candeur native,

« Et cet effroi nouveau que vous prisez si fort,

« Loin d'être un saint respect, est bien près du remord.

« C'est du moins un avis qu'apporte à l'innocence,

« L'instinct de ses dangers et de son impuissance,

« Et, quelque amer qu'il soit de vous désenchanter,

« Je ne saurais mentir aussi pour vous flatter.

« Le rêve qui vous berce encore et vous fascine,

« Qu'on dirait volontiers pur dans son origine,

« Qui voudrait pour l'offrir avoir le monde à lui,

« C'est l'égoïsme, Edgar, qui vous leurre aujourd'hui.

« L'imprudent qui s'enivre à ses fausses délices

« Se flatte d'être prêt aux plus grands sacrifices;

« Dévoué moins qu'aveugle et d'instinct raffiné,

« Puisqu'il prétend à plus toujours qu'il n'a donné,

« Il n'ose, au fond du cœur, s'avouer à lui-même

« Que dans l'objet aimé c'est lui surtout qu'il aime,

« Mais sitôt que pour vaincre il faut un peu souffrir,

« Dès la première épreuve, il parle de mourir.

« Depuis que l'homme au mal a livré la nature,

« L'amour n'est plus un don fait pour la créature,

« Et tout attachement qui n'atteint pas au ciel,

« Cher enfant! c'est la mort sous les fleurs et le miel. »

« Mais, interrompt Edgar, un amour légitime

« Ne tend-il pas au ciel et peut-il être un crime?

« Même au milieu des biens dont il l'avait comblé,

« Dieu ne jugea pas bon qu'Adam fût isolé.

« N'est-ce pas Rébecca dont la vertu si chère

« Consolait Isaac de la mort de sa mère?

« L'élu du ciel, Jacob, n'a-t-il pas acheté

« Rachel par quatorze ans de domesticité?

« Et n'est-il pas écrit : pour la femme qui l'aime

« L'homme quitte son père et sa mère elle-même?... »

« La vérité, mon fils, qui doit tout mesurer,

« N'a besoin, il est vrai, de rien exagérer.

« Vous savez par la loi révélée et transmise

5

« Comment Jésus époux s'aime dans son Église;

« Comment, pour lui gagner les générations,

« Il s'offre en holocauste aux yeux des nations,

« Et comment, par son sang l'Église fécondée,

« Lui rend en saints l'amour dont elle est inondée.

« L'homme aussi dans l'épreuve et l'abnégation

« Par la chair et le sang souffre sa passion :

« D'abord pour la famille à laquelle il s'immole

« Et qui forme ici-bas sa vivante auréole;

« Plus haut, pour la Patrie à laquelle, en retour,

« La famille adoptée appartient à son tour ;

« Pour cette Église enfin, famille universelle

« Qui vit toute en son chef, comme il est tout en elle,

« Et par ses grands liens, l'ordre et la charité,

« Unit dans son Sauveur toute l'humanité.

« Dans cet ordre où l'esprit tient la chair asservie,

« L'homme enfante à l'Église et l'Église à la vie,

« Et la vie, à ce prix rendue à l'unité,

« Avec Dieu par l'amour rentre en société.

« Mais avez-vous, mon fils, sondé ces hauts mystères?

« L'amour prend-il en vous ces divins caractères?

« Ou, plutôt, dans le vide et les déceptions

« Ne vous berce-t-il pas de mille illusions ? »

« Il en coûte à mon cœur, cher enfant, de détruire

« Celle qui, cependant, semble trop vous séduire ;

« Mais votre sœur vous aime assez pour consentir,

« Dès que c'est un devoir, à vous laisser partir.

« Elle est pleine pour vous d'une juste tendresse ;

« Comme nous ce départ l'accable de tristesse ;

« Mais, si j'ai bien compris vos discours et les siens,

« Aucun mot ne s'est dit dans tous vos entretiens

« Qui ne fût inspiré dans cette âme sincère

« Par la sainte amitié d'une sœur pour son frère,

« Et quel que soit l'excès de cette affection,

« Elle est loin d'une ardente et folle passion. »

Près d'entamer un point qu'il aborde avec peine,
Ici, se recueillant, Monvert reprend haleine.
A ses côtés Edgar, muet et soucieux,
Sur le front paternel n'ose arrêter ses yeux.
Sûr qu'il est d'être aimé, le discours de son père
A du doute en son sein fait entrer la vipère,
Mais il l'étouffe en lui, pour ne point offenser
L'amour qui veut guérir la plaie et non blesser.
Monvert poursuit : « Dès lors, vous sentez, je l'espère,

« Quels saints devoirs l'honneur impose à votre père :

« Après qu'un tel amour s'est osé déclarer,

« Il ne peut plus, mon fils, ne pas vous séparer,

« Et pour que rien n'amène entre nous de méprise,

« Il faut, dès aujourd'hui, tout dire avec franchise. »

« Vous avez, à l'appui de vos vœux si pressants,

« Évoqué des motifs bien chers et bien puissants.

« Contre des souvenirs d'un intérêt si tendre,

« Mon cœur n'était pas ferme assez pour se défendre,

« Et malgré la raison, un sentiment trop doux

« Y plaidait à la fois pour ma fille et pour vous.

« J'ai donc promis alors, et Dieu voit ma promesse,

« Que vous seriez mon fils toujours par la tendresse;

« Mais je n'ai pu promettre, et je n'ai pas promis

« De trahir les destins auxquels Dieu m'a commis.

« Rendre un de mes enfants à l'autre responsable

« Serait plus qu'insensé pour un père et coupable,

« Et Dieu, si je souffrais cette témérité,

« M'en ferait rendre compte avec sévérité. »

« Croyez bien, cher enfant, qu'à son rang légitime

« Une alliance illustre a place en mon estime,

« Quoique, au fond, mon orgueil, peut-être, fût blessé

« De sortir de la sphère où Dieu m'avait placé.

« Écoutez toutefois jusqu'au bout : la noblesse

« Chez un peuple vivace est le grand droit d'aînesse,

« Et par la race à qui le ciel l'a confié

« Ce droit impunément n'est point sacrifié.

« L'Éternel, je le sais, dont le monde relève

« Abaisse tour à tour et tour à tour élève;

« Je sais, pour niveler tout à son horizon,

« Ce que l'orgueil rebelle inspire à la raison;

« Mais la raison d'un seul, égoïste pensée,

« Dans ses faux jugements est trop intéressée

« Pour jamais prévaloir contre les droits jaloux

« Qui du travail des temps sont nés, l'œuvre de tous.

« Le ciel n'approuve point qu'on aspire à descendre :

« Il vous fait l'héritier d'un haut rang à défendre,

« Maître d'immenses biens et de sang glorieux,

« Et ma fille est moins riche en or comme en aïeux.

« Sera-t-il dit, Edgar, que sous mon influence

« J'ai couvé lâchement cette noble alliance,

« Vous cachant, pour surprendre et capter votre choix,

« Moi, Monvert, vous, Morville, inconnu dans ces bois?...»

« Vous-même enfin, aux vœux nés de votre délire,

« Mon fils, si dès ce jour j'étais prêt à souscrire,

« Connaissez-vous votre âme, et pouvez-vous savoir

« Si demain vous verriez du même œil que ce soir?

« En vain vous vous forgez la chimère trompeuse

« D'une vie à l'abri d'orage et toute heureuse,

« Puisque le ciel jamais n'a béni d'union

« Sans lui marquer ses jours de tribulation.

« Déçu dans votre attente, un jour viendrait peut-être

« De regretter trop tard l'heure où vous étiez maître,

« En blâmant à bon droit, dans votre repentir,

« Ma faiblesse aujourd'hui trop prompte à consentir.

« Si Dieu veut, cher enfant ! que notre destinée

« Par des nœuds plus étroits soit jamais enchaînée,

« Je verrai, dans ma joie, heureux de le bénir,

« Ce jour caché bien loin encor dans l'avenir;

« Jusque-là nous devons demeurer l'un et l'autre,

« Moi, maître de mon choix, et vous, libre du vôtre. »

Ainsi Monvert poussait pour son cher orphelin,

Du dernier dévoûment l'effort jusqu'à la fin,
Et quand il s'arrêta, quel que fût son courage,
Une sueur pénible inondait son visage.
Edgar se redressant : « Quel que soit votre arrêt,
 « Vous serez obéi, mon père, et je suis prêt.
 « Dites, en même temps, pendant combien d'années
 « Je devrai dans l'exil traîner mes destinées ;
 « S'il me sera jamais, dans ce terme fatal,
 « Permis de retremper ma vie à l'air natal ;
 « Où je dois la porter pour que Dieu la soutienne ?...
 « Et sur ce point encor s'il faut que je revienne,
 « Je ne veux plus tenter d'ébranler vos esprits ;
 « Mais, enfin, mes discours ont-ils été compris,
 « Lorsque, pour le convaincre, au cœur d'un si bon père,
 « Je rappelais l'adieu que lui laissa ma mère ?
 « Ah ! si pour les entendre elle eût pu revenir,
 « Auriez-vous dit ces mots amers à retenir,
 « Que de notre Sauveur, de mon tuteur fidèle,
 « Le sang part de trop bas pour le rapprocher d'elle ?
 « Que ces grands biens, par vous rachetés et rendus,
 « Sont trop nobles pour être aux vôtres confondus,
 « Et lui dénieriez-vous comme à moi votre fille,
 « En alléguant encor l'honneur de sa famille ?... »

Monvert l'arrêta net : « Ces pénibles discours
 « Vont-ils donc, ô mon fils, recommencer toujours ?
 « Sur nos vœux les plus chers pouvez-vous vous méprendre ?
 « Jusqu'au fond de nos cœurs ne sauriez-vous descendre

« Et voir dans la rigueur qui vous blesse en ce jour,
« Un sacrifice amer surtout pour notre amour ?
« Est-il quelque moyen que ma tendresse extrême,
« Pour vous le tempérer n'imagine elle-même,
« Et pour donner un gage enfin à vos douleurs,
« Pauvre enfant! faudra-t-il que vous voyiez mes pleurs ? »

Sur ces mots prononcés d'une voix altérée,
La conscience aveugle enfin fut éclairée.
Quand, regardant son père, Edgar eut de ses yeux
Vu lentement couler des pleurs silencieux ,
Il comprit aussitôt, honteux au fond de l'âme,
Que les siens n'étaient plus que des larmes de femme,
Et des mots où son cœur le venait d'entraîner,
Dans les bras de son père il se fit pardonner.

Toutefois, ce cœur saigne encore, et, quoi qu'il fasse,
Du combat décisif son front porte la trace.
Sa sœur qui l'aperçoit n'ose pas, cependant,
Affronter de nouveau son terrible ascendant.
Mais la mère — et quel mal trompe l'œil d'une mère? —
La mère avec amour s'ouvre à lui la première.
Dans sa souffrance elle entre avec effusion,
Confond les deux enfants dans son affection,
Cède avec complaisance au bonheur de les plaindre,
Joint dans ses vœux leurs noms sans presque se contraindre,
Et lui marque de loin l'heure où , comblant ses vœux,
Dieu l'aura ramené, libre enfin, auprès d'eux.

Le cœur souffrant de l'homme est comme la blessure
Qui demande une main douce, légère et sûre.
Et Dieu mit dans la femme et l'amour et les pleurs,
Seul baume qu'ici-bas supportent ses douleurs.

1839.

LES ÉMIGRÉS

CHANT ONZIÈME.

LE DERNIER JOUR.

On était si accoutumé à les voir ensemble,
qu'on semblait les perdre tous deux.
(L'Auteur.)

Edgar était connu : malgré la solitude
Où s'écoulaient ses jours consacrés à l'étude,
Il s'était fait au loin, dans cette obscurité,
Aimer pour son cœur noble et son urbanité,
Et l'antique donjon si longtemps solitaire
Vit assiéger soudain sa porte séculaire,
Chacun au jeune maître apportant à son tour
Ses regrets ou ses vœux des cantons d'alentour.
Quand venaient tant de mains presser sa main amie,
Il sentait la vertu dans son sein raffermie ;
Mais de tous les adieux, le plus cher fut celui
Des pauvres adoptés par sa sœur et par lui.
C'était sous leur double aile une même famille,

5*

Et légués désormais seuls à la jeune fille,
Ils semblaient, par tous deux jusque-là visités,
De sa part de bienfaits rester déshérités.
Oublieux de son deuil à l'aspect de leurs larmes,
Il s'arrêtait à tous pour calmer les alarmes :
Vénérant les vieillards, prenant sur ses genoux
Les enfants qu'il nommait de leurs noms les plus doux,
Et leur montrant sa sœur, active sentinelle
Qui veillerait sur tous pour son frère et pour elle,
D'une main qui cachait son œuvre à tous les yeux,
Il ajoutait encore à ces touchants adieux
Les dons qu'il eût portés dans le cours de l'année,
Si l'année à l'exil n'eût été condamnée.
C'est ainsi que, béni par chacun et pleuré,
Aux douleurs du départ il s'était préparé.

Pour remettre à Paris son fils à des mains sûres,
Monvert en tuteur sage avait pris ses mesures,
Et malgré ses périls, il avait préféré
Ce séjour où souvent l'air est pestiféré.
Il savait qu'au-dessus du gouffre où tourbillonne
La plèbe que nourrit la grande Babylone,
A part des mœurs sans nom que lui porte en tribut
Ce qu'a l'empire entier d'opprobre et de rebut,
L'âme qui veut monter s'y trouve une atmosphère
Qui la porte plus haut que la vertu vulgaire,
Et dans ces régions, l'honneur du genre humain,
Il saurait son pupille introduit par la main.

Mais des droits demeurés sous sa garde fidèle,
Avant tout, il voulut décharger sa tutelle,
Et rendre à l'orphelin, avec l'autorité,
Les titres de retour à la propriété.

Edgar, depuis l'enfance, avait fait son domaine
De trésors étrangers à la richesse humaine,
Sans arrêter son âme ou ses-yeux sur des biens
Qui n'avaient pas cessé d'ailleurs d'être les siens.
Quand Monvert l'aborda : « Ce splendide héritage,
« Mon père, qu'en vos mains il reste sans partage,
« Fit-il, et soit à moi sans cesser d'être à vous.
« Si de l'honneur du titre encor je suis jaloux,
« Je n'entends accepter des pouvoirs qu'il confère
« Que ceux qui font au maître une loi d'être un père,
« Et pour moi, serviteurs, colons, gens de tout rang,
« Nés du même passé, sont presque de mon sang.
« Je veux, en la quittant, de la famille entière
« Avec moi dans l'exil emporter la prière,
« Devant les saints autels, à ce dernier moment
« Sous la garde de tous placer mon testament,
« Et que sans plus tarder, demain, dans la chapelle
« Autour de leur saint prêtre ensemble on les appelle.
« D'ici, je vais moi-même au vénéré vieillard
« Demander qu'il consente à bénir mon départ,
« Dans son sein charitable épancher mes tristesses,
« A son œil paternel dévoiler mes faiblesses,
« Et dans les bras de Dieu, s'il m'y daigne accueillir,

« Retremper mon courage encor prêt à faiblir. »

Il dit. Monvert est fier d'entendre son pupille :
C'était bien là le chef chrétien, le vrai Morville,
Appelant sa famille et portant dans son cœur
Ce peuple enfant du sol, sa force et son honneur.
Deux serviteurs choisis, sans tarder davantage,
De hameaux en hameaux vont porter son message,
Et lui-même il conduit son enfant presque heureux
Au prêtre qui demain viendra prier pour eux.
Edgar sent, au retour, sa marche plus légère :
Tout le long de la route, il s'attache à son père,
Et dans son sein déjà porte avec fermeté
Son sacrifice, amer encor, mais accepté.
Puis il revoit sa sœur, sa compagne assurée,
Chaque fois qu'il prend place à la table sacrée :
Il ne saurait douter que Marie aujourd'hui
Ne soit plus que jamais prête à s'y joindre à lui,
Quand tous vont à la fois, par le sacré mystère,
Prier Dieu de veiller sur les jours de son frère....
Et pourtant, elle hésite et pâlit : ce dessein
D'un trouble si nouveau fait palpiter son sein,
Qu'au lieu de se livrer à cette ardeur trop vive,
Elle court à sa mère et, saintement craintive,
S'enquiert si du bonheur qu'elle a peur de goûter,
Il n'est rien devant Dieu, peut-être, à redouter.
Mais de son cœur de mère et de son œil de femme
La mère a jusqu'au fond pénétré dans son âme :

« Ne crains point pour ton frère, enfant, dans un tel jour,
« D'apporter au bon Dieu trop de vœux et d'amour :
« Avec toi, comme toi, pour ce moment suprême
« A notre cher Edgar je m'unirai moi-même,
« Et dans l'ardent amour dont il est plein pour vous,
« Ton père est, je le sais, prêt à s'y joindre à nous. »
Devant son innocence ainsi justifiée
Et voyant son ardeur presque sanctifiée,
L'enfant, rentrée en paix, s'abandonne au bonheur
D'arroser son ami de ses larmes de sœur.

Cependant, s'arrachant à son lit solitaire,
Edgar avec l'aurore arrive au presbytère,
Et tandis qu'à travers les taillis et les prés,
Soutenant du pasteur les pas mal assurés,
Il veille sur sa marche avec sollicitude,
Dans le calme de l'heure et de la solitude
Il expose et confesse à sa sainte amitié
Les tourments de son cœur si dignes de pitié.
Le vieillard dans sa peine entre avec sympathie,
Avec lui se résigne, à ses vœux s'associe,
Et plaignant ceux qu'au joug les sens ont asservis,
Aux paroles d'espoir joint de graves avis.
Edgar dans son discours, doux ensemble et sévère,
Retrouve la sagesse et le sens de son père,
Le même épanchement d'onctueuse bonté,
Mais un esprit plus large encor de charité.

Le soleil des coteaux repoussant la barrière
Inondait l'horizon de ses flots de lumière,
Quand, ouvrant la chapelle, Edgar trouve à genoux
Tout un peuple en prière autour des deux époux.
La foule à son appel déjà l'avait remplie,
Et l'honneur de prier pour lui la multiplie.
Nul, quel que fût son âge ou son infirmité,
De ce devoir de tous ne s'était exempté :
Les colons, les fermiers arrivaient par familles,
Et les petits garçons et les petites filles
Au maître bien-aimé, fleurs vivantes des champs,
Conduits par les vieillards, portaient leurs vœux touchants.
Unis comme le lierre à l'arbre qu'il embrasse,
L'un près de l'autre aussi nos enfants ont pris place :
Le calme de l'amour qui se soumet à Dieu
Tempère dans leurs traits la douleur de l'adieu ;
Mais il laisse entrevoir la blessure cachée,
Qui déjà fait saigner l'âme à l'âme arrachée.
Ainsi, tendres encor, quelquefois deux ormeaux
Ont pour s'entr'appuyer croisé leurs bras jumeaux,
Et grandissant de pair, soudé par la croissance
Leurs troncs qu'avait déjà rapprochés la naissance;
Et si le laboureur vient à les séparer,
On ne sait qui des deux a plus à réparer,
Ou celui qui, pleurant la glèbe maternelle,
Perd le soleil natal et l'ombre fraternelle,
Ou celui qui, resté sur sa tige isolé,
Laisse voir sa langueur à son flanc mutilé

Et renversant sa tête au gré des vents contraires,
Pour s'appuyer encor cherche en vain d'autres frères.

Se tournant vers la foule alors, et d'une voix
Toujours comprise et chère à ces cœurs d'autrefois,
Le pasteur dit la paix du serviteur fidèle
Qui dans son maître aimé trouve aussi son modèle.
« Le bon maître est semblable à la source d'été
« Qu'entoure au loin la joie et la fécondité.
« L'homme y vient étancher sa soif ; les jeunes filles
« S'y rassemblent, le soir, de toutes les familles ;
« Les troupeaux altérés descendent des coteaux
« Pour chercher en bêlant la fraîcheur de ses eaux ;
« Le voyageur brisé du poids de la journée
« Y repose sa marche en passant détournée ;
« La vigne y tend son dais où les oiseaux des airs
« Cachent sous les berceaux leurs nids et leurs concerts,
« Tandis que vers les prés, au loin, sous la verdure,
« Elle va murmurant, toujours limpide et pure,
« Par les mille canaux de ses flots épanchés,
« Rendre à la vie encor les gazons desséchés.
« Tel, mais plus riche encore en bienfaits, le bon maître
« S'entoure avec amour des vertus qu'il fait naître.
« Et ce bonheur sans prix, pour eux, dans sa bonté,
« Dieu le faisait revivre en un siècle infecté,
« Puisque des vieux seigneurs la chaîne continue
« S'allongeait dans Edgar sans s'être interrompue.
« Dignes d'un tel bonheur, ils venaient, en retour,

« D'un même élan de cœur répondre à son amour ;

« Rendre grâces au ciel d'avoir mis sa jeunesse

« Aux mains d'un protecteur plein de sainte sagesse ;

« Réunir à ses vœux leurs vœux, pour obtenir

« Que Dieu sur le passé confirmât l'avenir,

« Et bientôt ramenât au foyer de ses pères,

« Heureux et rétabli dans leurs droits séculaires,

« L'héritier qui déjà représentait pour eux

« Tant de siècles d'honneur, de vertus et d'aïeux... »

En son nom, trop ému pour savoir s'en défendre,

Il commença des mots d'un intérêt plus tendre,

Mais ne put achever les sons interrompus,

Quand il vint à parler de ceux qui n'étaient plus.

Edgar sous les arceaux de l'antique édifice

Retint la foule après le divin sacrifice,

Et devant Dieu lui-même, en son saint monument,

De son adieu suprême il fit son testament,

Reportant sur Monvert, seul maître en son absence,

Ses titres à l'amour comme à l'obéissance,

Puisqu'il n'entendait pas, s'il rentrait dans ses biens,

Que le père un instant les séparât des siens

Et que, suivant le cas, tuteur ou légataire,

Lui seul de tous ses droits restait dépositaire.

Puis adjurant Monvert et se tournant vers lui :

« Nobles parents, dit-il, dois-je craindre aujourd'hui

« Qu'après tant de bienfaits, votre amitié passée

« Ne rejette un fardeau qui ne l'a pas lassée ?

« Ces biens qui par vous seuls pouvaient être sauvés,

« Qu'au prix de tant d'efforts vous avez conservés,

« Gardez-les confondus dans la masse commune

« Avec ceux qui formaient votre propre fortune.

« Le père ne doit point à ses enfants heureux

« Compte du poids des jours qu'il a porté par eux :

« Seul, moi je vous dois tout, le jour même, et j'atteste

« Le Dieu qui dans mon sein répand sa paix céleste,

« Ce Dieu que, pour mieux suivre un rigoureux devoir,

« Mes lèvres près de vous viennent de recevoir,

« Qu'en vous quittant, je cède à la seule puissance

« Du père à qui l'enfant doit toute obéissance,

« Que nul titre jamais ne m'aura mieux acquis

« Le droit d'être appelé jusqu'au bout votre fils. »

« Et vous, de tous mes jours jusqu'ici la compagne,

« Qu'aux pieds de vos parents votre appui m'accompagne !

« Priez qu'en m'éloignant du sein qu'ils m'ont ouvert,

« Ils imposent les mains sur ce front découvert,

« Et quand à vous l'amour appartient sans partage,

« Obtenez la moitié pour moi dans l'héritage. »

L'un et l'autre, à ces mots, devant les deux époux,

Se tenant par la main, tombaient à deux genoux ;

Les assistants ensemble et le prêtre lui-même

Se tournant vers l'autel, y tombèrent de même,

« Père, disait Edgar, bénissez dans l'amour

« La douleur des adieux et l'espoir du retour ! »

Sur les fronts inclinés de la sœur et du frère
Monvert, au même instant, levait sa main de père :
« Oui, cher enfant! dit-il, c'est bien l'occasion
« De vous bénir ensemble avec effusion,
« Puisque, vous l'avez dit, la tendresse passée
« Au sein qu'elle remplit ne peut être effacée.
« Pourquoi dans l'avenir nous seriez-vous moins cher ?
« Ce n'est point pour vous seul que l'exil est amer :
« Vous êtes notre sang presque autant que Marie ;
« L'un à l'autre en nos cœurs l'amour vous associe ;
« Depuis la tendre enfance il partage entre vous,
« Sans penser à choisir, ses espoirs les plus doux,
« Et je demande au ciel qu'éprouvé par l'absence,
« Mûri par l'âge et jeune encor par l'innocence,
« Il vous ramène à nous en tout digne de lui
« Et tel que notre main vous bénit aujourd'hui. »

Amen ! redit l'écho de la chapelle entière,
Et des vieux monuments il sembla sous la pierre
Qu'on sentît des aïeux la cendre tressaillir,
Comme pour s'y mêler et pour le recueillir.
Et relevant sa sœur qui, saisie et tremblante,
Sait à peine où porter sa marche chancelante :
« Je n'ai plus, dit Edgar, résolu désormais,
« Qu'à marcher droit au but marqué par ces souhaits :
« Je sens au cœur l'orgueil d'y prétendre, et j'espère
« Me montrer digne, un jour, des leçons d'un tel père.
« Un vœu pourtant encor qu'après tant de bonté,

« Mon père, je soumets à votre volonté :

« Dieu, dont le souffle éteint la flamme et la rallume,

« Mêle aujourd'hui pour moi la joie à l'amertume :

« Cette joie, à mon tour, j'y veux associer

« Ceux qu'à nos vœux ce temple unit pour le prier,

« Et remettre à chacun des clients du domaine

« Une moitié des prix de la ferme prochaine. »

Monvert, qui l'a compris et s'est tourné vers eux,

Leur explique le don du maître généreux,

Et tous, en s'éloignant, versent en abondance

Des larmes de regrets et de reconnaissance.

Ce beau jour, le dernier peut-être que jamais

Leur maître au milieu d'eux dût voir couler en paix,

Ce jour, plein de bonheur autant que de souffrance,

Fut court pour tant de vie et pour tant d'espérance.

Le vieux prêtre, voyant le soleil décliner,

Dut vers le presbytère aussi s'acheminer :

Les deux jeunes amis, Monvert et sa compagne

Marchèrent avec lui fort loin dans la campagne,

Jusqu'à l'heure où le ciel avec rapidité

Par degrés laissa l'ombre éteindre sa clarté,

Et la nuit les couvrait de sa robe étoilée

Qu'ils cheminaient encore à travers la vallée.

Edgar, menant Marie attachée à son bras,

Précédait ses parents rêveurs de quelques pas,

Quand soudain, sous les pans traînants d'un hallier sombre,

Elle aperçut deux yeux de feu perçant dans l'ombre,

Et lui, sentant la main à son bras se crisper,
Vit comme elle, ou crut voir une forme ramper.
Puis, sous l'impression dont elle était frappée,
Il pensa que leur vue avait été trompée,
Mais ne s'éloigna plus des parents pour franchir
L'espace qui restait encore à parcourir.

Comme aux jours du bonheur, à la famille entière
Edgar voulut encor s'unir pour la prière,
Et suppliant sa sœur, pour la dernière fois
Prier par sa chère âme et parler par sa voix ;
Mais l'angélique enfant, tremblante et sans répondre,
En larmes devant eux paraissait prête à fondre.
Se résignant alors lui-même, à deux genoux
Il éleva la voix pour elle au nom de tous,
Puis, calme et sur son front pâle ensemble et suave
Portant l'impression d'une scène aussi grave :
« Qui sait si ce foyer, dit-il, après ce soir
« Jamais ensemble ici nous verra nous asseoir ?
« Je sens déjà combien peu certaine est la vie :
« Sous la chaîne où le sort tient la mienne asservie,
« De l'absent qui n'est pas sûr de vous revenir
« Je voudrais à chacun laisser un souvenir ;
« Mais, en dehors du cœur brisé qui vous demeure,
« Edgar n'a rien qui puisse être offert à cette heure.
« Riche de tant de biens où l'amour n'entre pas,
« Un seul parle à mon âme et m'est cher ici-bas,
« Le voici : c'est l'anneau qu'à son heure dernière,

« Tiède encor dans mon sein laissa tomber ma mère.

« Ce gage de tendresse et de saintes vertus,

« Il ne me suivra point vers des cœurs inconnus :

« C'est ici qu'est sa place, où demeure mon âme,

« Où vit et m'aime encor par vous la noble femme,

« Et si j'ose, ma sœur, avec mes vœux secrets,

« Léguer ce monument d'espoir et de regrets,

« C'est à vous, son enfant aussi, que je confie

« Le dépôt d'un trésor cher deux fois à ma vie.

« Emblème du lien qui doit durer toujours,

« Qu'il soit, gardé par vous jusqu'au terme des jours,

« Le sceau de l'union que d'une main si chère

« Sur nos fronts ce matin bénissait notre père,

« Le gage du bonheur qui m'attend, si jamais

« Dieu me ramène à vous digne de vos souhaits ! »

A la main qui tremblait dans la sienne enlacée,

Avant qu'il n'eût fini, la bague était passée ;

Il embrassait la vierge et serrait dans ses bras

Ses parents interdits qui suffoquaient tout bas.

Mais au lieu du salut de paix et d'espérance

Qui, chaque soir, disait les vœux durant l'absence,

Il ne sut murmurer, pour ce dernier adieu,

Que ces mots sur lui-même : A la grâce de Dieu !

Longtemps avant le jour, de fenêtre en fenêtre,

On eût pu voir, de loin, paraître et disparaître

Une lumière errante et guidant au hasard

Les pas du noble enfant pressés par le départ.
D'un rêve, heureux peut-être, éveillé par son père,
Une dernière fois il voulut voir sa mère,
Puis il eût tout voulu revoir et retenir
De tant d'objets quittés un dernier souvenir,
Sa sœur, Marie, au moins. Vers l'alcôve, elle-même
Sa mère le guida pour cet adieu suprême ;
Mais la vierge dormait paisiblement. Sa main,
Portant l'anneau d'Edgar, reposait sur son sein ;
Dans les mots qu'en son rêve il l'entendait lui dire
Avec tant d'innocence elle semblait sourire,
Un calme si profond, tant de sainte beauté
Planait sur ce visage hier trop agité,
Qu'à travers ce sommeil visité par les anges,
Il crut la voir mêlée à leurs chastes phalanges.
Saisi d'un saint respect, il fléchit les genoux,
Murmura quelques mots d'adieux secrets et doux,
Et sans porter, dès lors, ses regards en arrière,
Pour ne plus reculer fit face à sa carrière.

1839.

LES ÉMIGRÉS

CHANT DOUZIÈME.

LE MYSTÈRE.

Infestus usque circuit
Quærens leo quem devoret.
(Hymn. completor.)

Edgar partait conduit par son vieux gouverneur
Et ferme jusqu'au bout, mais la mort dans le cœur.
Monvert, chargé du deuil de la famille entière,
Restait seul pour veiller sur la sœur et la mère.
Comme Edgar et son guide, avant l'aube du jour,
Du chemin sous les bois suivaient un long détour,
Hormis l'écho des pas répétés en cadence,
Rien ne troublant la nuit dans son vaste silence,
Par un son trop connu, parti du fond du val,
Saint Martin fut cloué soudain sur son cheval.
Du ravin de Valbrun, à travers les ténèbres,
Une cloche envoyait vers eux ses glas funèbres,

Et l'air vibrait encore autour du vieux beffroi,
Qu'un cavalier, fuyant sur son noir palefroi,
Les devança, trottant d'une vitesse telle,
Qu'on eût dit Satan même emporté sur son aile.
Courbé sur son cheval, comme, en passant près d'eux,
Le feutre à larges bords qui lui cachait les yeux
Laissait voir, en dessous, que ses larges prunelles
Éclairaient dans la nuit comme deux étincelles,
Il revint au vieillard, soudain, qu'un inconnu
Hier, dans la chapelle, évitant d'être vu,
D'un regard qui semblait avoir peur de paraître
Bien qu'il brûlât son front, suivait le jeune maître,
Et celui-ci, peut-être, allait se rappeler
Le spectre qui, le soir, l'avait fait reculer;
Mais du noir cavalier qui dévorait l'espace
Leurs yeux dans l'ombre à peine avaient perdu la trace,
Que sur sa piste, encor plus ardent et plus fier,
Un autre à leurs côtés passa comme un éclair.
Quel ténébreux mystère et quel sujet d'alarmes!
Mais en vain Saint-Martin mêla prière et larmes
Pour arrêter Edgar et rebrousser chemin :
Il avait, noble cœur, accepté son destin,
Rien ne put l'ébranler, et, quand parut l'aurore,
Le vieillard se taisait, mais il pleurait encore.

Des gorges de Forfray, par un âpre sentier,
Ils chevauchaient alors vers la tour de Jussier,
Qui, montrant son front chauve à la lande sauvage,

Veillait, debout encor, sur le pauvre village.
Ils franchissaient le fleuve au pied de Rochemau
Et d'une marche oblique, ils rejoignaient plus haut
La route qui sans bords, incertaine et banale,
Reliait la province avec sa capitale.
Ces longs chemins, tronçons mal soudés et divers,
Le dos au but tourné souvent, toujours déserts,
Du corps qu'ils traversaient n'étaient point les artères :
La vie était ailleurs sous les mœurs de nos pères
Où, moins fiers, moins parleurs, Dieu sait si moins heureux,
Seigneurs et villageois vivaient surtout chez eux.

Le soleil, qui touchait au tiers de sa carrière,
De ses feux encor vifs réchauffait l'atmosphère
Quand, songeant à s'asseoir pour le premier repas,
Edgar chercha des yeux et ralentit son pas.
A gauche du chemin couraient de vastes plaines
Que près d'eux couronnait un bouquet de grands chênes,
Haut plafond d'un tapis de gazon encor frais,
Aux franges de fougère aux rebords de genêts.
A droite et le fermant de ses vertes murailles,
S'étendait un rideau d'arbres et de broussailles :
Le talus d'herbe fine à sa base appuyé
Descendait mollement jusqu'au chemin frayé,
Et dans le coude, un tertre à sa table de mousse
Semblait pour les conduire offrir sa pente douce.
Les chevaux aussitôt étaient déharnachés
Et par leurs cavaliers sous le bois attachés ;

Mais tandis que du grain dont leur race est friande
Sur l'herbe le vieillard leur servait la provende,
Et qu'à son tour Edgar au tertre du hallier
Dressait les mets par lui tirés du grand carnier,
Un long hennissement résonnait sous l'ombrage
Où lui-même, équipé comme eux pour le voyage,
Sans bruit et reconnu par les chevaux joyeux,
René qui les suivait s'installait après eux.
Malgré son regard ferme et sa démarche sûre,
Deux pistolets armés pendaient à sa ceinture
Et de l'aïeul le front se baissait consterné ;
Mais Edgar avait lu dans le cœur de René,
Et lui tendant la main sans surprise et tranquille :
« — Toi donc aussi, dit-il, tu pars, tu fuis Morville....
« Mais quel est ton dessein ?. » — « D'aller où vous allez,
« Seigneur, vivre ou mourir pour vous, si vous voulez. »—
« — Fort bien ! tu nous diras tes plans, et ce langage,
« Reprend Edgar, répond à ton bel équipage.
« Pour le moment, prends place. » Et sans quitter sa main,
Lui-même il conduisait jusques à Saint-Martin
L'ami qui, grave et calme, embrassait son grand-père
Dont le front l'accueillait triste plus que sévère.

Quoiqu'il sentît, pareil à du sable séché,
Le pain amer rester à sa gorge attaché,
Edgar, pour faire honneur à la table frugale,
Retrouva l'enjoûment de son humeur égale ;
Mais ce repas fini : « Le moment de parler

« Ne se peut plus, dit-il, désormais reculer.

« Ainsi toi, cher enfant! tu pars ; mais qui t'impose

« Un exil dont j'ignore et le but et la cause,

« Et pourquoi près de nous cet œil préoccupé,

« Comme si d'un péril tu n'étais qu'échappé?

« Parle, et laisse tout dire à ta lèvre sincère!

Et René : « Mes projets ne sont point un mystère,

« Cher seigneur : à chacun son étoile, et mon sort

« Est d'être à vos destins lié jusqu'à la mort.

« L'honneur qui ne fait qu'un des vassaux et des maîtres

« Fut, dès la nuit des temps, l'orgueil de mes ancêtres,

« Et pour garder vos jours, sans m'expliquer pourquoi,

« J'ai compris, moi leur sang, que Dieu comptait sur moi :

« Je me suis mis à l'œuvre avec cette pensée,

« Et, dès le premier jour, ma tâche est commencée. »

« A l'heure où vous partiez sans moi, grâce à la nuit,.

« J'ai pu, quittant Morville aussi, suivre sans bruit,

« Et quand la cloche infâme aux démons des ravines

« Sur un ton si lugubre a sonné leurs matines,

« Du bois épais j'ai vu sortir un cavalier

« Qui, d'un pied vigoureux sautant à l'étrier,

« S'attachait à vos pas et préparait des armes.

« C'est alors que, poussé par mes justes alarmes,

« Je l'ai surpris moi-même et, le chargeant soudain,

« Donné de l'éperon, le pistolet en main,

« Vous l'avez assez vu, malgré la nuit obscure,

« Pour juger de quel train l'emportait sa monture ;

« Mais il avait compté sans Fritz, mon bon cheval,

« Et je l'allais jeter dans le ravin du val,

« S'il n'eût, d'un bond, franchi l'abîme, infranchissable

« Pour quiconque n'eût point vendu son âme au diable.

« Tandis que des cailloux dans sa course broyés

« Le fracas réveillait les échos effrayés,

« Pour vous laisser passer, moi tournant la clairière,

« Invisible pour vous, j'ai suivi par derrière,

« D'yeux et d'oreille alerte, et certain d'empêcher

« Qu'un traître encore osât à vos pas s'attacher.

« Outre que loin de vous René n'eût pas su vivre,

« Il tient de votre sœur l'ordre exprès de vous suivre :

« Vos bontés l'ont fait riche assez pour soutenir

« Le rang qu'auprès de vous il lui faudra tenir ;

« Il sent en lui l'ardeur, la force, la prudence

« Et la voix qui du ciel lui promet l'assistance. »

Edgar, contre son cœur profondément touché,

Pressait l'ami d'enfance à son sort attaché,

Admirant quelle riche et puissante nature

Cachait cette jeunesse ardente et pourtant mûre.

Saint-Martin retrouvait, sans en être étonné,

Son âme et tout son sang dans l'élan de René.

Mais, quelque fier qu'il fût du noble caractère

D'un fils si jeune, en tout si semblable à son père,

Son front de plus en plus se baissait soucieux,

Et mal dissimulés, des pleurs mouillaient ses yeux.

« Comment parler ? dit-il, et qui pourra comprendre

« L'angoisse que mon âme endure à vous entendre?

« Avec d'autres détails, ce récit reproduit,

« A dix-sept ans de loin, l'horreur d'une autre nuit.

« Maurice avec mon fils allait aux destinées

« Que si près du départ le ciel avait bornées,

« Et larmes ni conseils, rien ne put retenir

« Leur élan vers ce but fatal de l'avenir.

« Quoi de changé? Sinon qu'hier c'étaient vos pères,

« Et qu'aujourd'hui c'est vous, leurs enfants téméraires,

« Qui désertez, trop sûrs de ne plus le revoir,

« Le port où vous laissez nos cœurs au désespoir? »

Mais Edgar : « C'est le jour, fit-il, vénéré père,

« Quand Valbrun est partout, d'éclaircir ce mystère,

« Et quand au mien ce nom vient encor se mêler,

« Si funeste soit-il, de me tout révéler :

« M'éclairer, c'est sauver mes pas du précipice,

« Et le lieu comme l'heure, ici tout est propice. »

Il dit, mais de René, tout à coup effrayé,

Le cheval hennissant creuse le sol du pié,

Renacle et frémissant tend son cou qu'il redresse.

René bondit vers lui, le calme, le caresse

Et de l'œil suit les yeux subtils de l'animal

Qui semble offrir son dos. « O serviteur loyal!

« Je te comprends, fait-il. » Ce disant, il assure

Les deux bons pistolets qu'il porte à sa ceinture,

D'un large coutelas arme son bras nerveux,

5***

Et par un prompt circuit coupant le chemin creux,
Traverse le hallier d'ajoncs et de bruyère
Qui les couvrait à l'Est de sa verte barrière.
Ses compagnons suivaient, des yeux cherchant un loup
Ou quelque autre animal des bois, quand tout à coup :
« Béni sois-tu, Seigneur! dit-il, qui me confie
« En un seul jour deux fois la garde de sa vie! »
Et d'un accent soudain, terrible : « Ohé! l'ami!
« Le soleil est levé : Debout! bel endormi.
« Si riche ni sitôt n'attendais la trouvaille,
« Mais oreille ont les murs, et buisson vaut muraille.
« Donc! tout notre entretien, vous l'avez entendu!... »

« Moi! fit quelqu'un, qui dors là si bien étendu....
« Pourquoi m'éveillez-vous? De quel droit?—Ah, bonhomme!
« Mal avez-vous choisi le lit pour votre somme,
« Et ne prétendez pas m'en faire accroire ainsi.
« Et d'abord, quel dessein vous a conduit ici?
« D'où venez-vous? »—« Vraiment! il faut bien qu'on s'amuse,
« Chers beaux messieurs! je suis joueur de cornemuse,
« Je fais du bruit assez dans le monde, et je vien
« D'une noce où, d'honneur! je n'étais pas pour rien.
« On pourrait vous montrer, d'ailleurs, son savoir-faire... »
— Et feignant de chercher un instrument... « Tonnerre! »
Fit-il en se levant tout à coup désolé,
« Dans les vignes du diable! et puis.... et puis volé!
« Ah! sans doute, elle était vieille la cornemuse,
« Et, même en amusant, tout se fatigue et s'use,

« Mais elle avait bon souffle encore et bonne voix,

« Et ma joie et mon pain, je perds tout à la fois.

« Mais excusez, messieurs, si j'en perds la mémoire,

« Et je reviens bien vite au fil de mon histoire :

« Je venais de Sommière et je vais à Charroux :

« Il faut bien, comme on dit, hurler avec les loups :

« Tant m'ont-ils fait hurler, qu'entre bouteille et verre,

« Ils m'ont mis à la nuit que j'ai passée à terre,

« Même un morceau du jour, je crois, mes bons messieurs,

« Car j'y vois, quoiqu'il faille encor frotter mes yeux.

« Oh! c'est fort dangereux de jouer à la noce!.... »

— « La chanson dit pourtant qu'on y remplit sa bosse, »

Fit Edgar en riant. — « Je ne suis point bossu,

« Beau monsieur! fit le vieux, montrant son dos moussu :

« Mais je n'y ferai plus sauter la farandole,

« Et je mourrai de soif bientôt, sur ma parole!

« Ma pauvre cornemuse! elle savait si bien,

« En faisant le bonheur de tous, suffire au mien!

« — Deux écus, fit Edgar, vous en auront une autre :

« Prenez, et serviteur! » — « Monsieur! c'est moi le vôtre.

« De ces cœurs généreux jusqu'au milieu des bois,

« On n'en rencontre plus : c'était bon autrefois.

« Vous êtes gentilhomme ou vous en avez l'âme,

« J'en rendrais témoignage, et quand vous prendrez femme,

« Moi qui porte, on le sait, bonheur aux mariés,

« Parbleu! j'y veux jouer tant que les petits piés

« Demandent grâce...» — « Assez, assez de verbiage,

« Interrompit René bouillant, pas d'avantage !
« Rengaînez votre langue, et n'imaginez point
« Qu'on soit de ces discours la dupe en un seul point :
« Mon cheval vous connaît et, sur sa foi de bête,
« Je ferais bien, je crois, de vous casser la tête. »
— « Hélas ! que feriez-vous, bon monsieur ! des morceaux ? »
— « Morbleu ! mais j'en ferais une écuelle aux corbeaux
« Que je servirais mal et dont pas un, peut-être,
« Ne voudrait des quartiers d'un espion ou d'un traître...
« —Espion ! espion ! Mais c'est brutal ! Qu'entendez-vous ? »
René prenait en main son pistolet — « Tout doux !
« Voici votre chemin, reprit-il : de ce gîte
« Où vous ne dormiez pas, détalez au plus vite,
« Et surtout, gardez-vous, retenez bien ceci,
« De vous trouver jamais sur mon chemin ! » — « Merci ! »
Fit l'inconnu chargeant sur son dos sa besace
Et cachant dans sa barbe une horrible grimace.

Au prix qu'il s'éloignait, René vit son cheval
Reprendre son avoine. « O vaillant animal !
« S'écria-t-il, toi seul as veillé pour ton maître.
« Tu n'aimes pas l'odeur de Valbrun, et le traître
« Épiant notre marche, en venait, j'en suis sûr.
« Mais sans crainte, à présent, de ce reptile impur,
« Nous pouvons tout nous dire, et pour que rien ne gêne,
« Nous asseoir à l'écart, plus loin, sous ce vieux chêne.

1861.

LES ÉMIGRÉS

CHANT TREIZIÈME.

FATA.

Ab insidiis Diaboli !

Chacun assis à l'ombre et calmé, le vieillard
Prit enfin la parole, et les yeux sur Edgar :

« Tout s'enchaîne de loin, hélas! dans une histoire
« Pénible à raconter plus que facile à croire
« Et dont, si mon devoir n'était pas d'obéir,
« Je voudrais à jamais chasser tout souvenir. »

« Six siècles de vertus ont racheté Morville
« Depuis que, d'un roi fourbe instrument trop docile,
« Hugues, lui quatrième, indigne châtelain,
« Sur un saint de l'Église osa porter la main.
« Hugues maudit son crime, il s'enfuit d'Angleterre,
« Prit en horreur le roi, s'exila dans sa terre,

« Et dans Valbrun, qu'exprès il avait fait bâtir,

« Désertant son château même, il s'alla blottir.

« Bérengère avec lui s'y cacha : sainte femme

« Qui pour sauver le sire aurait donné son âme,

« Et dont avant sa chute il avait trois enfants;

« Mais ni les vœux au ciel, ni les soins caressants

« Ne purent éclaircir ce front où les nuages

« Toujours montaient d'un cœur toujours chargé d'orages.

« Ses yeux ne voyaient plus qu'à travers les remords :

« Son pied partout foulait du sang; partout le corps

« Du pontife, à l'autel immolé par sa rage,

« En travers du chemin gisait sur son passage. »

« Un soir que du logis il s'était absenté,

« Une femme, y frappant avec timidité,

« Demanda pour la nuit un gîte à Bérengère.

« Jeune et belle, accusant une race étrangère,

« Par les nobles châteaux, étouffant son orgueil,

« Disait-elle, elle allait quêtant de seuil en seuil,

« Pour gagner sa patrie et rejoindre sa mère,

« Une hospitalité quelquefois bien amère,

« Contrainte de cacher, fille d'illustre sang,

« Sous le nom de Fata, ses malheurs et son rang.

« D'âme candide et simple était la châtelaine :

« Aux vœux de l'inconnue elle céda sans peine,

« Pourvut en noble Dame à son grand dénûment,

« Et poussant la pitié jusqu'à l'aveuglement,

« Rêva de la garder pour longtemps auprès d'elle.

« Fata semblait un ange : instruite autant que belle,
« Nulle mieux ne savait présenter aux enfants
« Le savoir qui s'accorde aux goûts des premiers ans,
« Et des vieux souvenirs évoquant la mémoire,
« Redire une légende ou conter une histoire,
« Et la Dame, à son sort prompte à s'apitoyer,
« Proposa d'attacher cette joie au foyer.
« Mais le puissant seigneur, écoutant sa requête,
« Hésitait à répondre et détournait la tête.
« Tandis que ses grands yeux étaient baissés pour tous,
« L'inconnue au maintien si modeste et si doux
« L'avait d'un seul regard fait trembler — noble Dame
« Pouvez, si le voulez, retenir cette femme,
« Dit-il en s'éloignant, mais trop vous souviendrez
« Si par elle advient mal, et vous repentirez. »

« Bérengère, à ces mots, voulut, quoique affligée,
« Annoncer du départ l'ordre à sa protégée ;
« Mais celle-ci versa tant de pleurs et fit voir,
« Au moment des adieux, un si grand désespoir,
« Qu'écoutant trop encor sa bonté maternelle,
« La Dame la garda, pour filer auprès d'elle
« Et cultiver l'esprit, en surveillant leurs jeux,
« Des trois petits enfants qui croissaient sous ses yeux. »

« L'enfer tenait sa proie, hélas ! l'infortunée
« A Satan même avait livré sa destinée.
« D'un mal inexpliqué l'un après l'autre atteints,

« Deux des petits enfants bientôt s'étaient éteints;

« Sous une ardeur sans nom dans son sang allumée

« La mère s'affaissait, à son tour consumée;

« Plus tard parmi le peuple on publia qu'enfin

« A ses douleurs aussi le ciel avait mis fin,

« Et de ce jour, Fata, maîtresse souveraine,

« Prit sa place et se vit traiter en châtelaine. »

« De sa stupeur, dès lors, rien ne fit plus sortir

« Celui dont l'âme au moins s'ouvrait au repentir,

« Et de cette union pleine d'ignominie

« Que d'un prêtre la main jamais n'avait bénie,

« Sortit, deux fois maudit, un enfant qui, plus tard,

« Rendit fameux le nom de Valbrun le bâtard.

« On sut, longtemps après aussi, que Bérengère

« Vivait toujours, livrée à l'infâme étrangère;

« Que pour la torturer en la cachant à tous

« Sans qu'il fallût chercher ni gardes ni verrous,

« La *Fata*, ce donjon sans fenêtre et sans porte,

« Que depuis on appelle aussi Tour de la Morte,

« Pour avoir étouffé dans ses muets cachots

« La sainte abandonnée aux démons ses bourreaux,

« Cette tour de malheur était, sombre merveille!

« Dans un espace où rien n'était construit la veille,

« Bâtie en une nuit, sur les noirs souterrains

« Creusés jusqu'à l'enfer dont ils sont les chemins. »

« Restait Gilbert, l'aîné des fils de la victime,

« Qui, soustrait par miracle à l'ange de l'abîme,

« Releva tant d'honneur par son père avili

« Et fut des preux du siècle un modèle accompli.

« Lorsque mourut Fata, le peuple fit entendre

« Que d'elle il n'était rien resté qu'un peu de cendre,

« Mais l'œuvre de l'infâme était faite. A sa mort

« Le Bâtard bien assis était roi dans son fort,

« Et Gilbert, tout puissant sous les tours de Morville,

« Le laissa maître en paix de ce chétif asile.

« D'ailleurs, hautain, superbe et toujours au combat,

« Le Bâtard dans les camps fut un vaillant soldat :

« Il étendit Valbrun, son unique héritage,

« Et sa race, après lui, non moins âpre et sauvage,

« Par l'astuce et le fer toujours prête à lutter,

« S'y fit craindre de tous au loin et détester.

« Depuis lors, sur ce nid hanté des mauvais anges

« L'enfer qui s'y plaisait garda ses droits étranges :

« De père en fils, le poids du meurtre inexpié

« Suivait le sang transmis de l'excommunié,

« Et voué de naissance à se laisser conduire

« Par l'esprit dont l'aïeul avait subi l'empire,

« Chaque aîné recevait, avec ce legs fatal,

« Toute vertu de nuire et tout amour du mal.

« La haine universelle entoura ce repaire

« D'une race où le crime était héréditaire,

« Mais, entre tous, Morville eut à se repentir

« De l'avoir à sa porte ainsi laissé grandir.

« Les trêves, les égards qu'on se gardait à peine

« N'étaient que le sommeil d'une implacable haine,

6

« Et tandis qu'à son prince, à toute heure, en tout lieu,
« Morville était fidèle aussi bien qu'à son Dieu,
« Valbrun, félon toujours, se faisait par la guerre
« Vassal de l'hérésie et du roi d'Angleterre,
« Jusqu'à ce qu'il périt, à force d'irriter
« Le rival qu'à tout prix il voulait supplanter.

« Simon, dit le Renard, huguenot politique,
« Levait un bataillon pour l'armée hérétique,
« Et, soit pour s'enrichir ou payer ses bandits,
« Par la flamme et le fer dévastait le pays.
« Vos aïeux ne pouvaient souffrir ce brigandage :
« Robert donna la chasse à la bande sauvage :
« Non moins vaillant soldat que loyal chevalier,
« Il traqua le Renard vaincu dans son terrier,
« Et vengeant tant d'excès, de honte et de rapines,
« Du fort qu'il emporta fit un tas de ruines.
« Seule resta la tour : soit qu'elle eût rebuté
« Les marteaux du vainqueur par sa solidité :
« Soit, comme on l'affirma, que l'esprit que l'habite
« Dans la nuit qui suivit l'assaut l'eût reconstruite.

« Votre aïeul épargna, vainqueur trop généreux,
« L'ennemi renversé, mais toujours dangereux,
« Et comme le pays sauvé par sa victoire
« Préparait tout entier, pour célébrer sa gloire,
« Une fête splendide où comtes et barons
« Se pressaient, accourus de tous les environs,
« L'airain qui, ce matin, grondait sur notre tête

« Ne cessa de hurler la nuit d'avant la fête, .
« Chantant aussi victoire et, dès le lendemain,
« Robert tombait frappé d'une invisible main,
« Tandis que la comtesse, avec lui condamnée,
« Presque au même moment mourait empoisonnée,
« Et que, laissé pour mort et baigné dans son sang,
« Gisait dans le jardin leur jeune et seul enfant.
« Cet enfant ranimé fit souche pour la race
« Qui par lui refleurit encor noble et vivace,
« Et mon aïeul l'a vu cher à tous, respecté,
« Vaillant par l'âme encor dans la caducité,
« Mais sur son front gardant dans l'extrême vieillesse, .
« L'empreinte des malheurs tombés sur sa jeunesse.

« Cependant, désormais exécrés et honnis,
« Les Valbrun du Poitou semblaient s'être bannis.
« De leur règne dès lors l'arrogance est passée,
« Ils ont pris d'autres noms, leur race est dispersée.
« On la croyait éteinte, et nul ne peut savoir
« Auquel d'entre eux l'aïeule a commis son pouvoir.
« Et pourtant il existe encore, où qu'il habite,
« Ce rejeton caché de la souche maudite.
« Il a repris sa tâche, et jamais le signal
« Sans qu'il soit répondu ne fait appel au mal.
« Restait d'ailleurs, restait la tour de la sorcière
« Qui triomphant du temps sans baisser d'une pierre.
« Menaçait d'assez haut encor pour avertir
« Que voulût-il, l'enfer ne se peut repentir.

« Quand vint l'heure où la France entrait dans les tempêtes
« Qui nous devaient coûter tant de deuils et de têtes,
« Sa voix, après avoir deux cents ans sommeillé,
« Rugit dans le beffroi tout à coup réveillé.
« Jour et nuit assiégé de piéges et d'intrigues,
« Votre père bientôt plia sous les fatigues,
« Sans que dans le dédale il pût saisir un fil,
« Jusqu'à ce qu'il partît pour la mort dans l'exil.

« Mais sur ces longs récits pourquoi tant d'insistance ?
« Sur ce passé funeste hélas ! qui recommence,
« S'il n'est pas un conseil vivant pour l'avenir,
« Prophète de malheur, que sert de revenir ?
« Ce n'est point sur ma seule et trop longue mémoire
« Que pèse encor l'horreur de sa lugubre histoire,
« Ni moi seul qui ne peux sur ces restes maudits
« Arrêter sans terreur mes yeux ni mes esprits :
« Nul n'en ose approcher : de peur de vous l'apprendre,
« Nul devant vous n'a dit leur nom qu'on craint d'entendre.
« Pour épier Morville, on sait que sur la tour
« L'ombre de la sorcière a fixé son séjour :
« Plus d'un, au crépuscule, a pu sous le noir dôme
« A travers les créneaux voir errer son fantôme;
« Plus d'un a, vers son antre égaré dans les nuits,
« Du sol tremblant sous lui pu distinguer les bruits,
« Ou dans la plaine même, à travers les ténèbres,
« Respiré l'âcre odeur de ses vapeurs funèbres.

« Enfin son glas tinta quand, perdus désormais,

« Vos pères de nos bras s'arrachaient pour jamais ;

« Je l'entendis la nuit qu'avec vous condamnée,

« Nous pleurions votre mère aux cachots entraînée ;

« Je l'entendis surtout quand un être odieux,

« Mais qui n'avait voulu se montrer qu'à ses yeux,

-« Vint, messager de mort, dans cette âme fidèle

« Plonger comme un poignard la funeste nouvelle.

« Depuis, trop cher enfant ! une dernière fois

« Le vallon décharné répondit à sa voix,

« La nuit où, dans nos bras lentement consumée,

« Votre mère au tombeau fut par nous enfermée.

« Et si jamais ne vint, quel que fût le malheur,

« S'asseoir à vos foyers l'ange de la douleur

« Que ce lugubre écho des esprits de l'abîme

« N'eût prédit votre deuil et marqué la victime,

« Quand il menace encor, qui donc croira jamais

« Que je puisse l'entendre et m'endormir en paix ?.....»

A ces tableaux mêlés de tant d'ombres fatales,

Edgar de sa maison remontait les annales,

Soucieux et troublé du sens mystérieux

Qu'attachait la légende au sort de ses aïeux,

Et sur son front son cœur se peignant sans faiblesse,

A côté du courage y montrait la tristesse,

Quand René : « L'homme est faible et ses jours sont comptés,

« Dit-il, mais les périls seront tous surmontés.

« Je sais pour le sentir que notre destinée

« N'est point à ce passé sans retour enchaînée ;
« Valbrun ne pourra pas ce qu'il n'a jamais pu ;
« L'épreuve arrive au terme et le charme est rompu. »
Il amène, à ces mots, sûr de son ministère,
Les chevaux apprêtés d'Edgar et de son père,
Lui-même il saute en selle, et les trois cavaliers
Ont repris moins troublés le chemin de Villiers.
Là les attend, au sein de sa belle famille,
La sœur qui de Monvert avait fêté la fille,
Et pour Edgar ce lieu d'avance est embaumé
Des souvenirs laissés par l'objet trop aimé.

Si leurs yeux avaient pu, cependant, en arrière,
De l'espace et des bois traverser la barrière,
Sur l'éminence, au loin, ils auraient aperçu
Le long regard fixé sur eux à leur insu.
Un cavalier, la honte au front, dans sa valise
Avec ses faux cheveux cachait sa barbe grise,
Rejetait les haillons à son dos ajustés,
Et sur leur trace encor marchait à pas comptés.

1861.

LES ÉMIGRÉS

CHANT QUATORZIÈME.

PIERRE D'ATTENTE.

Aux amis qu'attendait sa porte hospitalière
La Dame de Villiers apparut la première,
Prenant le bras du comte et par un digne accueil,
Dans ses deux compagnons flattant son noble orgueil.
A tous il présentait avec l'amour d'un frère
Le généreux ami dont son âme était fière,
Et, dans sa modestie et sa simplicité,
L'ami nouveau par tous se sentait accepté.
Gaston, surtout, l'aîné des cousins de Marie,
Esprit fin et léger, d'aimable causerie,
Qui pour Paris s'apprête à partir avec eux,
Gaston, aux premiers mots les a compris tous deux.
Entre ces cœurs aimants, frais et pleins d'innocence
Une heure et moins suffit pour nouer connaissance ;
Mais tandis qu'attendant le moment du repos,

Au foyer tous ensemble échangeaient gais propos
Et que les mots heureux semblaient prendre des ailes ;
Tandis qu'à leur insu, garçons et demoiselles,
Racontant ou faisant raconter tour à tour,
Sans se lasser, berçaient Edgar dans son amour
En parlant de sa sœur, la charmante cousine
Et que la nuit tombait profonde; à la cuisine
Un voyageur obscur s'introduisait sans bruit
Et par grâce implorait un abri pour la nuit.

Près de la cheminée, à l'angle le plus sombre,
L'inconnu, s'effaçant, cachait son front dans l'ombre,
Et sans mêler un mot aux discours des valets,
Négligemment laissait courir ses yeux distraits.
Il ne lui faut d'ailleurs qu'écouter pour apprendre :
Sans qu'il paraisse ouvrir l'oreille, il peut comprendre
Que sous trois jours au plus, pour se rendre à Poitiers,
Les trois jeunes amis doivent quitter Villiers.
Même il entend nommer l'hôtel où les devance
Un carrosse envoyé par Monvert, et d'avance
L'hôtelier, vieil ami des Morville, a promis
Un cocher sûr, par lui choisi, jusqu'à Paris.....
Sans en attendre plus, il s'installe à la table
Où l'invite un souper simple, mais confortable,
Réservé des reliefs du salon dont les voix
Résonnent, par instant, jusqu'à son banc de bois,
Et pressé, semble-t-il, de se rendre à son gîte,
Il demande son lit et s'esquive au plus vite

En disant : A demain ! C'est ainsi qu'il sortit,
Mais demain, au réveil, en vain on l'attendit,
Et quand on le chercha dans sa couche déserte,
Elle n'avait, mystère ! été pas même ouverte.

A quatre jours de là, tous trois nobles et beaux,
De Poitiers sur Paris partaient nos jouvenceaux,
Et dans le grand carrosse, ardents autant que sages,
Deux chevaux enlevaient voyageurs et bagages.
Au siége et dans sa tâche absorbé tout entier,
Trônait le postillon choisi par l'hôtelier :
Vrai Phaéton du crû : front ouvert, pose à l'aise,
Gros souliers, long habit de toile à la française,
Immense chapeau rond, sombréro du Poitou,
Avec guêtres de cuir bouclant sur le genou.
D'âge mûr, mais alerte et droit comme un jeune homme,
De sang-froid, le coup d'œil juste et rapide : en somme
Né pour conduire un coche, et le fouet souverain
Semblait tourner tout seul pour claquer dans sa main.
Il se fit, pourvoyant à tout, prêt à tout faire,
Dès l'abord expliquer au long l'itinéraire,
Notant avec grand soin chaque étape, y compris
L'hôtel où descendrait l'équipage à Paris.
Dès lors, toujours actif, mais sobre de parole,
Il parut strictement s'enfermer dans son rôle
Et sans faute ou faiblesse y persista deux jours ;
Mais le soir du troisième, en descendant à Tours,
Il frissonna saisi d'une fièvre soudaine,

6*

Et cloué sur sa couche, y respirant à peine,
Nettement déclina l'honneur d'aller plus loin...... »

Cependant, du départ resté dernier témoin,
A son tour, Saint-Martin avait quitté la ville
Suivi du vieux cocher qui, rentrant à Morville
Chargé des deux chevaux d'Edgar et de René,
Avec lui tristement s'était acheminé,
Et le deuil du château qui pleurait son veuvage
S'assombrissait encore au récit du voyage.

1861.

FIN DE LA PREMIÈRE PARTIE.

LES · ÉMIGRÉS.

DEUXIÈME PARTIE.

LES ÉMIGRÉS

DEUXIÈME PARTIE.

CHANT QUINZIÈME.

DE MORVILLE A PARIS.

JOURNAL D'EDGAR.

Morville, 15 septembre 1809.

« Dans mes yeux essuyés j'ai fait rentrer mes larmes,
Mon front s'est redressé, j'emprunte à Dieu mes armes ;
J'ai pris, en l'invoquant, mon destin corps à corps,
Résolu de marquer ma place au rang des forts,
Pour que le toit natal, s'il me doit voir encore,
Ajoute un nom de plus aux noms dont il s'honore.
Puisse la sainte enfant que je laisse après moi
M'y revoir digne d'elle et me garder sa foi ! »

Villiers, 16 septembre 1809.

« S'il n'atteint pas au rang par le nom qui le nomme,
René par sa grande âme est un vrai gentilhomme.
Ce n'est point cœur pareil qui se donne à demi
Ou puisse être accepté moins haut qu'au rang d'ami,
Et d'un mot entre nous, malgré sa résistance,
A partir de ce jour, j'ai comblé la distance :
Je ne traîne après moi ni servant ni vassal,
Mais un autre moi-même, en tout point mon égal. »

Villiers, 18 septembre 1809.

« Que ces Villiers sont beaux ! De notre digne père
Que j'ai bien retrouvé tous les traits dans leur mère
Avec cette âme égale, avec ce cœur ouvert
Et ce sens droit et ferme à la fois des Monvert !
Je sentais son regard qui me couvrait sans cesse
Dans les plis de mon cœur plonger avec tendresse,
Et l'instinct maternel qui m'avait deviné
En sonder les douleurs triste plus qu'étonné...
Adieu ! noble famille, encor toute embaumée
Des souvenirs laissés par ma sœur bien-aimée !
Chemins ombreux, échos qu'a fait parler sa voix,
Troncs où j'ai vu nos noms gravés au fond des bois,
Sources dont le miroir refléta son image,
Atmosphère où mon cœur sent encor son passage,

Sol qu'ont touché ses pieds, ciel qui l'as vue, adieu !
Et nous, prenons courage, et tournons-nous vers Dieu ! »

Même jour à *Smarve*, sous un chêne.

« Serait-ce ma douleur qui, jusqu'en sa parure,
Étend, comme un rideau, son deuil sur la nature?
Est-ce un vague reflet de ses graves destins
Qui sur ce vieux Poitou reste des temps lointains,
Et des siècles passés, quand ailleurs tout s'efface,
Seul, ce témoin fidèle a-t-il gardé la trace ?
Ou bien l'âge aurait-il amaigri ses plateaux,
Rabougri ses taillis, décharné ses coteaux,
Et de rochers au ciel montrant leurs dents sauvages
Fermé ses grands vallons et ses frais paysages?
Quel que soit le cachet empreint dans cet aspect,
Ton fils, ô mon pays, l'accepte avec respect.
De gloire ou de malheurs quel autre pour l'histoire
De pareils souvenirs a gardé la mémoire?...
N'étaient les grands rideaux des coteaux et des bois,
Du tertre où nous montons, vous verriez à la fois
Des Gaules à vos pieds le premier monastère,
Nid du grand saint Martin, quinze fois séculaire ;
A gauche, la campagne où sont ensevelis
Les Visigoths fauchés par le fer de Clovis ;
A droite Maupertuis où, dans leur deuil immense,
Dorment les preux tombés autour de Jean de France;
Plus loin, mais non si loin que l'œil ne pût les voir.

En passant sur le champ d'honneur du Prince Noir,
S'il plongeait d'aussi haut que, du point où vous êtes,
L'alouette qui chante en planant sur nos têtes,
Les plaines où Martel, serrant ses vieux guerriers,
D'Abdérame écrasé coucha les rangs altiers;
Enfin, à l'horizon que leur sommet domine,
Déjà près et pointant par-dessus la colline,
Les tours de Saint-Hilaire et le fier Mauberjon,
Poitiers dans son Docteur et dans son noir donjon. »

Poitiers, 20 *septembre* 1809.

« Notre antique Poitou vit dans sa capitale :
Sanctuaires bénis, gothique cathédrale,
Monuments ou débris dans son enceinte épars,
Hautes tours de ceinture et longs pans de remparts,
Et, sous les grands rochers, pittoresques vallées
Que domine Blossac de ses larges allées...
Il semble, entre ces murs au vénérable aspect,
Qu'on respire avec l'air le calme et le respect ;
Que l'ange du passé, sous l'abri de ses ailes,
Les garde du poison de nos erreurs nouvelles,
Et de la pluie immonde a préservé ce lieu
Où, vers la paix sereine élevant l'âme à Dieu,
Doctrine et charité, ces deux flambeaux du monde,
S'appellent d'âge en âge Hilaire et Radegonde. »

Tours, 23 *septembre* 1809.

« Quitté déjà le sol des Docteurs et des Saints !
Traversé grands plateaux, monts boisés, frais bassins,
Trop nombreux pour la plume et trop longs à dépeindre ;
Sainte-Maure, Fierbois, et, se mirant dans l'Indre
Par-dessus la cité dont il est le blason,
Le squelette géant des tours de Montbazon.
Coquette, et des attraits de sa rue élégante
Masquant ses vieux quartiers, Tours enfin nous présente
Sa splendide avenue et ce pont sans rival
Qui, de ses quinze pieds sur le fleuve à cheval,
Du flot impétueux qui s'y heurte et le pousse
Brise l'ire insensée et contient la secousse.
Moins riche en souvenirs qu'à Poitiers, le passé
Garde trois grands feuillets de son livre effacé :
Grégoire et saint Martin, et cet homme de bronze
Qui fut créé sans cœur et se nomma Louis-Onze.
Bénissons les premiers, laissons l'autre à l'écart !
Miracle de travail, grand chef-d'œuvre de l'art,
Malgré tous ses trésors, l'illustre cathédrale
De sa sœur de Poitiers n'est pourtant pas l'égale
Pour l'ampleur du vaisseau simple, en sa majesté,
Pour l'audace imposante et la légèreté
Des voûtes dont le dais, comme une tente immense,
Semble être suspendu dans l'air qui le balance...
Mais il faut sur Paris poursuivre le chemin,
Notre équipage est prêt et nous partons demain. »

Orléans, 27 *septembre* 1809.

« Parfois, bien que réglée à petites journées,
Notre étape s'allonge en courses détournées,
Et par l'attrait d'un site ou d'un grand souvenir
Souvent nous nous laissons distraire ou retenir.
Sites et souvenirs partout : c'est la Touraine.
Que dire qu'on n'ait dit sur cette immense plaine
Où s'étend, déroulé comme un liseré d'or,
Le fleuve qui s'allonge en sa couche à plein bord,
Et, docile aux contours de sa souple ceinture,
Se perd dans l'horizon sous des flots de verdure?
Que dire?... Et cependant, si je l'ose avouer,
Je n'épuiserai point ma veine à trop louer :
Des vergers, des canaux, des peupliers, des îles,
Des hameaux qu'on croirait des nids, des champs fertiles
Se succédant sans fin, toujours frais, toujours verts,
Mais les mêmes toujours, quoique toujours divers,
Au regard qui sur rien ne s'arrête et se pose
N'offrent point ces tableaux dont l'ensemble repose,
Et, sans cesse excités, les yeux sont éblouis
Plus que l'âme remplie et les cœurs réjouis.
Je ne vois, il est vrai, que d'en bas ces merveilles,
Et n'en puis embrasser les splendeurs sans pareilles,
Du piédestal des monts. ou des nobles châteaux
Dont s'enguirlande au loin le front vert des coteaux.
Or il faut à mes yeux, il faut à mes narines

L'air âpre des plateaux ou les caps des collines :
Des vallons à mon sein l'air lourd ne suffit pas :
En haut, mon souffle est large et plein, j'étouffe en bas. »

« La route où nous courons est le mur qui captive
Le flot dont, avant lui, la course était sans rive
Et que, suivant ses jours, paisible ou fou d'orgueil,
Il lèche avec mollesse ou bat comme un écueil.
J'admire, et suis présent de cœur et de pensée
Sur d'autres bords où songe à moi ma fiancée !!!
Nous saluons Amboise et son château puissant ;
Blois avec son haut site et sa tâche de sang,
Et se donnant carrière en courant par les plaines,
L'esprit aussi galope et laisse aller les rênes.
Là l'histoire a sacré tous les noms : BEAUGENCY,
MEUNG, LE PATAY, JARGEAU, SAINT-SIGISMOND, CLÉRY,
Et dans les champs déserts rendus fameux par elle,
L'œil cherche et croit partout retrouver la Pucelle. »

Arpajon, 30 septembre 1809.

« Déjà loin d'Orléans, à travers les plateaux
Où l'œil n'aperçoit plus ni forêts ni coteaux,
Mais des arbres plantés autour des grands villages
De distance en distance encor les hauts ombrages ;
Longtemps, se retournant, l'œil va chercher au loin
Sainte-Croix qui nous suit, comme un géant témoin
Du travail le plus fait pour ravir et surprendre

Que puisse oser l'artiste et l'audace entreprendre.
Étampe est dépassée avec ses frais vallons,
Ses bois, ses vieilles tours, ses coteaux, ses gazons,
Ses eaux, charme des yeux et source de richesses,
Et les noms trop connus de ses belles duchesses,
Et quoique un jour de marche encor reste à franchir,
Paris déjà bourdonne et se fait pressentir.
La route ici n'est plus la paresseuse artère
Où d'abord nous coulions comme un flot solitaire,
Mais un lit où la vie, à flots précipités,
Par ses mille affluents entre de tous côtés,
Roulant et confondant l'écume avec la lie
Que la vitesse emporte et le choc multiplie
Autour de l'océan qui, plein de plus en plus,
Absorbe ou revomit par le flux et reflux.
Le courant, le remous coulent à rive pleine,
La fin même du jour les ralentit à peine,
L'air même, autour de nous, ne doit pas à minuit,
Et nous voyons au ciel, comme l'aube qui luit,
Une immense clarté qui, planant dans l'espace,
S'y maintient immobile, et marque au loin la place
Où, quand tout l'hémisphère est dans l'ombre et sans bruit,
Si noir que soit le ciel, il ne fait jamais nuit. »

Paris, 15 octobre 1809.

« J'ai vu Paris, la tête et le cœur de la France,
L'âme, dit-on, du monde et le siècle qui pense,

Et frappé de terreur autant qu'émerveillé,
Il me semble en un rêve être tout éveillé.
D'opprobres, de splendeurs quels monstrueux mélanges !
Est-ce un démon maudit ? Est-ce un prince des Anges
Dont les ailes, planant sur la vaste cité,
Ont couvé cette informe et terrible unité ?
S'il faut ainsi nommer l'indigeste assemblage
D'éléments dans ce lit entassés par l'orage,
Et qui n'ont de commun, l'un à l'autre heurtés,
Que d'être dans la trombe en commun emportés.
Sous ce cahos, au fond de la chaudière immonde,
Luttent tous les ferments qui soulèvent le monde :
Fièvre d'indépendance, orgueil de liberté,
Fronts vils par qui le joug est d'avance accepté ;
Vertus et piété dignes des anciens âges,
Athéisme tout haut prêché par les faux sages ;
Grandeur qui fait gémir l'univers sous son poids,
Pieds d'argile au colosse épouvantail des Rois ;
Et sous tant de combats des corps contre les âmes,
Des vertus dans leur gloire et des hontes infâmes,
Une âme dont leurs bruits sont le gémissement,
Qui fond tout dans un vaste et sourd bouillonnement. »

« Ah ! d'une mer qui bout j'ai peur : peur de la foule
Qui m'entraîne au milieu du torrent qui la roule ;
Peur du terrain qu'on sent s'échapper sous les pas ;
De ce tout qui m'absorbe et ne me connaît pas ;
Peur du souffle infecté qu'apporte à mes narines

Un air qu'ont respiré des milliers de poitrines ;
Peur de l'art, révoltant l'œil par ses nudités ;
Peur du pavé sali, peur des murs éhontés,
Et du vice effronté qui, vous barrant la voie,
Pour provoquer les sens s'aposte et vous coudoie.
Oh ! qu'au sein des clameurs de la grande cité
Triste et seul est l'enfant sur ses flots ballotté !
Et c'est pour cette épaisse et malsaine atmosphère
Que j'ai fui le ciel clair de mon nid solitaire,
Quittant, moi qui du mal ignorais jusqu'aux noms,
L'air pur pour respirer sa honte et ses poisons ! »

« Puis enfin, quel est donc le vrai nom de ce gouffre
Où par l'âme ou le corps il semble que tout souffre ?
Est-ce bien là la tête et le centre puissant
De l'empire qui pèse au monde obéissant ?
Est-ce bien là le cœur qui renvoie aux artères
Le sang renouvelé du vieux sang de nos pères ?
Ou bien, de l'univers qui s'y rend de partout,
Cloaque où tout descend croupir, est-ce un égout ? »

Septembre 1863.

LES ÉMIGRÉS

CHANT SEIZIÈME.

LA RENCONTRE.

JOURNAL D'EDGAR (*Suite*).

Paris, 1er *décembre* 1809.

« De la fange qu'au fond le grand bourbier remue
Ma jeunesse trop simple à l'excès s'est émue,
Et la vertu naïve, à Paris, ne doit pas
S'effrayer de l'abîme à regarder en bas.
Paris, c'est sur le monde un géant des montagnes :
Tout s'élève ou s'abaisse avec lui. Les campagnes
S'attachent par la base au talus des vallons
Qui vers ses grands sommets monte par échelons.
S'il tremble, du frisson la terre est ébranlée ;
S'il sourit, tout est calme et gai dans la vallée.
Terrible est le sentier qui mène à ses hauteurs,
Et si la marche hésite à travers ses horreurs,

L'infortuné, sans guide ou fil qui le dirige,
Sent la mort le saisir au front par le vertige ;
Mais que, sans s'émouvoir des chocs ou des cahots,
Il soit ferme et parvienne aux sommets les plus hauts ;
Si loin que son orgueil puisse embrasser d'espace,
Il a sous lui, plongeant de sa large terrasse,
L'océan des forêts, les festons des coteaux,
Les monts, sa vaste échelle, et jusqu'à ce chaos
Où serpente, en rampant à travers les abîmes,
Son chemin, périlleux mais franchi, vers les cimes '
D'où son regard mesure, assuré désormais,
La terre de plus haut, et le ciel de plus près.
A des clartés dont rien n'obscurcit l'harmonie,
Sur les grands horizons là s'ouvre le génie ;
De l'œuvre du Très-Haut jusqu'en ses profondeurs,
De là l'œil de l'esprit peut sonder les grandeurs ;
Là, quand la foule en bas s'abandonne à l'orgie,
Lorsque la liberté dort dans sa léthargie
Et qu'un peuple docile, au triomphe enchaîné,
S'attelle, fou de gloire, au joug qu'il s'est donné,
On sent le pouls fiévreux battre sous ce délire
Qui du cœur monte au front du colossal empire.
Sous les pieds de profonds et sourds ébranlements
Font gémir le géant jusqu'en ses fondements ;
Accablé sous le poids de grandeur qui l'écrase,
Bientôt, peut-être, il va chanceler sur sa base,
Et vers les horizons de tous les orients
On voit poindre un nuage ou fumer des volcans. »

« Pour le vice et l'orgueil, Paris, c'est Babylone ;
Pour la vertu virile et l'honneur, c'est un trône.
Pour moi, c'est une école où, domptant ma douleur,
Je viens hélas ! au prix de mon propre bonheur,
Du monde et de ses lois payer l'apprentissage.
Tout n'est pas, il est vrai, disgrâce en mon partage :
Notre hôte, le marquis de Villiers du Sorbier,
Me chérit à l'égal de son propre héritier,
A l'égal de Gaston auquel, dans sa pensée,
Claire, sa fille, était en naissant fiancée.
L'hôtel, connu du riche et du pauvre entre tous,
Des plus nobles esprits est le grand rendez-vous.
Hautes dames, docteurs, prélats, auteurs profanes,
Chateaubriand, Bonald, Michaud, Nodier, Fontanes,
Poëtes ou savants, penseurs, grands écrivains,
Aristarques du jour, artistes, esprits fins,
Chaque semaine, autour de la vieille marquise,
S'assemblent pour former une couronne exquise
Où l'esprit, le savoir, le bon goût, la gaîté
Font les frais d'une aimable et franche intimité. »

                        Janvier 1810.

« Trois mois ont tout réglé, l'ordre des habitudes,
Les heures de loisir, d'exercices, d'études,
Et la route où chacun entre selon ses goûts,
Certaine désormais, se fixe devant tous.
Pionnier infatigable, à travers les sciences

René s'ouvre passage et marche à pas immenses ;
Moins fort, mais sûr de lui dès qu'il s'est bien compris,
Vers les beaux-arts Gaston a tourné ses esprits ;
Moi, je sonde l'histoire et la philosophie,
L'être dans son problème et dans sa poésie.
En entretiens communs nous mettons nos efforts,
Les plus faibles sans honte empruntant aux plus forts.
Ce fonds, l'œuvre et l'orgueil de tous, forme l'ensemble
Où nous venons puiser chacun et tous ensemble,
Et notre vie égale est un flot dont le cours
Ramène sans secousse ou remporte les jours. »

Février 1810.

« A notre hôtel s'est fait, noble et de grande mine,
Présenter un jeune homme appelé Lamartine.
A peine notre aîné, beau comme un Apollon,
S'il n'est pas l'aigle encore, il est plus que l'aiglon
Et de son œil, profond bien que doux et modeste,
Jaillit à chaque instant l'éclair du feu céleste.
En lui je ne sais quoi de céleste et de pur
Sent la fleur du jeune âge et le miel du fruit mûr ;
L'âme à son front rayonne ardente et sympathique ;
Sa parole sonore est toute une musique ;
Les mots naissent pour lui clairs et justes toujours,
Une image souvent dit plus qu'un long discours,
Et dans des vers marqués au cachet du génie,
Sa voix nous a bercés dans des flots d'harmonie.

Durant son court passage, une douce amitié
Grâce à nos goûts pareils, avec lui m'a lié :
Poëte, il a loué ma jeune poésie
Avec l'accent de l'âme et de la courtoisie,
Car plus riche est l'esprit chez lui, plus le cœur d'or,
Et Dieu n'a point formé de plus noble trésor.
Heureux, nous dit Bonald qui le prône et l'admire,
Si d'un sens ferme il sait sur lui garder l'empire,
Du vague des instincts dégager sa raison,
Marquer droit devant lui son but à l'horizon,
A ces hauteurs du ciel où se plaît son audace
Fixer son astre encore oscillant dans l'espace,
Et tracer vers ce pôle une route à ses pas
D'où ses entraînements ne le détournent pas ! »

Mars 1810.

De sa prison d'hiver Paris, comme l'abeille,
Sort aux premiers beaux jours que le printemps réveille.
Comme, hier, de Meudon nous traversions le bois,
Un inconnu, déjà rencontré plusieurs fois,
Nous arrête au tournant de la grande charmille.
— « Puis-je savoir, dit-il, ce qui vaut à ma fille
« L'honneur de vos égards, Messieurs, et le bonheur
« De vous voir si souvent sur mon chemin ?»—« Monsieur !
« L'honneur d'être poli chez nous n'a rien d'étrange,
« Et vraiment ! mon cheval le sait, car il se range,
« Répliquai-je étonné, s'il voit, comme aujourd'hui,

« Un chapeau d'amazone arriver droit sur lui.

« Notre salut, d'ailleurs, quelque sens qu'on lui donne,

« N'a fait, jusqu'à ce jour, déshonneur à personne ;

« Mais en n'admettant pas qu'il s'en faille excuser,

« Nous ne prétendons point, s'il déplaît, l'imposer.

« Aussi bien pourrions-nous, sans le respect de l'âge

« Et du sexe, admirer d'où nous vient l'avantage,

« Étrangers dans Paris qui ne nous connaît pas,

« De voir, sur quelque point que se portent nos pas,

« Apparaître une dame aussi noble que belle. »

— « Vous n'avez pas tout dit, comte : Mademoiselle,

« Fit Gaston à son tour, nous a fait un devoir

« Du salut que de nous elle a pu recevoir.... »

— « Mais, mon père, interrompt, dévoilant sa figure,

La jeune fille au front limpide à la voix pure,

Et fixant d'un œil droit l'homme au rude maintien

Qui venait sur ce ton d'engager l'entretien, —

« Si vraiment ce salut commandait une excuse,

« C'est moi qui la devrais, car c'est moi qu'il accuse,

« Et vous-même avant moi. Ces nobles cavaliers

« Ne venaient point vers nous aujourd'hui les premiers,

« Et j'ai vu, jusqu'au bois quand nous l'avons poussée,

« Notre course par eux chaque fois devancée.

« Si vous n'aviez près d'eux transporté nos foyers,

« Les eussé-je connus et presque coudoyés ?

« Au lieu même où je vais sans vous, vous m'avez mise,

« Vous, mon père, à côté de leur place, à l'église,

« M'assignant, pour m'y rendre aussi, l'heure et les jours

« Où l'on peut s'assurer de les trouver toujours.

« Tout est là : leur salut, je le suppose encore,

« Répond à quelques soins dont, pour moi, je m'honore

« Envers la noble aïeule et la charmante enfant

« Qui trois fois la semaine à leurs côtés s'y rend :

« C'est sur nous, s'il en est, que reviendrait le blâme. »

— « Blanche ! au moins pensez-y : vous êtes une Dame.. »

— « Je suis, et le sais trop de vous pour l'oublier,

« D'un sang qu'on ne saurait, mon père humilier ;

« Mais je ne puis souffrir, quand l'honneur interpelle,

« Qu'à mon sujet s'allume une injuste querelle :

« Ces messieurs, j'en suis sûre et le puis maintenir,

« Si j'oubliais mon rang, sauraient s'en souvenir. »

« — Ai-je droit de savoir le nom d'une famille

« Si digne, à mon insu, des respects de ma fille ?... »

« — De votre autorité je n'ai point fait mépris

« Et fierté ni devoir n'ont été compromis.

« Ni liaison, mon père, ou connaissance intime :

« J'ai cru ces cavaliers dignes de notre estime

« Et reçu leur salut en leur rendant le mien,

« Bien qu'entre nous pas même un seul mot d'entretien.

« D'eux, tout m'est inconnu, sinon leur retenue,

« Leur piété qui touche et leur noble tenue.

« Du reste, à ces Messieurs j'en demande pardon,

« Je n'avais pas songé même à chercher leur nom. »

6···

« — Nos noms, sans y placer de morgue ridicule,

« Dis-je enfin, ne sont point de ceux qu'on dissimule,

« Et quand Mademoiselle y met tant de bonté,

« A mon tour je m'explique avec simplicité.

« Dans son cœur noble, ainsi qu'en un miroir fidèle

« Sa droiture a tout vu : notre respect pour elle,

« La marquise et son fils, le marquis du Sorbier,

« L'honneur vivant, le sage et loyal chevalier,

« Et l'amour de tous deux, sa digne jeune fille,

« L'orgueil et le bonheur d'une noble famille.

« Nous trois, monsieur, amis ou parents, nous n'avons

« Rien à dire, et voici notre adresse et nos noms. »

« — Saint-Martin... de Villiers... comte Edgar de Morville...

« Se pourrait-il?... Souvent un mot dit plus que mille,

Reprit, les yeux sur nous, le cavalier hautain,

Qui plus pensif roulait nos cartes dans sa main.

Puis nous interpellant d'une voix radoucie

Et s'adressant à moi : — Comte Edgar, je vous prie,

« Seriez-vous du Poitou? » — « Moi, votre serviteur

« Et mes deux compagnons, nous avons cet honneur. »

« — Pardonnez, si je suis indiscret?... Votre père?... »

« — Ne m'a connu qu'à peine, et je n'ai plus de mère :

« Tous deux au ciel. » — « Monsieur, vous seriez donc le sang

« De Berthe et de Maurice? » — « En deux mots comme en cent,

« Vous savez comme moi ma race et ma patrie. »

« — Maurice et son trésor, Berthe de la Beuvrie!...

« A ce beau cavalier, Blanche, tendez la main,

« Car qu'il veuille ou refuse, il est votre cousin.

« Comte ! Je suis Hector, baron de Sainte-Terre,

« Le plus proche parent qu'ait laissé votre mère,

« Et prêt à m'expliquer, si vous avez pensé

« Que je puisse à dessein vous avoir offensé.

« J'ai connu la marquise, Anne de Taillepierre

« Et son fils du Sorbier : sous la même bannière,

« Soldats des trois Condé, par la cause des Rois

« Nous avons combattu dans l'exil autrefois.

« Son frère avait, je crois, fait tache à sa noblesse

« En unissant son sort, par amour de jeunesse,

« A la sœur d'un bourgeois assez républicain

« Et suppôt, disait-on, du district Jacobin..... »

« — Sans ce républicain qui m'a servi de père,

« M'écriai-je indigné, j'étais mort de misère.

« Grâce à lui seul, je vis et Morville est debout,

« Et fortune et leçons d'honneur, je lui dois tout.

« Quant à sa digne sœur, pieuse et noble femme,

« Si vous la connaissez, respectez cette dame,

« L'orgueil de la famille et du nom de Villiers... »

« — Ma mère ! fit Gaston frémissant sur ses pieds..... »

Mais le baron vers nous tendant sa main osseuse :

« — Ah ! vraiment ! j'ai la langue aujourd'hui malheureuse !

« Reprit-il. Pardonnez ! et soyez sûrs, Messieurs,

« Que nous connaissant plus, nous nous entendrons mieux.

« Mais, pour ne pas tomber derechef en mécompte,

« Redites, s'il vous plaît, quel est Monsieur, cher comte ! »
« —Saint-Martin dont le père est mort au champ d'honneur
« En défendant le mien. » — « Fils d'un homme de cœur !
« Je l'ai vu, je l'atteste. » — « Homme de cœur lui-même
« Et de tête et de main, que j'honore et que j'aime
« Comme s'il était né de ma mère. » — « Ah ! fort bien !
« Chacun suivant sa règle ! et je n'objecte rien.
« Aussi bien, la fierté d'honneur des anciens âges
« Change de noms et suit le sort des vieux usages :
« Vous êtes de ce siècle, et je ne prétends pas
« Vous faire plus que lui rétrograder d'un pas.
« Le comte est bien, d'ailleurs, le vrai fils de son père...
« Mais nous nous reverrons, et sous peu, je l'espère,
« De plus près, moins gênés par le temps et le lieu,
« Messieurs, j'ai votre adresse, et ne dis pas adieu ! »
Et Blanche, en souriant et tendant sa main fine :
« — Au revoir ! Beau cousin ! » — Puis la belle cousine
Tous trois nous saluant de son regard serein,
A mes deux compagnons tendit aussi la main. »

« Pour réparer son tort, dit-il, involontaire,
Le soir même, à l'hôtel Monsieur de Sainte-Terre
S'annonçait avec Blanche et trouvait un accueil
Digne, si haut qu'il soit, de toucher son orgueil.
Le marquis l'a traité comme un vieux frère d'armes,
Il l'a tenu longtemps, et les yeux pleins de larmes,
En parlant de mon père et de mes amis perdus
Qu'à la patrie hélas ! l'exil n'a pas rendus.

Il a voulu garder au souper de famille
Pour le voir plus longtemps, le père avec la fille,
Le baron a cédé, s'excusant quant à lui,
Pour Blanche, et nous dînons à sa table aujourd'hui. »

1864.

LES ÉMIGRÉS

CHANT DIX-SEPTIÈME.

BLANCHE DE SAINTE-TERRE.

JOURNAL D'EDGAR (*Suite*).

Paris, avril 1810.

« Blanche à notre foyer n'est plus une étrangère :
C'est pour Claire une sœur, pour l'aïeule et le père
Presque une fille aînée. On se voit tous les jours,
Et les nœuds d'amitié se vont serrant toujours.
Entre tous, cependant, c'est à moi qu'elle est chère
Et moi qu'elle chérit. Bonne à l'égal de Claire,
Mais de raison plus sûre et de sens plus rassis,
Pour mon exil son âme est un trésor sans prix.
Du ciel un je ne sais quel reflet la couronne,
Quel parfum d'elle émane à l'air qui l'environne,
Quel ascendant d'amour et de pieux respect
A mon cœur fasciné s'impose à son aspect,
Et du ciel de mes jours cette étoile inconnue,

Comme un rêve, il me semble autrefois l'avoir vue,
Tant il est dans sa voix, tant il est dans ses traits
De vagues souvenirs et de charmes secrets !
Elle m'a dit : « Cousin, j'ai compris, simple femme,
« Que d'un fardeau secret le poids charge votre âme,
« Et dans vos yeux souffrants lu que votre amitié
« A soif d'épanchements et besoin de pitié,
« En vous voyant tomber dans ces graves tristesses
« Que ne provoquent point de vulgaires faiblesses.
« Jeune, ma tête est mûre et mon cœur a besoin,
« Comme vous, bien souvent, de souffrir sans témoin.
« Faites-moi le tableau des jours de votre enfance :
« Je veux vivre avec vous depuis votre naissance,
« Partager vos plaisirs et surtout vos douleurs,
« Car j'ai vu devant Dieu vos yeux rouler des pleurs. »

                                        Mai 1810.

« J'ai pu dans le cristal du cœur de cette femme,
Sans en troubler l'eau vierge, épancher de mon âme
La coupe hélas ! trop pleine. Avec quelle bonté
Elle m'a, simple enfant, jusqu'au bout écouté !
Tantôt joignant les mains et souriant joyeuse
Quand mon récit passait par quelque phase heureuse ;
Tantôt sur ma douleur s'affaissant, chaque fois
Qu'un amer souvenir faisait trembler ma voix.
Et quand je me suis tu, grave et préoccupée,
« Mon sens, a-t-elle dit, ne m'avait point trompée :

« Chagrins comme bonheur, j'avais tout deviné,

« Et Dieu ne vous a point à périr destiné,

« Puisque son doigt, marqué partout dans cette histoire,

« Toujours après la lutte a donné la victoire.

« Quel père que Monvert! Quelle mère au cœur d'or!

« Et leur enfant, votre ange à vous, quel saint trésor!

« Ce n'était point le cœur qui parlait par la bouche,

« Quand mon père appelait Républicain farouche

« Ce juste à l'âme noble, intelligent et fort,

« Sans lequel, pauvre enfant! hélas! vous étiez mort.

« Dites-lui que je l'aime et que je le vénère!

« Dites à votre sœur aussi qu'elle m'est chère,

« Et que, sans la connaître encore, un cœur jaloux

« Lui rend d'ici l'amour qui la garde pour vous.

« Quant à la digne mère entre vos bras éteinte,

« Vous m'en reparlerez, Edgar : c'est une sainte,

« Et mon bonheur sera, quelque jour, à genoux,

« De prier sur sa tombe entre Marie et vous.

« Entre nous, désormais, je puis tout dire à l'aise :

« Notre nœud d'amitié n'a plus rien qui me pèse

« Puisque, vous l'avez dit, votre cœur s'est donné,

« Qu'en soi-même le mien n'en est pas étonné,

« Et que, plus vous l'aimez d'amour, plus ma pensée

« S'intéresse et s'attache à votre fiancée.

« Vous avez jusqu'au bout été franc : en retour

« Je vous dois, cher cousin, mon histoire à mon tour.

« Vous m'avez dû juger, sans assez me connaître,

« Bien franche pour mon sexe et bien libre, peut-être :

« N'imputez point à mal ce trop de liberté.

« Je vous aime pour vous, avec simplicité ;

« Mais sous cette amitié qui ne craint point le blâme,

« Ni trouble ni souci n'est entré dans mon âme,

« Et nourrie hors du monde, on ne m'a pas appris

« Des scrupules d'emprunt que j'aurais mal compris.

« Je suis née en Poitou, non loin de vous. Ma mère

« M'y dut laisser mourante aux soins d'une étrangère,

« Pour fuir devant la mort qui poursuivait ses pas,

« Et sous des cieux lointains remise entre ses bras,

« En paix jusqu'à treize ans j'ai grandi sous son aile.

« J'étais le seul rayon d'amour tombé sur elle,

« Mon père, dès ce temps, vivant, comme aujourd'hui,

« Presque étranger pour nous, en dehors de chez lui,

« Et les soins maternels remplissant seuls le vide

« De son cœur dévoué, mais souffrant et timide.

« Je n'atteignais qu'à peine, à sa mort, quatorze ans,

« Mais par ses longs malheurs mûrie avant le temps,

« Je pus prendre sa place au foyer. Dès cet âge

« J'étais faite aux devoirs comme aux lois du ménage,

« Et si jaloux, si fier d'ailleurs de volonté,

« Mon père a dans mes mains laissé l'autorité.

« Dans mon gouvernement, pas de droit dont je n'use !

« Pas d'erreur ou d'oubli que sa bonté n'excuse !

« Vouloir m'est obtenir : équipages, valets,

« Pour moi, rien n'est trop cher.... Paris, si je voulais,

« M'appartiendrait demain, je crois, sans que je sache
« Où naît l'or dont la source à tous les yeux se cache...
« Car, l'oserai-je dire à vous seul, et bien bas?
« Quelque bon qu'il me soit, je ne le comprends pas.
« Son sein n'échauffe pas, il glace : une caresse
« L'écarte, semble-t-il, et peut-être le blesse ;
« De ma part, il la fuit; de la sienne, il s'abstient.
« Souvent, même, avec moi je sens qu'il se contient :
« Plus d'une fois, j'ai vu son œil lancer la flamme
« Qui dans la nuit semblait un éclair de son âme
« Et vers moi le portait si vif, si plein d'ardeur,
« Que, sans savoir pourquoi, j'étais près d'avoir peur;
« Puis un retour soudain comprimant la nature,
« Après l'éclair, la nuit se faisait plus obscure,
« Et son regard éteint se détournait de moi
« Comme s'il eût, lui-même, été saisi d'effroi.

« Au reste, cher cousin, son existence entière
« Pour ma mère et pour moi fut toujours un mystère.
« Des amis.... point n'en voit son seuil : toujours absent,
« Son hôtel est un camp qu'il visite en passant.
« Présent, à peine est-il accessible, et personne
« N'y franchirait le mur dont son froid l'environne,
« Où sans lui n'entrerait dans ses appartements,
« A moi-même, sa fille, interdits en tout temps.
« De sa vie au dehors aussi rien n'y transpire :
« Jamais pour lui de lettre, encor qu'il doive écrire
« Quand on voit qu'il travaille et que, toute la nuit

« Son feu, le plus souvent, brûle et sa lampe luit.

« Que fait-il? quel ressort tend cette intelligence

« Pleine, vous l'avez vu, de nerf et de puissance?

« Est-il l'axe caché de conspirations

« Qui s'ourdiraient dans l'ombre encor pour les Bourbons,

« Et si longtemps proscrit, battu par la tempête,

« Appelle-t-il encore d'autres vents sur sa tête?

« Ou plutôt sous son cœur un volcan comprimé

« Ronge-il son cratère en lui-même enfermé?

« En vain, ainsi qu'en vain l'avait tenté ma mère,

« J'ai voulu vers le ciel fléchir cette âme altière

« Qui cède et m'obéit jusqu'au seuil du saint lieu,

« Mais qu'on semble offenser dès qu'on parle de Dieu.

« Non, d'ailleurs, qu'il me gêne en nos saintes pratiques :

« J'ai, prêts à m'obéir, voiture et domestiques

« Et tout l'or que je veux encor, pour secourir

« Mes pauvres qu'il me faut habiller et nourrir;

« Mais jamais à la mienne il ne joint son obole;

« Jamais à ma prière une sainte parole,

« Et, soit erreur fatale ou révolte, je crains

« Qu'il ne tienne en souci ni le ciel ni les saints.

« Riche et fort, de sa force il se sent toujours maître;

« Mais si riche, si fort, si prudent qu'il puisse être,

« Du volcan, tôt ou tard, la lave ouvre le flanc,

« Et le mont soulevé croule sur le titan.

« Vous voyez, cher Edgar, au tableau de ma vie,

« Que la vôtre n'a point à lui porter envie,

« Et mon bras qui d'instinct tendrait vers son appui,

« S'il faiblit, ne peut plus se reposer sur lui.

« Dans un monde où mon père est classé par sa race,

« Il ne tiendrait qu'à moi d'occuper une place,

« Et l'orgueil de son nom, qui se croit sans égal,

« L'aurait permis, je crois ; mais j'y paraîtrais mal.

« Point ne penchent mes goûts vers les plaisirs futiles

« Ni vers les courants d'air et les torrents des villes :

« Mieux aimerais le calme en moi-même, et voudrais

« Plutôt la paix des champs et l'air pur des forêts...

« Peut-être je pourrais, vu mon rang et mon âge,

« Me bercer des douceurs d'un noble mariage....

« Ce rêve en mon esprit ne s'est point encor fait.

« Un tel bonheur aussi serait bien imparfait :

« Il faudrait délaisser, livré tout à lui-même,

« Mon père abandonné du seul être qui l'aime,

« Qui mal verrait un gendre, et près de qui jamais

« Un gendre, quel qu'il fût, ne saurait vivre en paix.

« Aussi bien, de mon choix j'entends rester maîtresse :

« Tout, pour lui, se mesure aux quartiers de noblesse ;

« Moi, je tiens au bonheur encor plus qu'au blason,

« Et prétends suivre un peu mon cœur et ma raison.

« Mon chef, si j'en prends un, même alors qu'elle gêne,

« Se devra résigner à sa part de la chaîne,

« Et fût-il noble, riche et beau comme vous tous,

« S'il n'a pas vos vertus, je ne veux point d'époux. »

« — Vous enchantez vraiment, chère Blanche ! et j'admire

« Comment jusqu'à ce point la candeur peut tout dire;

« Mais ne nous rendez pas, aussi, trop orgueilleux.... »

« — Vos amis?... allons donc ! je n'ai pas parlé d'eux :

« Sans monter leur orgueil, c'est bien assez du vôtre.

« Ils sont bien nés, pourtant, et bien faits l'un et l'autre :

« J'aime fort en Gaston ce caractère ouvert

« Qui se fait, dès l'abord, connaître à découvert

« Et se comptant pour rien, semble-t-il, est peut-être

« Plus sûr et plus solide au fond qu'il ne croit l'être.

« Pour Monsieur Saint-Martin, réfléchi, grave et bon,

« Je le croirais taillé sur tout autre patron.

« Il est si réservé, si discret, si modeste,

« Que je n'oserais trop m'y hasarder. Du reste,

« Dites-m'en votre avis, je vous prie, et d'où vient

« Qu'en vous parlant de lui, mon père, il m'en souvient,

« Affectait, semblait-il, du dédain pour sa race?

« Serait-il donc sorti d'une source si basse,

« Si peu digne de lui, qu'il la dût oublier

« Ou ne s'en souvenir que pour s'humilier? »

— « Sur le niveau du rang s'il faut régler l'estime,

« Saint-Martin, sans atteindre à la plus haute cime,

« Avec un juste orgueil peut compter ses aïeux

« Dont le sang, pur de source et toujours généreux,

« Dans un passé d'honneur et de vertu virile,

« Vient presque d'aussi loin que celui des Morville.

« Aux siècles où les miens étaient preux chevaliers,

« Eux, portant la bannière, avaient rang d'écuyers,

« Et moins favorisés d'honneurs dans le partage,

« Payaient de même zèle et de même courage.

« Depuis qu'avec les temps les destins sont changés,

« S'ils n'ont plus, sous la tente, eu leur part des dangers,

« Toujours unis à nous pour la joie ou les peines,

« C'est presque notre sang qui coule dans leurs veines.

« Il ne se dément point : rien n'a pu retenir

« René de dévouer au mien son avenir

« Et, fidèle aux leçons des ancêtres, son père

« Est tombé près du mien sur la terre étrangère.

« C'est le noble de cœur, et son nom, très-ancien,

« S'il lui manque un blason, est pur comme le mien.

« Titrés !... combien de fois, en s'abaissant peut-être,

« S'il l'avaient su vouloir, ses aïeux ont pu l'être !

« Ils ont tous mieux aimé, j'en suis reconnaissant,

« Moins d'orgueil en papiers, plus d'honneur dans le sang. »

« — Merci, cousin ; ce sens me plaît, loin qu'il me blesse,

« Et c'est ainsi que j'aime et comprends la noblesse. »

1864.

LES ÉMIGRÉS

CHANT DIX-HUITIÈME.

A MORVILLE.

Avril 1810.

....Quæ me suspensam insomnia terrent.
VIRGILE.

Qu'était, durant ces jours, l'existence à Morville ?
Elle y semblait en paix suivre son lit tranquille,
Comme son fleuve où va, sans changer de chemin,
Le flot pareil au flot d'hier et de demain.
Du bonheur, cependant, loin de lui, pour Marie
Depuis l'exil d'Edgar la source s'est tarie :
C'est bien même candeur à son front toujours pur,
Même ciel clair encor dans son même œil d'azur,
Mais sous cette surface égale et transparente,
Le fond du cœur se trouble et la paix est souffrante.
Plus âpre, plus poignant aux premiers jours, le mal
N'altéra pas d'abord son calme virginal,

7*

Et s'il voila son front d'un bandeau, ce nuage
Était le deuil de tous porté sur son visage ;
Mais le ciel dans les yeux essuyés s'éclaircit,
Et quand le deuil de tous par degrés s'adoucit,
Seule encor tout entière à sa douleur cruelle,
Le désert lui sembla s'être fait autour d'elle.
Dans sa voie isolée, à partir de ce jour,
Elle va sans savoir où porter tant d'amour :
En vain sur ses parents, pour tromper sa tristesse,
Elle épanche son âme en trésors de tendresse,
Et sitôt qu'elle est seule, à toute heure, en tout lieu,
Offre à genoux sa vie et ses larmes à Dieu :
Le vase plein déborde avec tant d'abondance,
Que le trouble envahit jusqu'à sa conscience,
Et tremblant de faillir à quelque saint devoir,
Elle irait se heurter, peut-être, au désespoir,
Si, docile à son ange, au giron de sa mère,
Elle n'eût de son cœur versé la coupe entière.
Mais dans ses bras penchée : « En l'état où je suis,
« Où, sinon dans votre âme, épancher mes ennuis,
« Moi qui n'ai point de sœur pour m'expliquer peut-être
« Fit-elle, des tourments qu'elle aurait pu connaître,
« Et quelle autre que vous guidera dans sa nuit
« L'enfant qui va sans voir où son cœur la conduit ?
« Avez-vous donc, à bout de force et de courage,
« O ma mère, enduré ce martyre à mon âge,
« Et, dans votre impuissance à lutter, sentiez-vous
« Sous le poids du fardeau défaillir vos genoux ?

« O mon bonheur d'enfant si plein, si pur de blâme,

« Qui donc l'a tout à coup remplacé dans mon âme

« Par ce vide inconnu, si sombre, si profond

« Qu'en vain les yeux voudraient descendre jusqu'au fond !

« Un vent fatal peut-il passer sur l'innocence ?

« Ai-je sur moi du ciel appelé la vengeance,

« Quand Dieu même est témoin que si j'ai tant souffert,

« Toujours c'est à ses pieds que mon cœur s'est ouvert,

« Toujours, puisque son œil voit au fond dans mes peines,

« D'amour pour lui surtout que mes larmes sont pleines ?

« Mais sa bonté, jadis si prompte à m'exaucer,

« Daigne à peine aujourd'hui jusqu'à moi s'abaisser.

« Depuis qu'à mes côtés je ne sens plus mon frère,

« Je suis seule et languis jusque dans la prière :

« Rien du ciel en retour ne descend sur mon cœur,

« Et pour moi, Dieu n'a plus d'ange consolateur.... »

« Parfois, toute éveillée il semble que je rêve :

« Dans ma poitrine en feu le souffle se soulève,

« Et lorsqu'à deux genoux je tombe avec ferveur,

« Soudain brûlant, mon front sent monter la rougeur,

« Comme s'il se voyait par un doigt implacable

« Marqué du sceau vivant d'une honte coupable.

« Pour me livrer si faible à de pareils combats,

« Ma mère, oh ! qu'ai-je fait que je ne comprends pas ?

« Celui dont la pensée en tout lieu m'est présente,

« L'ai-je donc trop aimé pour rester innocente ?

« Et si c'est là le tort qu'il me faille imputer,

« Ce crime ou cette erreur, comment les racheter,
« Quand il n'est pas d'effort tenté par mon courage
« Qui puisse de mes yeux détourner son image ?.... »

Elle dit, mais sa voix s'éteint dans les sanglots ;
Les larmes dans sa gorge ont étouffé les mots,
Et le front renversé dans les bras de sa mère,
Tremblante, elle y voudrait se cacher tout entière.
Et celle-ci, navrée à son tour, l'y pressant :
« Non ! Dieu n'a point au mal livré l'ange innocent,
« Pauvre enfant ! De ton cœur j'ai vu saigner la plaie,
« Et si, depuis longtemps, notre amour s'en effraie,
« Des dangers que pour toi nous devions éviter,
« Ton innocence au moins n'a rien à redouter.
« Calme le sang qui bout, s'il se peut, dans tes veines :
« Mais fallût-il mourir sous le poids de tes peines,
« Tu mourrais sans qu'une ombre eût fait tâche à l'azur
« Du ciel de ta candeur pâli, mais resté pur.
« Sous ces rêves qu'enflamme un excès de tendresse,
« Tu peux voir se flétrir la fleur de ta jeunesse,
« Mais de honte jamais, sur l'enveloppe d'or
« De ta vertu, ma gloire et mon plus cher trésor. »

Et l'enfant, d'une voix qui n'est pas encor sûre :
« On peut aimer ainsi son frère et rester pure ?
« Mère, vous l'avez dit ! — Mais non pas sans souffrir,
« Un cœur tel que le tien, hélas ! jusqu'à mourir,
« Pauvre enfant ! — Oh ! de Dieu si je n'ai plus à craindre,

« Embrassez votre fille et cessez de la plaindre.

« Dès lors qu'avec lui-même il peut rentrer en paix,

« Son cœur content n'a plus à former de souhaits :

« D'avance ils sont comblés. — Ah ! cette imprévoyance,

« Conserve-la, ma fille, avec ta confiance ;

« Mais moi, qui m'absoudra, qui n'ai pas su prévoir

« Quel terrible avenir peut tromper ton espoir ?

« — Me tromper ! et qui donc le voudrait ?—Oh ! personne !

« Mais Dieu veut la prudence à la foi qui se donne,

« Et ton cœur s'abandonne, heureux et confiant,

« Quand l'amour de ton frère est l'amour d'un enfant.

« Bien qu'aujourd'hui la source en soit pure et profonde,

« Saura-t-il s'abriter des orages du monde ?

« Ne peut-il succomber à ses séductions ?

« Être pris de vertige, ivre d'illusions ?

« A la meilleure, enfin, préférer la plus belle,

« Et, sincère aujourd'hui, demain être infidèle ?... »

« — Mère, qu'il soit heureux ! Je n'ai pas d'autre vœu,

« Quelque sort qu'il me garde, à présenter à Dieu ;

« Mais son âme est trop riche et noblement trempée,

« Mère, pour qu'en l'aimant je puisse être trompée.

« Si jamais j'ai songé, d'ailleurs, même aujourd'hui,

« A chercher quel bonheur peut m'arriver par lui,

« Dieu le sait, hors celui de l'aimer sans partage,

« Comme hier, l'âme en paix et sans honte au visage.

« — Mais hier, chère enfant ! jamais n'est revenu.

« Hier, c'est le passé ; demain, c'est l'inconnu :

« Hier enfants tous deux, et demain !... O ma mère !

« Demain comme toujours, moi la sœur, lui le frère,

« Réunis dans vos bras et rendus avec lui

« Au bonheur qui si vite et si loin s'est enfui.

« Nos vallons seront frais encor, nos fleurs suaves,

« Nos matins souriants, nos ciels bleus, nos soirs graves.

« L'été, dans nos ruisseaux l'eau ne tarira pas,

« L'herbe sous nos bosquets, les chants dans nos lilas.

« Que Dieu daigne à ces biens joindre ses dons suprêmes !

« Quoi donc sera changé, si les cœurs sont les mêmes?

« J'ai foi dans ce bonheur : j'en puis vivre, y rêver,

« Et dans ma soif sans fin, sans fin m'en abreuver

« Sans offenser mon Dieu?... Je redeviens heureuse,

« Et plus ne me verrez souffrante et soucieuse... »

Tandis que par la joie et l'amour éclairé,

Le front pur de l'enfant s'était transfiguré,

Marthe, en vain s'efforçant à dompter sa souffrance,

Sans répondre autrement, l'embrassait en silence.

Une montagne était sur son cœur : ce demain

Qu'heureuse elle avait vu poindre dans le lointain,

Pâlissait comme un rêve hélas ! et la chimère

Brisait, en s'effaçant, deux fois son cœur de mère.

Sitôt qu'ils l'avaient pu, loin encore, entrevoir,

L'honneur des deux époux s'était fait un devoir

D'éprouver leurs enfants par le temps et l'absence ;

Mais l'honneur n'avait point vaincu sans résistance.

De l'absence d'Edgar tous deux comptaient les jours :

Au foyer de leur âme ils le gardaient toujours,
Et, plus qu'ils ne croyaient d'accord avec leur fille,
Ils lui faisaient d'instinct son nid dans la famille.
Ce rêve heureux qu'à peine ils s'osaient avouer,
Il semblait sous l'épreuve hélas! près d'échouer.
Vaincu sans lutte, Edgar, ardent comme son âge,
Portait léger déjà le deuil de son veuvage.
Que vite était Morville oublié pour Paris!
Il s'y faisait sa place à l'aise, et le marquis,
Parmi ses qualités qu'il comblait de louanges,
En comptait qui chez lui semblaient au moins étranges.
Il entrait sur la scène en maître, disait-on :
Dès l'abord, du grand monde il avait pris le ton :
Nulle odeur du terroir ; pas plus d'air de province
Ou d'aisance d'emprunt que s'il était né prince.
Entre tous distingué, d'une simplicité
Où s'alliait la grâce avec la dignité,
Il était sans rival dans le cercle des femmes
Que charmait sa candeur fine, et, parmi les dames,
Il avait distingué, s'il n'en était épris,
Une noble cousine, une fleur de Paris.....

Ajoutez les portraits qu'avec un soin extrême
Edgar de sa cousine avait tracés lui-même :
Quoi de plus pour troubler des parents attentifs
Que l'amour et l'honneur rendaient deux fois craintifs ?
C'était leur douce enfant martyre en perspective,
D'autant plus en péril qu'elle était plus naïve ;

Que son âme, où le cœur conduisait la raison,
Sans le voir ou le craindre, avait soif du poison ;
Que par sa foi d'enfant devant sa destinée
Ils sentaient la parole à leur lèvre enchaînée,
Et navrés d'autant plus qu'ils craignaient de parler,
Ils ne savaient, tous deux, que gémir et trembler.

. . . .

. . . .

Seule, avec la candeur de l'inexpérience,
La vierge avait tout su, tout lu sans défiance,
Et dans son cœur, trop sûr pour s'ouvrir au soupçon,
N'avait pas, simple enfant, senti même un frisson.

1864.

LES ÉMIGRÉS

CHANT DIX-NEUVIÈME.

UNE VISITE INATTENDUE.

Juin 1810.

Sur ce grave entretien deux mois étaient passés
Et du front de l'enfant les nuages chassés
N'y voilaient plus l'amour qui de son âme pure,
Paisible et chantant fête à toute la nature,
Répondait aux concerts du printemps dont les voix
Y réveillaient l'écho des bonheurs d'autrefois.
Le calme au ciel des cœurs ainsi semblait renaître,
Quand sur le bord du fleuve, un jour, on vit paraître
Un pâtre non connu qui, hélant le bateau,
Apportait un message au seigneur du château.
De son logis natal, manoir de la Bussière,
Elle-même arrivée à peine avec son père,
Blanche le députait, et pour le lendemain

S'annonçait à Monvert par deux mots de sa main.
« Au pays pour passer à voir ses vieux domaines
« Si près d'eux, disait-elle, au moins quelques semaines,
« Avec lui dans son cœur instruite à les bénir,
« Elle avait pour Edgar à les entretenir ;
« Voulait, envers leur fils acquittant sa promesse,
« Dans leur sein de son âme épancher la tendresse,
« Et priait qu'on daignât, s'ils pouvaient s'abréger,
« Sur les plus courts chemins fixer son messager. »

Grand fut l'émoi pour tous à l'étrange nouvelle.
Marie allait donc voir la cousine si belle
Que chérissait Edgar, qui venait de le voir
Et parlerait de lui du matin jusqu'au soir.....
Pour Monvert, cette attente enfermait un mystère :
Il avait peu connu l'orgueilleux Sainte-Terre,
Encor moins l'aimait-il, et de son sein loyal
Rien ne correspondait à ce cœur de métal.
Aimable fut pourtant la réponse au message :
« Pour Blanche le trajet serait presque un voyage,
« Allongé pour franchir la barrière de l'eau,
« Bien qu'une heure eût suffi, peut-être, à vol d'oiseau. »
En l'invitant, d'ailleurs, la mère de famille,
Jusqu'au bout prévenante envers la jeune fille,
Par le pâtre envoyait sa jument : car étroits,
Les chemins serpentaient parmi coteaux et bois,
Et leur lit creux jamais au train d'un équiqage,
Si modeste fût-il, n'avait donné passage.

Mais alerte était Blanche, et dès le lendemain
Elle arrivait avec la fraîcheur du matin,
Fraîche aussi dans sa fleur, simple, et sans autre suite
Que le pâtre d'hier qui l'avait reconduite.

Prête à tout endurer pour faire aimable accueil,
Marthe, suivant Monvert, s'avança jusqu'au seuil
Et par l'émotion un instant surmontée,
Sur un siége l'enfant s'était presque jetée.
« Pardonnez-moi ! dit-elle enfin, non sans effort,
« Mais mon cœur n'a jamais en moi battu si fort »
Et Marthe à son secours s'empressant — « Ah ! Madame,
« Excusez un moment ce trouble de mon âme
« Qui n'avait rien prévu de semblable au bonheur
« De respirer cet air où se baigne mon cœur.
« Oh ! je connais si bien votre sainte famille !...
« Mais tous ne sont pas là, ni l'ange votre fille,
« Ni Germaine, sa sœur, ni le noble vieillard
« Son aïeul, que vénère et chérit votre Edgar... »
Elle parlait encor qu'apercevant à peine
Au perron du jardin Marie avec Germaine :
« Ah ! je les reconnais, dit-elle, et mon regard
« Ne peut pas les confondre — et se parlant à part,
Non sans être entendue.— « O mon Dieu ! qu'elle est belle !
« D'une beauté céleste et d'enfant ! » se dit-elle...
Marthe joignit leurs mains, et par sa chère enfant
La fit accompagner à son appartement.

Blanche à qui s'attachait cette main gracieuse
En la sentant frémir tressaillait tout heureuse,
Et timide d'abord, Marie avait au cœur
Plus de joie innocente encore et de bonheur.
D'un lait pur et fumant fut à la voyageuse
Par Germaine apportée une coupe écumeuse
Et bientôt, se tenant par la main, toutes trois
Par le large escalier descendaient à la fois.
Blanche par son amie et la chère acolyte
Dans la salle d'honneur fut enfin introduite
Et tous, comme elle entrait, se levant, Saint-Martin
Vint droit à sa rencontre et lui baisa la main.

Que de soucis cachés, pourtant, sous leur empire
Tenaient serrés ces cœurs où Dieu seul pouvait lire !
Les sentant tous émus, Blanche ne savait pas
Si c'était sympathie ou secret embarras ;
Mais pour flotter longtemps et perdre confiance,
Elle était trop à l'aise avec sa conscience.
Modeste sans s'asseoir, de son visage ouvert
Et d'un ton non moins franc, s'adressant à Monvert :
« Vous m'avez pu juger trop libre ou trop légère,
« Monsieur, mais je m'en fie à votre amour de père,
« Et quand j'aurai tout dit, je crois, sans m'abuser,
« N'avoir pas à vos yeux longtemps à m'excuser.

« Vous savez qui je suis : mon cousin et moi-même
« N'avons su mon départ qu'au jour du départ même,

« Trop tard pour qu'à propos, ni pour moi ni pour lui,

« Il fût temps d'annoncer le bonheur d'aujourd'hui.

« Tout d'abord j'ai compris, sans me donner le change,

« Combien peut ma démarche ici sembler étrange ;

« Mais Edgar à mon sens n'a pas laissé le choix.

« J'étais par lui liée envers tous à la fois,

« Et c'est pour déférer à sa prière expresse.

« Que, sans tarder d'un jour, j'accomplis ma promesse. »

— Puis tendant à Monvert son front : « Pour votre fils

« Mon cher cousin, Monsieur, ainsi je l'ai promis.

« A vous, Madame, aussi son âme tout entière,

« Et, s'il vous plaît, pour moi, moi qui n'ai plus de mère,

« Dit-elle en embrassant la mère avec la sœur,

« Et qui vous ai tous vus, tous chéris dans son cœur.

« J'ai pour vous tous ses vœux encore, ajouta-t-elle

« Se tournant vers Germaine. En plus, Mademoiselle,

« Parlant en même temps au vénéré vieillard,

« J'ai l'amour de René joint à l'amour d'Edgar.

« Ah ! sur un noble cœur c'est un fier caractère,

« Digne de son aïeul et sûr comme son père :

« Il a pressé ma main qui n'a point refusé

« Le baiser de sa part pour tous deux déposé. »

« Je remplis le dernier mon plus pressant message,

— Et tirant un sachet plié dans son corsage —

« Voici, Monsieur, dit-elle en tendant à Monvert,

« Le pli qui par vous seul, à part, doit être ouvert.

« Edgar qui l'a scellé, trois fois m'a fait promettre

« De remettre en personne, en mains propres sa lettre,
« A tout prix, sans délai. Déjà vous comprenez,
« Ma visite est jugée et vous la pardonnez,
« Et je puis sans regret, selon son vœu suprême,
« Jouir de mon bonheur entre tous ceux qu'il aime, »

Elle vint, sur ces mots, près de Marthe s'asseoir,
Et pendant que lisait Monvert, on pouvait voir
L'étonnement, l'amour, la gravité pensive
Tour à tour s'exprimer sur sa face attentive.
Tous attendaient, suivant d'un œil respectueux,
Ou qu'il ouvrît la bouche ou qu'il levât les yeux,
Quand s'expliquant enfin et se tournant vers elle :
« Pour Edgar et pour moi, merci ! Mademoiselle,
« Du message et du zèle à la fois. Cher doyen !
(Ainsi dans la famille on nommait Saint-Martin)
« Edgar traite, en effet, d'une importante affaire.
« Par un mot voulez-vous prévenir le notaire
« Et dépêchant vers lui, d'ailleurs tout ordonner
« Pour qu'il nous vienne une heure, au moins, avant dîner?
— Et le vieillard sorti : —« Vous connaissant discrète,
« Edgar vous a-t-il dit le sujet dont il traite ? »
— Fit Monvert se tournant vers Blanche. —« Oh ! pas un mot,
« Sinon que tout pressait.— Eh bien ! c'est un complot
« Dont vous seriez complice et dont Edgar s'honore,
« Un secret à garder pour le Doyen encore
« Jusqu'à ce soir. Voici la lettre de mon fils. »

« J'ai su, bien chers parents ! que vous m'aviez acquis,
Trouvant pour votre fils profit et convenances,
Le château de Beauchêne avec ses dépendances,
Pour six cent mille francs par vous déjà payés ;
Mais autres sont mes vœux, si vous les approuviez. »

« René vous est connu : sa belle âme, je pense,
Dans son seul dévoûment cherche sa récompense ;
J'y voudrais attacher moi-même un autre prix.
Aux dons du corps, il joint les dons des grands esprits,
Mais de moi rien ne peut détacher sa fortune :
Je sens jusqu'à la fin qu'il nous la veut commune,
Et si de sa personne il n'a point de rival,
Pourtant, aux yeux du monde il n'est pas mon égal.
Modeste, il se sent riche assez pour se suffire,
Stoïque envers l'orgueil assez pour en sourire ;
Mais sous mes yeux la morgue a pu l'humilier,
Je le veux de ma main couvrir d'un bouclier ;
Qu'il porte avec lui-même aux égards de ce monde
Les titres sur lesquels la vanité se fonde,
Et qu'à côté du duc ou du baron hautain,
Autant qu'eux il soit riche, et comme eux châtelain.
C'est au nom de René, chers parents, que Beauchêne
Par nous doit être acquis : avec ce beau domaine
Fief de grande noblesse et dont les revenus
Atteignent, dites-vous, jusqu'à vingt mille écus,
Joint aux titres d'honneur dont son passé rayonne,
René ne doit plus rien à l'orgueil de personne.

Le vœu de votre enfant, si loin de vous hélas !
Votre amour, j'en suis sûr, ne l'écartera pas,
Et nous paierons ainsi, quoique non tout entière,
Ma dette personnelle et celle de mon père.

« Un mot encor : René me prévient à l'instant
Qu'à Morville lui-même à tout prix il se rend.
Informé du départ de Blanche et de son père,
Rien ne peut l'arrêter, dit-il. Plein de mystère,
Muet sur ses motifs et son but, il prétend
Qu'au pays avec eux quelque chose l'attend,
Et sous trois jours il part, sans que je puisse dire
Quel aiguillon le pousse ou quel aimant l'attire.
Donc, pas une heure à perdre : il faut, pour éviter
Un refus contre qui vous auriez à lutter,
Rendre, en coupant la route à cet enfant terrible,
Contre un acte accompli tout retour impossible.

« Ma cousine en vos mains remettra sans retard
Ces mots que j'ai tracés pressé par son départ.
Elle a pour vous déjà le vrai cœur d'une fille,
Aimez-la ! c'est ici mon ange et ma famille,
Et dans ce triste exil, nul ne saura jamais
Ce que lui doit mon cœur de courage et de paix.
A nul de mes secrets elle n'est étrangère,
Et, de votre exilé discrète messagère,
Pour vous elle saura mieux que tous les écrits
Dépeindre ses tourments resté seul à Paris.

Elle porte mon âme à vous tous, et cruelle
Est ma peine, à présent, loin de vous et sans elle ;
Mais je ne romprai point mon ban, et j'ai promis
D'être, jusqu'à la fin, sans murmure et soumis. »

Marie, aux derniers mots prononcés par son père,
Avait contre son sein pressé Blanche, et sa mère
L'avait enveloppée, en signe affectueux,
D'un regard qui roulait des larmes dans ses yeux.
Germaine contenait, en songeant à Marie,
Le bonheur dont son âme était soudain remplie,
Mais de Blanche elle prit la main, et tendrement
La pressa sur son cœur pour tout remercîment.

Bienheureuse était Blanche, et pourtant un nuage
Avait pour un moment assombri son visage.
Lorsque son père seul l'avait humilié,
On relevait René : rien n'était oublié...
Dans son père un instant sa fierté fut blessée ;
Mais la paix aussitôt se fit dans sa pensée,
Le bon Doyen rentra qui l'y vint ramener,
Et la cloche tinta l'appel au déjeuner.

C'était un jour de mai dans ses fleurs : la nature
Chantant tous ses concerts, étalant sa parure,
De ses plus doux parfums embaumait ses sentiers.
On parla promenade. Et Blanche : « Oh ! volontiers !

7**

« Mais j'ai, pour accomplir jusqu'au bout mon message,
« Dit-elle, à faire encore un saint pèelrinage.
« Mes yeux ont, tout d'abord, cherché ces deux portraits :
« L'un, je le reconnais à ces grands et beaux traits,
« C'est Edgar dans son père, et je sens à mon âme,
« Que l'autre, cette belle et douce jeune femme,
« C'est sa mère. Avant tout, en partant, j'ai promis
« De lui porter les vœux et l'amour de son fils,
« Et si vous l'approuvez, sur sa cendre bénie
« J'irai m'agenouiller, Madame, avec Marie. »

Marie en l'entendant déjà prenait son bras
Et frappés, les parents se demandaient tout bas
D'où venait cette enfant si fraîche, si suave,
D'un élan si naïf et pourtant mûre et grave,
Dont le cœur sympathique et droit n'oubliait rien,
Et que semblait porter un charme aérien.
Or, pendant le trajet jusques à la chapelle,
Blanche pressait Marie.—« Oh! je sais, disait-elle,
« Je sais que vous aimez Edgar, qu'il vous chérit,
« Qu'il est digne de vous et que Dieu vous bénit.
« Ni mystère entre nous, ni contrainte, ni blâme :
« Dans la sienne déjà j'ai respiré votre âme,
« Et vous voir cœur à cœur pour vous parler de lui,
« Comme sœur à sa sœur, est ma joie aujourd'hui.
« Oh! la digne et belle âme! et combien il vous aime! »
En l'écoutant, Marie avait peur d'elle-même :
Heureuse, elle eût voulu le louer à son tour,

Mais ses lèvres tremblaient, et pour parler d'amour,
Timide comme un faon que son souffle effarouche,
Les mots n'arrivaient pas de son cœur à sa bouche ;
Mais ses yeux répondaient, et sous son clair regard
Blanche lut jusqu'au fond dans le bonheur d'Edgar.

La prière en commun, ce nœud divin des âmes,
Déjà faisait deux sœurs de ces deux cœurs de femmes,
Et comme elles rentraient bras sous bras : « Voulez-vous
« Prier Blanche, ce soir qu'elle reste avec nous?
« Dit Marie à sa mère : elle est libre et, j'espère,
« Bonne assez pour ne point repousser ma prière. »
Et Marthe : « Je comprends ton désir, chère enfant,
« Et m'y joins, sous plaisir du baron, cependant.
« C'est à vous de juger, chère Blanche.— Oh! mon père,
« Fit Blanche, rentre, au soir, bien tard à la Bussière
« Et sort au jour. De lui je n'appréhende rien :
« A ses yeux, de ma part, quand je veux, tout est bien.
« La Bussière est d'ailleurs une triste masure
« Où l'art jamais ne vint en aide à la nature,
« Séjour morne, au milieu des landes et des bois,
« Veuf de tous ses attraits, s'il en eut autrefois,
« Où la ronce envahit les toits avec les treilles,
« Et plus hanté, je crois, des loups et des corneilles
« Que des êtres humains. Franchement! sans effroi
« On n'y peut ni veiller ni dormir, et je croi,
« Puisque vous voulez bien, généreuse famille,
« A ce foyer m'admettre en sœur de votre fille,

« Si vous ne m'invitiez, je crois, en vérité !
« Que moi, j'implorerais votre hospitalité.
« Oh ! je vous aime tous et me sens si contente ! »
Fit-elle, en lui tendant son front, toute charmante.

1865.

LES ÉMIGRÉS

CHANT VINGTIÈME.

LA CHASSE AU BARON.

Juin et Juillet 1810.

Blanche, non sans contrainte à l'abord accueillie,
Déjà pour la famille était plus qu'une amie,
Et, sous un même attrait tous les cœurs fascinés,
Vers elle, à leur insu, se sentaient entraînés.
Dans sa voix, son regard, son maintien, son visage,
De Bèrthe à son printemps tout reflétait l'image :
C'était l'amour vivant dans un saint souvenir,
Un ascendant qu'en soi nul n'eût su définir,
Mais d'autant plus puissant, que, sans s'oser le dire,
Au fond du cœur, chacun en chérissait l'empire.

Le jour en entretiens d'un doux épanchement
Avait, au gré des cœurs, coulé comme un moment,

7***

Jusqu'à l'heure où, mandé pour l'important mystère,
Au bout de l'avenue apparut le notaire.
C'était lui, mais non seul : René le devançait
Et vers les bras tendus d'un bond il s'élançait,
Déconcertant les plans et troublant l'entreprise.
« Vraiment ! Monsieur, fit Blanche en feignant la surprise,
« Je vous laisse à Paris et je vous trouve ici !
« Est-ce bien fait à vous de nous tromper ainsi ?
« Et d'un mot confiant à ce point suis-je indigne,
« Que vous ne m'eussiez pu charger au moins d'un signe ?»
Il s'allait excuser, et Germaine à l'écart
Tentait de l'entraîner — « Ma fille, il est trop tard
« Fit Monvert : mieux vaut-il tout dire à votre frère :
« Rien n'en sera plus mal, et tout mieux, au contraire. »

. . . .

. . . .

René bondit d'abord, puis, le front dans ses mains,
Et d'un ton résigné plus qu'heureux : « Si je crains,
« Dit-il, c'est qu'un refus ne blesse au cœur le comte.
« Je comprends cet orgueil d'amitié : j'aurais honte
« D'être jugé si fier, que je pusse rougir
« D'accepter lorsque lui ne rougit pas d'offrir...
« Que pense à ce sujet Blanche de Sainte-Terre,
« La seule, ici, qui soit au débat étrangère ?... »
Et Blanche rougissant, mais sans trop d'embarras :
« Vous connaissant tous deux, moi, je n'hésite pas :
« Si vous pouvez grandir dans votre propre estime,
« Accepter vous grandit, c'est ma pensée intime.

« Toutefois, pardonnez si je cherche pourquoi
« Sur ce point délicat vous vous tournez vers moi.
« C'est hasarder beaucoup mon sens de jeune fille,
« Me faire ici, je crains, manquer à la famille,
« Et ce n'est point ma voix qui doit au petit-fils
« Devant son digne aïeul faire entendre un avis. »
« — Que vous soyez sensée et sage autant que belle,
« L'aïeul l'attesterait pourtant, mademoiselle,
« Fit le vieillard pressant les lèvres sur sa main,
« Et votre âme a compris le cœur des Saint-Martin. »

Un mois fut le baron sans réclamer sa fille
Devenue, on l'eût dit, membre de la famille,
Où sans même y songer, absorbé qu'il était
Par des soucis dont seul il savait le secret.
René, de son côté, ne tenait pas en place,
Muet et de ses pas cachant jusqu'à la trace,
S'éclipsant, renaissant, soit de nuit, soit de jour,
Sans qu'il eût fait prévoir ni départ ni retour.
A peine, en s'installant dans son riche domaine,
Il retint quatre jours tout le monde à Beauchêne,
Et là même il était, sauf l'honneur de céans,
Tantôt à pied, tantôt à cheval, par les champs,
Comme si sur la piste, en un steaple terrible
Il suivait une proie à tout autre invisible.
La fortune, en mettant Beauchêne entre ses mains,
Lui sembla, tout d'abord, seconder ses desseins.
Beauchêne qui, d'un bout, touchait à Sainte-Terre,

Par l'autre, de très-près tendait vers la Bussière :
Qu'il visitât sa terre ou cherchât son plaisir,
Sans se rendre suspect, il pouvait à loisir,
Errant par les chemins, emporté par la chasse,
Des pas qu'il épiait aller cherchant la trace,
Et, lui-même inconnu, simplement s'enquérir ;
Mais en vain il usa ses forces à courir :
Aux serviteurs de l'un et de l'autre domaine
Le maître insaisissable apparaissait à peine.
D'ailleurs les villageois, que n'avaient point formés
L'exemple et les vertus de seigneurs bien-aimés,
Se montraient impolis, ombrageux et sauvages,
Et rien, chez eux, n'offrait cet accueil des villages
Tenanciers de Morville et Beauchêne, où les cœurs
Dans un respect jaloux chérissaient leurs seigneurs.

Tant d'efforts impuissants à percer le nuage,
Loin d'arrêter René, l'excitaient davantage.
S'enfermant à l'écart dans les vieux chartriers,
Il y passa les nuits après les jours entiers,
Et des seigneurs voisins son active énergie
Eut bientôt renoué la généalogie
Une exceptée, à qui du travail entrepris,
Peut-être, au fond, pour lui s'attachait tout le prix,
Bien que rien ne trahît son but. Les Sainte-Terre
Étaient au sol antique une souche étrangère :
Un siècle ne s'était qu'environ écoulé
Depuis qu'un vieux débris, manoir démantelé,

Acquis par un seigneur d'origine inconnue,
Et dont rien au pays n'éclairait la venue,
Au nouveau possesseur, haut et puissant baron,
Sans qu'on sût à quel titre, avait donné son nom.
Au delà, nul rayon ne portait la lumière.

A bout encor, René fit parler son grand-père,
Évitant d'éveiller ni frayeur ni soupçon,
Mais sans profit toujours. Le manoir, disait-on,
Avant de relever du chef des Sainte-Terre,
Avait changé de nom et de propriétaire,
Ancien fief des Valbrun, vendu deux fois depuis
Que du Poitou s'étaient exilés les maudits.
Nul n'en connaissait plus, d'ailleurs, les nouveaux maîtres,
Hors qu'ils étaient altiers et fiers de leurs ancêtres
Et qui, tous gens d'épée, avaient laissé déchoir,
Ne l'habitant jamais, leur gothique manoir.
Hector avait au fief ajouté la Bussière,
Grand domaine hérité de la dot de sa mère,
Jeanne de la Beuvrie, aînée et propre sœur
Du grand-père d'Edgar, Aymar le grand chasseur.
Jeune encore, officier noble et de grande mine
Il s'était fort épris de Berthe sa cousine,
Mais il fut écarté pour Morville, et depuis
Ne revit plus jamais Berthe ni le pays.
Il avait épousé, par dépit, une dame
Peu riche, disait-on, mais noble cœur de femme,
Qui pour l'exil partit avec lui. Des premiers

Il avait, entraînant bon nombre d'officiers,
Pris parti pour le trône et, ferme autant qu'habile,
Porté dans le corps même où commandait Morville
Un concours plein d'ardeur et peut-être jaloux,
Qui souvent l'avait fait signaler entre tous.
On l'avait peu connu d'ailleurs, car Sainte-Terre,
Enfoncé dans les plis d'un ravin solitaire
N'était qu'un trou sauvage, où ne donnaient accès
Que des sentiers perdus à travers les forêts ;
Où, pour toucher le prix des rentes féodales
Les maîtres ne venaient qu'à de longs intervalles,
Plus ou moins étrangers aux seigneurs des confins,
Peu visiteurs et peu visités des voisins.....
René perdait courage : il lui fallut comprendre
Que le jour dans sa nuit refusait de descendre
Et qu'il devait partir sans qu'un trait de clarté
En eût, même en passant, percé l'obscurité.
L'hydre sentait la haine à sa trace attachée,
Et l'avait aux regards plus que jamais cachée.

Enfin, sans s'annoncer, le fier baron, un jour,
Pour reprendre sa fille apparut à son tour,
A pied, sur son bâton de néflier sauvage,
Et suivant les égards et les mœurs d'un autre âge,
Le château l'accueillit en hôte de haut rang
Qu'avaient aux châtelains unis des nœuds du sang.
Il se fit tout montrer ; mais sa rude figure
Se contracta devant cette double peinture

Où semblaient respirer Berthe et son noble époux.
Des yeux il dévorait Berthe : heureux entre tous,
Fit-il en suffoquant, lui qui l'a possédée !...
Et seul, comme écrasé sous le poids d'une idée,
Il alla, s'écartant pour sortir du château,
Mais sans s'agenouiller, jusques à son tombeau,
Guetté de René seul et de l'œil de sa fille.

Vers le tomber du jour, on passait en famille,
Sur un bout du château qui semblait oublié,
Au pied d'un pavillon jadis incendié,
Sans qu'on eût sur les murs remonté la toiture.
« Je n'avais pas connu, dit-il, cette masure,
« Encor que la ruine, à juger au coup d'œil,
« Semble dater de loin.— Vous parlez d'un grand deuil,
« Fit Monvert, trop récent pour tous à la mémoire
« Et dont, je l'aurais cru, vous connaissiez l'histoire.
« Edgar eut une sœur plus jeune, et son berceau
« S'abritait sous ce toit loin des bruits du château.
« Une nuit, tout brûla, sans laisser d'autre trace
« Que les os de l'enfant calcinés sur la place.
« C'était aux mauvais jours, le trouble était partout,
« Morville absent déjà, Berthe atterrée au coup.
« Nul n'a pu s'expliquer, même par conjecture,
« D'où provint l'incendie, et dans la nuit obscure
« La nourrice s'enfuit, sans qu'on ait su depuis
« Où ressaisir sa trace, où trouver ses débris. »
« — Edgar, fit Blanche, eut donc une sœur ! Pauvre mère !

« Que de coups sur sa tête ! »—« Ah ! douleur et mystère !
« Fit le baron : combien d'êtres infortunés
« Auraient bien dû mourir de même aussitôt nés !

— Puis changeant de sujet : « Mais j'oubliais Beauchêne,
« Fit-il en se tournant vers René. Beau domaine !
« Monsieur, c'est un million, sinon plus. Jamais mieux
« Il ne pouvait tomber qu'en vos mains. Je suis vieux,
« Mais en lui faisant voir son berceau de famille,
« Moi-même j'y songeais pour la dot de ma fille,
« Je n'en fais point mystère, et dès le débotté,
« J'ai compris que déjà vous l'aviez acheté.
« La faute est toute à moi qui, trop à la légère,
« Accueillais les propos d'un sot homme d'affaire,
« Et je suis sans regret. puisqu'il est votre bien
« Et qu'après tout aussi, vous ne me deviez rien.
« — Si j'avais, dit Monvert, connu votre pensée,
« La chose se serait d'autre façon passée.
« Nul de nous n'y songeait quand, un jour, vint me voir
« Un notaire étranger, porteur d'un plein pouvoir.
« Sans se faire de nous plus longuement connaître,
« Il était, nous dit-il, envoyé par le maître
« Qui se voyant chargé d'emprunts faits à Paris,
« Et contraint de céder son domaine à tout prix,
« A l'usurier, du moins, voulait ôter la joie
« De s'abattre sur lui comme sur une proie.
« De sa part, en secret, il venait me l'offrir,
« Si le comte voulait ou pouvait l'acquérir.

« J'ai cru bon cet emploi des fonds de mon pupille
« Et pensé tout d'abord acheter pour Morville
« Qui, m'approuvant au fond, mais refusant pour lui,
« A cédé l'avantage à son meilleur ami. »
« — Vraiment ! c'est très-bien fait si, par ce stratagème,
« Le vautour dans ses lacs s'est trouvé pris lui-même.
« Je n'avais d'autre objet que de nous rapprocher
« Du berceau de ma fille et de l'y rattacher. »
« — Motif pour moi de plus, Monsieur, que je regrette
« De n'avoir pas connu vos projets. » — « Chose faite !
« N'en parlons plus.
　　　　　　　D'ailleurs tout vous a réussi
« Et vous coulez des jours de patriarche ici,
« Dit-il baissant la voix, loin des bruits, sans rafale,
« Près d'une enfant vraiment de beauté sans égale,
« De tout point accomplie... » — « Oh ! Monsieur le baron,
« C'est beaucoup m'honorer, mais vous êtes trop bon,
« Et s'il nous faut ici comparer l'un à l'autre,
« En touchant mon orgueil, quel doit être le vôtre ?
« Je ne sais point flatter et le dis sans détour,
« Blanche est un vrai trésor. » — « J'en conviens à mon tour
« Et de tant de bonté qu'en vous elle a trouvée,
« La mémoire en son âme est à jamais gravée. »
« — Nos cœurs la connaissaient déjà par son cousin,
« Il l'aime tendrement » — « Elle le lui rend bien ;
« Mais entre jeunes cœurs, ma foi ! c'est leur affaire,
« Et l'amour en fût-il, je ne m'en plaindrais guère.
« A ce propos, pourtant, je voudrais bien savoir

8

« Ce que penser d'Edgar. Sur ce que j'ai pu voir,
« Chez lui pas un défaut; mais aussi, la surface
« N'est pas toujours le fond.»—«Ce point là m'embarrasse,
« Reprit Monvert. Pour moi, cet enfant, c'est un fils :
« Je n'ai sur ses défauts pas d'yeux : c'est à Paris,
« Peut-être, qu'il faudrait, loin du joug de son père,
« Étudier ses goûts, ses mœurs, son caractère,
« Et moi même, vraiment, puisque vous l'y voyez,
« J'allais vous demander comment vous en jugiez. »
« — Moi ! reprit le baron en se mordant la lèvre,
« Mais.... j'ai vu tout parfait : à peine un peu de fièvre
« Qu'en soi porte cet air pour les nouveau-venus,
« S'ils sont jeunes surtout, bien faits et bien pourvus.
« Une vertu de moine intraitable et sauvage,
« On ne saurait d'ailleurs l'attendre de cet âge :
« Il faut boire à la vie, et jamais notre Edgar
« N'y prendra, je l'espère au moins, plus que sa part.
« Charmant de sa personne assez pour rendre fière.
« Par sa haute noblesse, une grande héritière,
« Il est d'ailleurs, je crois et le dis entre nous,
« Puissamment riche encore, et toujours grâce à vous !
« Donc, aux titres qu'il tient de son rang de noblesse
« Il unit les talents, la beauté, la richesse,
« Et saura sous vos lois, digne et fier rejeton,
« Par un choix assorti faire honneur à son nom. »

« — J'espère, fit Monvert, quelque objet qui l'attache,
« Qu'au passé des Morville il ne fera point tache ;

« Mais pour un choix si grave il n'est point encor mûr :

« Quand il pourra marcher le pied ferme et l'œil sûr,

« Nul besoin près de lui que son père intervienne.

« Ma volonté, d'ailleurs, ne peut qu'être la sienne,

« Puisque, après tout, sur lui je n'ai d'autorité

« Que par mon seul amour et sa docilité.

« C'est lui donc, et lui seul, qui fixera sa route.

« Quant à sauver l'honneur, ne gardez aucun doute. »

« — Mon Dieu ! pardonnez-moi si je veux trop savoir !

« Les pères, bien souvent, sont trop prompts à prévoir :

« Dans mes pressentiments rien n'est fondé, peut-être,

« Et j'approuve très-fort qu'Edgar reste son maître.

« Au surplus, c'est chez vous, ici comme partout,

« La raison toujours sûre et le cœur noble en tout

« Qui vous placent si haut au rang des grandes âmes...

« Mais, si vous voulez bien, nous rejoindrons les Dames,

« Et si j'en ai trop dit, vous m'avez pardonné »,

Fit-il, laissant au cœur le trait empoisonné.

Cependant, surveillé jour et nuit, Sainte-Terre

Avait compris d'instinct le sens de cette guerre ;

Mais il dissimulait, ne pouvant oublier

L'échec que pour Beauchêne il venait d'essuyer.

L'usurier, c'était lui : sa fureur condensée

Dans son sein bouillonnait sanglante, à la pensée

D'être pris dans son piége, et sa feinte douceur

N'en masquait pas toujours l'ironie et l'aigreur.

Dans ce ressentiment qu'il cachait à grand'peine,

Il n'appelait René que Monsieur de Beauchêne.
René déclinait-il ce titre : — « Oh ! bel et bien
« Vous êtes gentilhomme, et pour tel je vous tien :
« Chez nous, c'est convenu, le fief porte noblesse :
« La vôtre vieillira, salut à sa jeunesse ! »   [non !]
« — Autre temps, autres lois ! » — « Pour vous, soit ! pour moi,
« Eh quoi ! vrai d'hier, faux aujourd'hui ? » — « Baron,
« Notre soleil d'été lève sur Taillepierre,
« Notre soleil d'hiver lève sur la Bussière :
« C'est vrai, comme il est vrai, cependant, que toujours
« C'est le même soleil qui règle et fait les jours.
« La France d'aujourd'hui, sans que le vrai s'offense,
« Peut changer d'horizon, quoique toujours la France. »
« — Jeune homme, vous pouvez ainsi dire et sentir ;
« Moi, je suis du vieux monde, et n'en veux point sortir. »
« — Vieux monde !... mais lequel ? Est-ce du temps sauvage
« Où l'on mangeait des glands ? Est-ce du moyen âge ?
« Du siècle de la Ligue, ou des jours du grand roi ?
« Ou du règne élégant de ces seigneurs sans foi
« Qui, sortis éhontés des mœurs de la régence,
« Ont sur nous tous du ciel attiré la vengeance ?
« Car long est le vieux monde et ne me semble pas
« Coulé tout d'une pièce. » — « Oh ! laissons ces débats !
« Vous êtes gentilhomme et seigneur de Beauchêne :
« Pour nous, c'est votre titre ; et d'où vient qu'il vous gêne ?
« Pourquoi vous en défendre ? » — « Eh ! monsieur le baron,
« S'il me faut l'expliquer, par respect pour mon nom,
« Pour ces titres conquis par d'autres que j'honore

« Du passé de l'honneur drapeaux vivants encore. »

« — C'est trop de modestie, avec un peu d'orgueil... »

« — D'accord! mais c'est ainsi. Je reste sur le seuil

« En vénérant l'autel, le pontife et le temple,

« Les élus qu'à leurs rangs et de là je contemple,

« Heureux quand leurs vertus font honneur aux aïeux,

« Sans en être jaloux, ni surtout envieux.

« Et satisfait de moi si j'obtiens leur estime. »

« — Et vous l'avez, fit Blanche, absolue, unanime,

« Et mon père est trop juste, et trop sage et trop bon

« Pour n'en pas, à son tour, convenir. » Le baron

Ne fut pas offensé. « — Vraiment! les demoiselles

« Ne se contentent plus d'être sages et belles ;

« Elles jugent aussi, fit-il. Pour cette fois

« J'y souscrirai pourtant.... Entendu toutefois

« Que pour moi vous restez, pardon si je vous peine,

« Mais je n'en démords pas, Saint-Martin de Beauchêne. »

Le fourbe, cependant, dévorant sa fureur

Sentait grossir encor sa haine au fond du cœur.

« Que veut cet imprudent? et d'où vient cette audace,

« Pensait-il, qui le fait s'acharner sur ma trace?

« Certes! de sa folie il recevra le prix....

« Et cependant, lui seul entre tous m'a compris :

« D'instinct, sans balancer, c'est moi qu'il prend à tâche,

« Et ce n'est là le fait ni d'un sot, ni d'un lâche;

« Mais il a peu de chance à jouer au plus fin

« Et c'est risquer gros jeu, monsieur de Saint-Martin. »

1865.

LES ÉMIGRÉS

CHANT VINGT ET UNIÈME.

LES CHEVALIERS DE L'EMPIRE.

Juillet 1810.

Enfin, six jours plus tard, de la digne famille
Prenaient congé René, le baron et sa fille,
Et, soit dessein du ciel ou pur jeu du hasard,
Tous trois partaient ensemble. Au moment du départ,
Le baron, que parfois mettait à la torture
Un reste de douleurs d'une ancienne blessure,
Soudain perclus d'un bras, s'obstinait à partir
Sans qu'à surseoir d'un jour il voulût consentir.
Seule pour l'assister en un si long voyage,
Blanche se désolait jusqu'à perdre courage.
Bien qu'au dehors jaloux de n'en rien laisser voir,
Lui-même était ému d'un si grand désespoir
Et quand, discret, René, sans s'offrir, fit entendre

Qu'à Paris, sans tarder, lui-même il s'allait rendre,
Blanche osa proposer de voyager à trois.
Le sourcil du baron se fronça : toutefois,
Se ravisant soudain : « Si monsieur de Beauchêne
« Doit en m'accompagnant alléger votre peine,
« Soit fait selon vos vœux ! » dit-il. — Et volontiers
Des embarras prévus René prenant son tiers,
Blanche, sinon joyeuse, au moins l'esprit tranquille,
Fit le cœur moins serré ses adieux à Morville.

René, dès lors, changeant de ton et de maintien,
Fut pour le père un fils, pour la fille un soutien.
La marche par ses soins se poursuivait facile
Quand, un jour, le baron qu'importunait la ville,
Pour y passer la nuit sans pousser jusqu'à Blois,
Dans une maison blanche assise au bord d'un bois,
Voulut se détourner. L'auberge un peu petite,
Mais gentille et proprette annonçait un bon gîte.
L'hôtesse était ravie en voyant sous son toit
L'équipage arrêter. « Messieurs, bien qu'à l'étroit,
« Ici l'on dort en paix, fit-elle, et la cuisine
« A, disent les gourmets, plus de prix que de mine....
« Mais vous souffrez ! monsieur. Jésus ! quels beaux enfants !
« Holà ! garçon ! pressez !... Messieurs, entrez céans !...
« A l'étage, au premier, qu'on porte le bagage !
« Alerte ! et pas de bruit surtout ! Tous à l'ouvrage !
« Qu'on s'occupe aux chevaux !... » et la dame ordonnant,
Complimentant, réglant, grondant, toujours parlant,

Plus que la langue encore avait la main active.
Déjà brillait à l'âtre une flamme plus vive,
Les fourneaux s'allumaient ; sous le cric qui grinçait
Le poids du tournebroche au plafond se hissait,
Et des tours compliqués du mécanisme antique
Répondait à chaque angle une étrange musique.

« Vous arrivez à temps, messieurs, non les premiers,
« Fit la dame, avant vous déjà, deux officiers
« Sont venus, loin du bruit, chercher hors de la ville
« Une table, on le sait, bien servie et tranquille ;
« Mais vous serez à part, j'y ferai de mon mieux,
« Sans attendre longtemps, servis aussi bien qu'eux.... »
Et de la route à peine, entrés dans la chaumière,
Ils avaient eu le temps d'essuyer la poussière,
Que par elle, en effet, invités et conduits,
Dans la salle à festins ils étaient introduits.

C'était l'empire alors à sa plus haute phase :
L'Europe était couverte à moitié par sa base :
Le chef dont le génie ardent l'avait fondé
Se sentait sur son œuvre encor consolidé :
Un héritier deux fois empereur par sa race
S'annonçait et, gardant au jeune aiglon sa place,
Le grand aigle planait les yeux partout ouverts,
Couvrant tout de son aile et surveillant les airs.
Et cependant, son ciel s'obscurcissait d'un voile :
Il en avait chassé, craignait-il, son étoile :

8*

Les peuples sur ses pas par la gloire entraînés
Se lassaient, et les rois à sa suite enchaînés
Sous son talon d'acier frémissant en silence,
La honte au fond du cœur, méditaient la vengeance.
Pauvre, mais fier, au monde un peuple faisait voir
Comment lutte l'honneur réduit au désespoir :
Le colosse du Nord ne cachait plus qu'à peine
Son dessein d'échapper pour sa part à la chaîne ;
Un silence d'attente à l'Europe annonçait
L'accord que la vengeance en secret préparait ;
L'édifice entouré de son million de gardes
Laissait apercevoir au moins quelques lézardes,
La brèche était possible et des yeux attentifs
Pressentaient des assauts peut-être décisifs.

A demi-voix, l'oreille et la langue attentives,
Sur ces graves sujets conversaient deux convives.
L'un, de stature digne, au front net, à l'œil droit,
La face intelligente et manchot du bras droit,
Portait dans son air calme et sa parole grave
La fermeté du sage et la fierté du brave.
L'autre plus grand, plus fort, semblait aussi plus fier :
On sentait que son bras était un bras de fer ;
Que sous son front étroit, plissé d'impatience,
Régnait la volonté plus que l'intelligence,
Et la pose vulgaire et le rude maintien
Montraient sous le haut rang l'homme parti de rien,
Très-bel homme, d'ailleurs, et d'imposante mine.

De l'honneur couronné tous deux sur la poitrine
Portaient le haut insigne, et, dans un angle à part,
Achevant leur repas, ils causaient à l'écart.

« Cette Espagne, d'ailleurs, lâchement envahie,
« Nous fait payer bien cher sa loyauté trahie,
« Répondait·le premier. Broyés, jamais soumis,
« Ses enfants généreux, si longtemps nos amis,
« Jusqu'au dernier, mourront plutôt que d'être esclaves,
« Et dans ce grand tombeau quatre cents mille braves,
« Vainqueurs de Friedland, de Wagram, d'Austerlitz,
« Déjà sont, ou bientôt vont être ensevelis. »
« — Fallait-il, cependant, déserter la partie? »
« — Peut-être!... Mais pourquoi l'engager, je vous prie?
« Croyez-moi! sur ce point j'ai beaucoup réfléchi :
« Si jamais assez n'est, que sert d'être enrichi?...
« La gloire! Eh! quels lauriers manqueront pour l'histoire
« Au front qu'a si souvent couronné la victoire?...
« Je redoute une faim qui veut tout dévorer.
« Quand je vois à ce point son ardeur l'égarer,
« J'ai peur de voir enfin la fièvre du génie
« Monter jusqu'au délire et tourner en manie,
« Et celui que le ciel avait prédestiné
« Tôt ou tard avec nous dans l'abîme entraîné. »
« — Noble et digne métier, cependant, que la guerre! »
« Oui! mais elle est aussi le fléau de la terre
« Quand ses tristes fureurs pour fin n'ont pas la paix,
« Seul et dernier remède aux malheurs qu'elle a faits.

« Ouvrez les yeux ! Voyez de quels affreux ravages
« Elle a, depuis vingt ans, couvert tous les rivages.
« Les peuples comprimés, les croyez-vous soumis?
« Pesons-nous sur amis moins que sur ennemis ?...
« Ces amis, où sont-ils d'ailleurs? Ils nous subissent :
« Tenez pour assuré qu'au fond, tous nos maudissent.
« Vienne un échec, un seul! Aussitôt vous verrez
« Les vassaux d'aujourd'hui dès demain conjurés,
« Et sur le sol qu'à peine effleuraient ses racines,
« Le grand arbre écrasé sous ses propres ruines,
« Du flot envahisseur les inondations
« Appellent le reflux et les invasions :
« En exemples pareils le passé surabonde.
« Et conquérants conquis, c'est l'histoire du monde.
« Quant au Pape, écrasé sous d'injustes rigueurs,
« On sent en sa faveur protester tous les cœurs.
« Qui croira sans danger pouvoir des consciences
« Comme on enlève un poste, enlever les croyances?
« L'Empereur est trop grand pour n'avoir pas la foi;
« Mais il a tort s'il croit ranger Dieu sous sa loi;
« Et s'attaquer, si fort qu'on soit, à cette porte,
« C'est ouvrir le passage au flot qui nous emporte. »

« — Aussi, qu'a-t-il affaire avec les capucins
« Et que n'envoyait-il le Pape à tous les saints?
« Vous qui savez penser, vous jugez bien, peut-être,
« Et, là comme partout, je vous tiens pour mon maître :
« Moi, je suis ignorant, inculte, et ne connais

« Que mon sabre affilé. Donnez-lui des Anglais,

« Des Prussiens, des Pandours, des Chouans ou des Cosaques.

« On verra bien s'il sait leur tailler des casaques.

« Enfant sorti du peuple et né simple soldat,

« Ma noblesse est mon grade, et mon Dieu mon état,

« Heureux si sur nos droits ne prévalaient sans cesse

« Les enfants d'émigrés et de vieille noblesse ! »

A ces mots prononcés d'un accent plein d'aigreur,

Sur le front du baron qui changeait de couleur

L'ami vit la tempête. Au solide courage

Il unissait le sens et le calme du sage,

Et sentant son ami s'échauffer : — « Je le vois,

« Le soleil n'est plus haut, dit-il, baissant la voix :

« On sent l'orage au ciel, et j'ai peur du tonnerre.

« Vous videz, mon ami, trop souvent votre verre,

« Nous ne pouvons ici rester jusqu'à demain,

« Ni vouloir que la nuit nous surprenne en chemin. »

« — Oh ! nous ne sommes pas des soldats en campagne :

« Nous n'avons point affaire aux Guérillas d'Espagne

« Et, pour couper la route embusqués sur nos pas,

« Tous ceux que j'ai tués, certes ! ne viendront pas. »

« — Mais l'Empereur défend que ses vieux militaires

« Se mettent sur les bras de fâcheuses affaires,

« Et vous parlez beaucoup, vous oubliant un peu :

« Nous ne sommes pas seuls, ni chez nous. » — « Ah ! morbleu !

« J'ai sur mon front, peut-être, attiré la tempête,

« Fit l'officier, tournant avec dédain la tête,

« Supposé que Monsieur soit un des émigrés

« Que j'ai tant pourchassés, jadis, et tant sabrés ;

« Ou bien encore un chouan de leur folle Vendée

« Que de nos flots vengeurs nous avons inondée...

« Je suis le général Sapin !... » — « C'est mauvais bois

« Dont on n'eût pas daigné faire un meuble autrefois,

« Répliqua le baron écumant de colère,

« Et de sa place indigne avant peu, je l'espère,

« J'aurai, vous connaissant, de ma main arraché

« Ce ruban qui n'est point par l'honneur attaché :

« Car vous êtes un lâche, avec tant d'insolence

« Provoquant, vous si fier, un passant sans défense. »

De son siége, à ces mots, l'officier se dressait,

Mais, prompt comme l'éclair, René l'y renfonçait

Et d'un bras vigoureux l'y clouant : « La querelle,

« Lui dit-il froidement, n'est ni juste ni belle,

« Et je ne vous crois pas, pour le moment, Monsieur,

« En état de pousser plus loin. » — « Sur mon honneur !

« J'entends, me semble-t-il, sonner le mot de lâche...

« Pour répondre, des yeux je cherchais ma cravache. »

« — La cravache, Monsieur, c'est bon pour les chevaux

« Ou leurs palefreniers. Mais laissons les gros mots !

« Vous avez en public, d'une manière infâme,

« Sans motif, insulté, sous les yeux d'une dame,

« Un homme inoffensif, perclus en ce moment,

« Qu'on peut, vous le saviez, braver impunément,

« Qui, dans tout autre état, vous eût brisé sur place ;

« Mais nul ici, Monsieur, ne vient demander grâce,

« Quand vous seront rentrés le sens et la raison,   [non?]

« A nous deux !»—«A nous deux! Jeune homme! et pourquoi

« Si vous êtes l'ami de cette jeune fille,

« Ce qui vous fait honneur, car elle est fort gentille... »

Jusqu'où fût-il allé?... Mais l'autre, du ton bref

Qui trahit dans la voix l'autorité du chef :

« Halte-là ! général. Plus un mot! Plus un signe!

« Ou plainte à l'Empereur et trois mois de consigne! »

Moins rapide est la foudre, écrasé sous ces mots.

« Qu'est ce donc? dans mon front quel trouble et quel cahos!

« Fit l'agresseur tiré des vapeurs de l'ivresse.

« Ai-je outragé mon chef ou fait quelque bassesse?

« Je sors d'un mauvais rêve et ne me souviens plus

« Que de discours sans suite et de propos confus. »

Et l'ami l'entraînant : « Suivez-moi ! Vos paroles

« Vraiment, nous font passer par d'étranges écoles. »

Puis revenant, Sapin fier encor, mais troublé :

« Ma langue, on me l'apprend , dit-il, a trop parlé,

« Mais le verre est aveugle et sourd, quand il égare,

« Ce n'est, s'il pousse au mal, pas lui qui le répare.

« Je suis à vous, Monsieur, et je vous attendrais,

« Mais pour rentrer au camp mes ordres sont exprès,

« Et force m'est d'offrir à ce brave jeune homme

« La réparation dont votre honneur me somme. »

« — Général! fit l'ami, l'affaire est entre nous

« Et sauf est, à mes yeux, l'honneur le plus jaloux.

« Reconnaissez vos torts qui vraiment sont très-graves,

« Mais ne hasardons pas le sang d'un de nos braves

« Ou les jours d'un garçon, j'en réponds, plein de cœur,

« Etranger par lui-même à ce débat d'honneur,

« Jeune pour se risquer contre un vieux militaire. »

« — Ce serait une excuse, et je n'en sais point faire :

« Pas plus que vous, d'ailleurs, je ne voudrais le sang

« D'un jeune homme au cœur fier, mais presque adolescent :

« Les armes à son choix ! »— Et René : « Peu m'importe ! »

« — Le pistolet, alors, s'il en est de la sorte,

« En avez-vous ?»—«J'en ai.»—«Prenez-les ! j'ai les miens.

« — Partie égale alors. Pourtant, je vous préviens,

« Tirez droit ! car sur vous j'ai plus d'un avantage

« Et toujours de mon mieux j'ai visé. » — « Vu mon âge,

« Vous me voulez troubler?... procédé peu loyal,

« Peu digne, semble-t-il, d'un soldat général... »

« — J'aime un pareil sang-froid, jeune homme, et je parie

« Que pour vous ce n'est pas la première partie.

« J'irais de meilleur cœur aussi, si je savais

« Que déjà vous eussiez....» — Mais René :-« Moi ! jamais !

« Je suis chrétien, Monsieur, et ma loi n'admet guère

« Que je risque mes jours ni ceux d'un adversaire :

« Vous me forcez. »—« Eh bien ! moi, j'irai de franc jeu :

« A moi les premiers torts, à vous le premier feu ! »

« — Le premier et dernier, alors : ma balle est sûre,

« Et la vôtre n'est pas pour moi, je vous l'assure. »

«   Donc ! vous m'allez tuer !»—«Non ! mais vous recevrez,

« J'en jure, une leçon dont vous vous souviendrez.

« Où faut-il, dites-le, que porte la cartouche ?

« Je puis marquer au front, à l'oreille, à la bouche

« Et vous m'appartenez ; mais je ne saurais pas

« Froidement vous tuer. » — Ce disant, à vingt pas,

Choisissant un vieux chêne, il fixa dans l'écorce

Un écu de trois francs, renouvela l'amorce

De l'arme que sans trouble au but il dirigea,

Et jusqu'au vif du bois, du coup il l'enfonça.

Puis, se tournant vers lui : « Ma vie est menacée

« Et pour la préserver, monsieur, j'ai la pensée

« De vous couper la droite au poignet. »—« Chez les morts

« Cent fois mieux j'aimerais aller porter mes torts !»

« — Fort bien ! mais à ce prix, en deux mots comme en quatre

« S'il faut assassiner, je n'entends pas me battre :

« Choisissez ! »—« Général ! moi je réponds pour vous,

« Fit le chef, et nos torts sont regrettés par tous.

« Vous, jeune homme, à mon aise, à présent, je vous loue :

« Le général est rude au combat : je l'avoue,

« Pour vous je frémissais ; mais l'honneur généreux

« Sans avoir combattu vous fait victorieux.

« Sur cet honneur le sang d'un brave aurait fait tache,

« Et ce brave était mort si vous étiez un lâche.

« Comme à votre âme honnête au sang-froid j'applaudis

« Et m'estime honoré d'être de vos amis.

« De ce triste épisode effaçons la mémoire.

« J'aime le général gâté par la victoire :

« Il a par son grand cœur droit à tous nos égards.

« Demain je le reçois au château de Ménars,

« Et vous attends ensemble à souper, sans rancune. »

« — Je m'incline, messieurs, c'est le duc de Bellune,

« Fit le baron d'abord muet : découvrons-nous !

« Et j'accepte cette offre, en mon nom et pour tous. »

Plus fier, et justement, le jeune homme en son âme

D'un légitime orgueil sentait brûler la flamme :

« Maréchal ! reprit-il, c'est le cœur bien confus

« Qu'à tant d'honneur ma voix répond par un refus :

« Autant que mon respect, mon regret est extrême.

« Mais je n'ai pas champ libre, et demain matin même,

« A Blois doit me rejoindre, et j'ai donné ma foi,

« Un ami bien plus digne et plus noble que moi. »

« — Votre ami !... Mais qu'il vienne avec vous, je vous prie !

« Je prétends d'autant plus qu'il soit de la partie,

« Qu'au jeu vous me piquez, et je suis fort jaloux

« De voir un cœur plus digne et plus noble que vous. »

Puis se tournant vers Blanche : — « Et vous, mademoiselle,

« Pour votre jeune cœur cette épreuve est cruelle ;

« Mais si moi-même ici je ne puis l'expier,

« La duchesse essaira de la faire oublier. »

Blanche, après un tel choc pâle, mais souriante,

Tendit au maréchal sa main encor tremblante

Qu'avec respect lui-même il reçut et pressa,

Et Sapin s'excusant après lui la baisa.

Et lui tendant la main : « Vous me l'avez laissée

« Alors que vous l'eussiez à bon droit fracassée,

« Fit Sapin à René : pressez! et croyez fort

« Qu'elle est comme le cœur, à vous jusqu'à la mort. »

. . . .

Suivis d'Edgar qu'à Blois enfin ils rejoignirent,

Au noble appel du duc ensemble ils répondirent.

Cordial fut l'accueil, simple et sans embarras.

A son vainqueur loyal Sapin tendit les bras;

La duchesse d'égards combla la jeune fille;

Le duc voulut à fond connaître leur famille :

Noble à peine d'hier, resté juste envers tous,

Des titres d'autrefois il n'était point jaloux,

Et des vieux émigrés franchissant la frontière

Il respectait l'honneur couvert par sa bannière.

Quand d'Edgar entre tous il connut les malheurs,

Sous sa noble paupière on vit poindre des pleurs,

Et Sapin, d'un élan qu'il dut trouver étrange,

Se surprit admirant cette noble phalange

Jusqu'au dernier débris, sous son dernier drapeau,

Luttant pour son passé contre un siècle nouveau.

Devant ces fronts ouverts, si hauts d'intelligence,

Parfois le maréchal méditait en silence,

Et lui-même, à grand'peine il s'en pouvait cacher,

Il eût à ses destins voulu les attacher.

Il fallut se quitter ; mais au couple modèle

Il vouait en son âme une amitié fidèle,
Et de leur avenir protecteur généreux,
Du regard, sans les perdre, il les suivit tous deux.

1869

LES ÉMIGRÉS

CHANT VINGT-DEUXIÈME.

DEUIL PARTOUT.

1812.

Bien que ce noble accueil de l'hospitalité
Fût de grand cœur offert, de grand cœur accepté,
Pour Blanche et pour Edgar il prolongeait la gêne.
Ayant tout à se dire, ils se voyaient à peine,
Suivis qu'ils se sentaient des regards du baron
Sur eux toujours ouverts des jardins au salon.
Il fallut mettre au frein sa double impatience,
Au pli caché des cœurs sceller la confidence,
Jusqu'à l'heure où l'on put, rentrés après huit jours,
Aux doux épanchements ouvrir un libre cours.
Dans ces longs entretiens que remplissait Marie,
La source des discours n'était jamais tarie,
Et l'enfant, dans sa pure et calme intimité,
Écrivait ce billet par l'amie apporté:

« Sur toi, loin de ta sœur absente et non perdue,
Une faveur sans prix du ciel est descendue,
Et j'éprouve d'ici, cher frère, un saint bonheur
A sentir près de toi vivre cette autre sœur.
Elle est, je crois, meilleure encor qu'elle n'est belle :
Nos parents bien-aimés sont ses parents, dit-elle,
Je suis sa sœur aînée, et fille ou sœur jamais
Au foyer n'apporta plus de joie ou de paix.
Près d'elle, à mes côtés il me semblait encore
Sentir ta douce haleine, ouïr ta voix sonore ;
A tes côtés aussi, quand tu la reverras,
Comme je t'ai trouvé, tu me retrouveras,
Pauvre oiseau dévoyé! mais à qui sa présence
Adoucit loin du nid les rigueurs de l'absence! »

« Quel dévoûment encor chez notre ami René!
De sa fortune ici nul ne s'est étonné,
Ni nos parents, ni moi, ni peut-être lui-même,
Tant ce frère éprouvé nous connaît et nous aime!
Et Blanche a, comme nous, pris sa part du bonheur
Qu'à l'enrichir toi-même as trouvé dans ton cœur.
Mais ce n'est plus René pour les traits du visage,
Et dix mois de Paris semblent doubler son âge.
Son front, comme le tien autrefois radieux,
Ne s'est montré qu'austère et parfois soucieux,
Si bien qu'à son cœur seul on l'a pu reconnaître,
Et l'absence a pour nous transformé tout son être.
Vas-tu changer ainsi? Faudra-t-il que ta sœur

Pour trouver son Edgar, le cherche dans son cœur ?
Il y sera toujours, ô mon bien-aimé frère !
Et rien n'y troublera ton image trop chère.
Blanche te dira bien que ta sœur ne ment pas :
A ma place, et pour moi, presse-la dans tes bras. »

Comme Edgar restait grave et la tête penchée :
« Je devrais contre vous, fit Blanche, être fâchée :
« Vous ne m'embrassez pas, comme a dit votre sœur,
« Et si j'avais du fiel, je vous tiendrais rigueur;
« Mais je poursuis encor : j'ai dit au petit ange
« Que vous changiez aussi d'une manière étrange ;
« Que nous voyions chez vous le buste s'élargir,
« Le maintien s'assurer, la barbe s'épaissir,
« Les cheveux s'onduler d'une teinte moins blonde,
« Qu'enfin, vous mûrissiez au soleil du grand monde,
« Et que l'adolescent si tendrement aimé
« Était en fier jeune homme aujourd'hui transformé ;
« Qu'il faudrait renier ou l'idole ou l'image....
« Un incarnat modeste a couvert son visage,
« Puis un sourire aimable illuminant ses traits :
« Partout, m'a-t-elle dit, je le reconnaîtrais,
« Rien qu'au reflet du ciel dont sa tête rayonne....
« Elle-même est d'ailleurs grande et belle personne :
« Si vous l'avez quittée enfant, ne croyez pas
« Qu'un an n'ait rien mûri sous le ciel de là-bas.
« C'est la femme à quinze ans : le bouton se fait rose,
« Laissant voir les trésors de sa corolle éclose :

« L'enveloppe en cachait la forme et la couleur,
« L'enveloppe est rompue, aujourd'hui c'est la fleur....
« Mais jusqu'au jugement vous resteriez, comme elle
« Quand je parlais de vous, dans l'extase éternelle.
« Donc ! Je m'arrête ici jusqu'à prochaine fois,
« Car si vous m'écoutez, c'est peu pour moi, je crois. »

. . . .

. . . .

Deux jours plus tard, Edgar répondait à Marie :
« Doux rêve qu'en l'exil m'a laissé la patrie,
Ils vous ont vue enfin, Blanche et René, tous deux :
D'ici, dans leurs récits je vous vois avec eux,
Et dans leur voix, de vous encor tout embaumée.
J'entends, me semble-t-il, votre voix bien-aimée.
René sur notre amour renferme tout en lui,
Mais par Blanche avec vous je suis presque aujourd'hui.
Chez vous comme chez moi, j'ai compris, mon doux ange,
Que pour notre avenir tout mûrit, rien ne change.
Tandis que la beauté fleurit dans sa splendeur,
L'âme en vous de l'enfance a gardé la candeur;
Mais la petite sœur, peut-être encor plus belle,
Va m'offrir une grave et sage demoiselle,
Qui, trouvant son Edgar homme fait à son tour,
Peut-être en prendra peur, et n'aura plus d'amour... »

« O douce et chère enfant que mes bras ont bercée !
Reste et sois à jamais ma sœur par la pensée !
L'œil fixé vers mon but, devant Dieu j'ai repris

L'étude et les travaux de nos jours de Paris :
Je te sens par l'amour près de moi. Ta tendresse
Suffit, toujours présente, à charmer ma tristesse,
Et si notre bonheur est lent à préparer,
Pour souffrir sans murmure, il ne faut qu'espérer... »

. . . .

. . . .

Seul au cœur le baron gardait une vipère,
Et dans son dévoûment dont le poids l'exaspère,
René, qu'il eût voulu voir mort ou meurtrier,
N'avait dans son orgueil fait que l'humilier,
Lorsque, de l'insulteur tenant en main la vie,
Il l'avait ménagé... Puis, dans sa sombre envie,
La beauté de Marie et sa noble candeur
Pour ses rêves d'orgueil surtout lui faisaient peur.
Il pressentait pour Blanche en elle une rivale,
Redoutait de Monvert la dignité loyale,
Et comme pour Beauchêne, il voyait ruinés
Les plans dans son cerveau si longtemps combinés.
Il prit, pour sonder Blanche, une marche ambiguë,
Mais allant droit au but, d'une voix résolue,
Sa fille aux premiers mots l'arrêta, répondant
Qu'elle aimait son cousin, mais pas en prétendant,
Ajoutant que d'ailleurs une amitié fidèle
Etait le seul penchant qu'il eût montré pour elle,
Et qu'entre eux pas un mot, pas un dessein formé
N'annonçait qu'autrement il voulût être aimé.....

8··

Sans froncer le sourcil, sans presser davantage,
Le baron, dans son âme emprisonnant sa rage,
Se tint pour averti. Mais ses plans étaient faits,
Et devant l'Empereur mandés un mois après,
Nos deux amis, surpris par cet ordre suprême,
Entendaient leur arrêt de sa bouche elle-même.
De son œil de faucon les mesurant tous deux,
Impassible et prenant ce verbe impérieux
Du maître à qui jamais ne résiste personne :
« Je vous connais, Messieurs, dit-il, et je m'étonne
« De voir deux cavaliers fiers et faits comme vous
« De la gloire, à votre âge, être si peu jaloux.
« Avez-vous donc pensé, quand partout la jeunesse
« Répond à mon appel, croupir dans la paresse ?
« Et quand si loin l'Empire a porté ses drapeaux,
« Prétendez-vous vieillir obscurs dans vos châteaux ?
« Si la faux a passé sur les droits de naissance,
« Du noble au parvenu je sais la différence :
« Bien plus que de soldats j'ai besoin d'officiers
« Et vos noms dans leurs rangs sont inscrits des premiers.
« Sang d'émigré, Messieurs, pour moi ne fait point tache :
« L'honneur peut égarer, mais je sais qu'il attache,
« Et le duel de Blois prouve assez que le cœur
« Haut dans votre poitrine est porté par l'honneur.
« Rentrez à votre hôtel ! vous y devrez attendre
« Mes ordres qui bientôt tous deux iront vous prendre. »

Ainsi disait la voix du maître redouté

Qué de son sceptre avait armé la liberté !

Sur nos amis Saint-Cyr, confirmant sa parole,
Fermait, dix jours après, les portes de l'école
D'où, nommés officiers l'un et l'autre à la fois,
L'un et l'autre ils devaient sortir avant six mois...
A l'hôtel de Villiers et surtout à Morville
Laissons à ses transports un désespoir stérile ;
Pour eux, contre leur vœu dans l'armée introduits,
A de honteux regrets ils n'étaient point réduits.
Héritiers d'un autre âge et dignes de leur race,
Des ancêtres au cœur ils conservaient l'audace,
Et l'appel du clairon venant à retentir
Comme deux fiers coursiers les avait fait bondir.
Grâce à leur mâle enfance, à leurs fermes études,
Ils avaient du soldat les nobles aptitudes,
Et pour l'intelligence et la vigueur du corps,
Ils furent de l'école en deux mois les plus forts.
Par vingt ans de combats dès ce temps décimée,
La France avait donné tout son sang à l'armée ;
Pour remplacer les chefs à grands flots moissonnés
La faux partout ouvrait les rangs aux derniers nés,
S'ils joignaient, à défaut d'expérience et d'âge,
Au mépris des dangers le droit sens du courage.
De si haut nos amis dominaient entre tous,
Que, le terme arrivé, nul ne parut jaloux,
Et, chefs ou compagnons, chacun les vit sans peine
Monter, pour premier grade, au rang de capitaine.

L'illustre Maréchal alors se souvint d'eux,
Et d'un même intérêt les entourant tous deux,
Pour ne pas séparer désormais leur fortune,
Il les fit appeler dans le corps de Bellune.
A l'œuvre, il les trouva tels qu'il l'avait prévu :
C'était même coup d'œil, même esprit résolu
Dans les combats sans règle aux guérillas d'Espagne,
Et signalés partout, leur première campagne
Les laissa décorés, le général-aidant,
Et portés l'un et l'autre au rang de commandant.

Vint l'heure où sur le Nord de ses vagues puissantes
L'Empire allait rouler les masses frémissantes.
Jamais semblable chef n'avait sous le soleil
Mené pareille armée et semblable appareil,
Et du choc des géants de l'Europe assemblée
La terre, on le sentait, allait être ébranlée.
Sous l'aigle jusque-là vainqueur de tant de rois,
Cinq cent mille soldats s'avançaient à la fois,
Et son aile, où toujours s'abrita la victoire,
Vers le pôle de glace allait porter sa gloire.
Au souffle du génie élevant son essor,
De triomphe en triomphe elle vola d'abord ;
Mais par sa folle ivresse en aveugle entraînée,
Elle vit tout à coup pâlir sa destinée,
Et, prise de vertige en plongeant dans les airs,
Roula dans la tempête au fond des cieux déserts.
Aux gloires des succès comme au deuil des défaites,

A nos progrès si fiers, à nos tristes retraites
Les deux amis avaient, sans se quitter d'un pas,
Toujours aux premiers rangs, pris part en cent combats,
Et, si jeunes encor, reçu dans la victoire.
Sous les yeux du grand chef, le baptême de gloire.

Quand sur la Moscowa, honteux de fuir sans fin,
L'ennemi prit assiette et nous fit tête enfin,
Dans ce dernier grand jour de nos grandes batailles
Qui devait de Moscou nous ouvrir les murailles,
Longtemps un point terrible arrêta nos efforts.
Edgar, voyant des siens succomber les plus forts
Et sur les corps broyés des chefs couchés à terre,
Sans guides désormais devant l'affreux tonnerre,
Les têtes se troubler et les cœurs défaillir :
« A moi ! soldats ! fit-il, à moi ! Vaincre ou mourir ! »
Et des rangs ébranlés soudain prenant la tête,
Ventre à terre, il entra, pareil à la tempête,
Dans la terrible enceinte où les vieux canonniers
Acculés et luttant comme des sangliers,
Se firent tous hacher, vaincus, mais pleins de gloire.
Ce succès d'un seul coup décida la victoire,
Et René qui d'un pas ne s'était détourné,
Côte à côte d'Edgar avait partout donné.
Lorsqu'à la fin, chassé de sa grande redoute,
L'ennemi dut changer sa retraite en déroute,
L'Empereur de ses yeux voulut voir les héros
Qu'exaltaient à l'envi ses meilleurs généraux.

8

Il retrouva leurs noms dans sa vaste mémoire :
Lui-même, en leur parlant, rappela leur histoire
Et leur tendant la main : — « Puisque le régiment
« A perdu ses deux chefs, vous avez dignement,
« Je le proclame ici, tous deux conquis leur placè.
    Et vous la garderez. Messieurs, j'aime l'audace :
« A partir de ce jour, Morville est colonel,
« Beauchêne est lieutenant et par décret formel,
« Pour mieux montrer à tous combien il vous honore,
« De sa croix d'officier l'Empereur vous décore. »

Ce jour fut le dernier de nos longues splendeurs :
Tombant d'autant plus bas qu'allaient haut ses grandeurs,
Le ciel de notre gloire allait voiler ses astres...
Mais quel pinceau rendrait nos immenses désastres !
Sur ces champs dévastés par vainqueurs et vaincus,
Il fallait désormais, décimés, presque nus,
Sans pain sous l'ouragan, pour regagner la France
Fuir à son tour, luttant hélas ! sans espérance.
Après quarante jours, par la faim, les frimas
Et cent combats réduite au quart de ses soldats,
L'armée encore en soi portant des forces vives,
De la Bérésina joignait enfin les rives.
Et dans ce long trajet à travers les déserts
Qui de tous nos débris hélas ! restaient couverts,
Vingt fois, quand l'ennemi pressait trop sa poursuite,
Le drapeau se tournait et l'avait mis en fuite.
Mais quand au bord fatal elle arrivait enfin,

Trois corps serraient ses flancs ou barraient son chemin,
Et pour franchir à temps le redoutable obstacle,
Quel que fût le génie, il fallait un miracle.

D'Edgar et de René la force et la santé
Avaient jusqu'à ce jour aux fléaux résisté :
Là les joignit le corps de leur ami Bellune
Et sur lui du salut reposa la fortune.
Il les prit dans ses rangs et, s'appuyant sur eux,
Au plus fort du péril il les plaça tous deux.
Jusqu'au dernier moment, à force de courage,
Il contint l'avalanche et couvrit le passage,
Et tout semblait sauvé quand, revenu plus fort,
L'ennemi reformé tente un dernier effort
Et sur le front d'Edgar s'élance avec furie ;
Mais plus rapide encor, de sa troupe aguerrie
Lui-même a pris la tête et, lion déchaîné,
Fondu comme l'éclair sur le Russe étonné.
Arrêté sur le coup par cet excès d'audace,
Ses rangs sont renversés, il se trouble, il s'entasse,
Du terrain qui partout se couvre de ses morts
Il recule surpris de fuir vers ses renforts ;
Mais Edgar, acharné jusqu'au bout à sa tâche,
Redouble d'énergie et poursuit sans relâche,
Sabrant, sabrant toujours, jusqu'au moment fatal
Où lui-même on le vit rouler sous son cheval....
Tout périssait ! La troupe à sa suite entraînée
Au coup qui l'abattit s'arrêta consternée,

Ne comptant dans ses rangs que cinq cents cavaliers.
Au cri qu'elle poussa les fuyards ralliés
Cernent de tous côtés la phalange sacrée
Qui pour venger son chef lutte en désespérée,
Et défendant sa vie encor moins que l'honneur,
Tombe jusqu'au dernier sous le fer du vainqueur.

D'un autre point, René d'Edgar a vu la chute,
Mais lui-même engagé dans une horrible lutte,
Refoulé sous le poids d'un flot toujours croissant,
Il ne peut que brandir son sabre en rugissant,
Hélas! sans avoir pu, dans ces moments funestes,
Sinon venger son chef, au moins sauver ses restes.
La mort de son ami l'a laissé colonel;
Mais ses jours vont couler dans un deuil éternel
Jusqu'au fond de l'abîme il sent rouler la France :
Au cœur il n'a gardé qu'une seule espérance,
Mourir! et pour mourir il offre en cent combats
Sa poitrine à la mort, et la mort n'en veut pas.
Humain pour le soldat, pour lui seul insensible,
On l'avait surnommé le colonel terrible,
Si prompts étaient les coups par sa main dirigés!
Si sombre son audace au milieu des dangers!
Si constant à la mort son appel inutile!...
Mais dans quel désespoir hélas! tomba Morville,
Quand un mot du baron qui triomphait d'orgueil
Annonça le désastre en feignant un grand deuil!...

Dix-huit mois ont passé : la terrible marée
Jusqu'aux confins du Nord follement égarée
Attire le reflux, et son triste retour
Déborde sur la France envahie à son tour.
Du géant dont le souffle envoyait la tempête
Le déluge à cette heure a submergé la tête ;
Les peuples et les rois que son règne a meurtris
De son trône superbe emportent les débris.
Hormis d'humbles soldats échappés du carnage
Qui des cœurs font un temple encor pour son image,
Tous, ses lieutenants même, en lui disant adieu
Blâment amèrement celui qui fut leur dieu,
Et par lui dépeuplée après tant de victoires,
De sa grandeur hélas ! ne gardant que ses gloires,
De son trône d'honneur, après tant de hauts faits,
La France est renversée et morte désormais.
Mais parmi les vainqueurs dont la haine acharnée
Dans la balance allait peser sa destinée,
L'honneur pour la défendre encor trouva des voix.
Sauvée, elle rouvrit son sein aux anciens rois :
Les rois, c'était la paix, et pour leur bienvenue
Un moment tout fut plein d'une joie inconnue.

Cependant les vainqueurs, d'eux-mêmes satisfaits,
Eux-mêmes harassés, chez eux rentraient en paix,
Comme étonnés d'avoir enfin sous leur victoire,
Tous contre un seul, couché le géant dans sa gloire.

Alors peut-être aussi dans leurs foyers déserts
Allaient enfin rentrer, déchargés de leurs fers,
Ceux qu'au vainqueur vivants avait livrés la guerre :
Les martyrs des pontons, honte de l'Angleterre,
Ceux que la Sibérie enfermait par milliers
Peut-être en ses déserts de la mort oubliés,
Et, les yeux vers ces bords tournés dans sa souffrance,
Plus d'une mère encor conservait l'espérance.

1869.

LES ÉMIGRÉS

CHANT VINGT-TROISIÈME.

ENCORE EDGAR.

1814.

En frappant dans Edgar son antique maison,
La mort à Sainte-Terre ouvre un autre horizon.
Il savait qu'à Monvert l'orphelin sans partage
Avait, en s'exilant, légué son héritage ;
Mais Monvert, à l'excès poussant la loyauté,
Pourrait, se disait-il, n'avoir pas accepté,
Et pour troubler cette âme accessible aux scrupules,
Il saurait bien trouver des tours et des formules,
Lui, par Blanche, d'Edgar légitime héritier...
Il tourna vers ce point son esprit tout entier,
Et de savants détours couvrant sa marche habile,
Il se fit, plein d'espoir, annoncer à Morville.

Mais il était compris, et de le recevoir

Monvert, dans sa fierté, s'était fait un devoir.

« J'attendais, lui dit-il, Monsieur, votre visite

« Et selon votre attente elle aboutira vite.

« Vous êtes de ces lieux l'héritier naturel.

« J'en suis, moi, possesseur par legs universel :

« Devant les droits du sang ma qualité s'efface,

« Et je substituerai votre fille à ma place.

« C'est bien là, si j'entends, ce que vous demandez   »

« — Mais je n'ai pas parlé, cher Monsieur !!!».. «Attendez !

« Mon âme à ces discours déborbe d'amertume :

« Souffrez que ma douleur les abrége et résume :

« Je crois du fils pleuré suivre les volontés

« Et ses vœux pressentis seront tous respectés.

« Pour son droit, Blanche aura Morville en héritage ;

« Quant aux fonds épargnés, j'en garde le partage :

« Une part aux amis à pleurer résignés

« Qu'avec moi, s'il vivait, il aurait désignés,

« Et pour moi le surplus. Aux larmes condamnée,

« La vie est à jamais pour nous empoisonnée,

« Nous irons la subir et cacher notre sort

« Loin d'un ciel où, pour nous, désormais, tout est mort.

« Vous laissant, en retour, notre propre fortune

« Qui si près de nos deuils, nous serait importune.

« Au château dans six mois vous pouvez revenir :

« Nous n'en emporterons que l'amer souvenir,

« Vous laissant maître unique, et ma seule requête

« Est que nous bornions là, monsieur, le tête à tête,

« Sans aggraver d'un mot ce cruel entretien,

« Complet pour votre cœur et trop long pour le mien.... »

Devant la fermeté de cette âme sereine,
Le baron dont le cœur le comprenait à peine,
De surprise et de honte était stupéfié.
Il restait, par Monvert ainsi congédié,
Fourbe pris sur le fait, porté hors de sa voie
Comme un chien qu'on écarte en lui jetant sa proie.
C'était à lui, baron si fier de ses aïeux,
Que de si haut parlait ce bourgeois dédaigneux ;
Lui que bravait sans trouble et démasquait en face
En lui tournant le dos un parvenu sans race,
Et l'orgueil à son cœur montrait à découvert
Que le vrai gentilhomme, ici, c'était Monvert.
Un instant, de son sein laissant crever l'orage,
Il fut près d'éclater en renvoyant l'outrage ;
Mais, rentrant dans son rôle, il dévora l'affront,
De ce crachat du juste il essuya son front,
Et voyant le succès répondre au stratagème,
Il reprit son chemin, presque fier de lui-même.

Son noble sacrifice une fois accompli,
Monvert était au loin allé chercher l'oubli.
Pour René, qui peut-être eût conjuré sa fuite,
L'empereur dans les camps l'enchaînait à sa suite,
Et pour son dévoûment qui n'avait point d'égal,
Il l'avait fait, d'un coup, baron et général.
Quand l'aigle eut succombé, le roi, dans sa sagesse,

9

L'avait, en confirmant son grade et sa noblesse,
De près à son service en personne attaché,
Et d'hier seulement à sa chaîne arraché,
Il venait pour six mois, près de son vieux grand-père,
Voir Germaine, essuyer les larmes de sa mère,
Et, si triste qu'il fût depuis le coup fatal,
Dans sa tristesse encor voir le soleil natal.
Quel vide hélas ! Les siens l'accueillaient à Beauchêne ;
Mais Edgar, mais Monvert, mais la sœur de Germaine !!!
Rien ! plus rien qu'un désert, et les prés et les bois
Si mornes aujourd'hui, si joyeux autrefois !...
Dans son pèlerinage au nid de la famille,
Du baron, seule et triste, il retrouva la fille,
Et sous ce toit d'angoisse et de douleur, tous deux
Confondirent des pleurs que n'y versaient plus qu'eux.

D'ailleurs, rien de changé sous ces tours où le maître,
Comme s'il avait peur, ne faisait qu'apparaître.
Par les seuls souvenirs liée à ce séjour,
Blanche à son digne ami s'expliqua sans détour,
Le priant instamment, lui qui l'avait chérie,
De l'aider dans sa tâche à retrouver Marie.
Pour la première fois elle sut de René
Qu'à Monvert par Edgar Morville était donné ;
Que Monvert, trop fidèle à sa vertu sévère,
Pour elle avait rendu l'héritage à son père ,
Et que du testament qu'on pensait supprimé,
Un double encor restait à Beauchêne enfermé.

De cet instant, Monvert fut pour la jeune fille
L'héritier devant Dieu de la noble famille,
Mais entre eux tout resta secret, jusqu'au moment,
Si le ciel l'envoyait, de parler librement.

Cependant, par la paix rendus à la patrie,
Des confins de l'Europe et de la Sibérie
Par bandes, à milliers, partaient nos prisonniers.
Une, entre autres, formant tout un corps d'officiers
Qu'avait moins loin des bords emportés la tempête,
De ces convois, trop longs hélas ! marquait la tête,
Et sur ses compagnons prenait l'autorité,
Jeune entre tous, un chef entre tous respecté.
Au sortir des forêts de la Lithuanie
Où la troupe, en tous lieux secourue et bénie,
De ces vieux Polonais recevait un accueil
Digne de compagnons qui portaient notre deuil,
Jaloux de lui donner au passage un asile,
Le comte Potocki dans les murs de sa ville,
De Biarlistock alors jeune et brillant seigneur,
Avait fait apprêter une étape d'honneur
Conforme à sa fortune et digne de la France.

A son noble foyer s'était rendu d'avance,
Attendant nos Français pour rentrer avec eux,
Un émigré, soldat de nos Rois malheureux.
D'imposante stature et l'œil fier, son visage
Se perdait dans les flots d'une barbe sauvage ;

Mais sous de longs chagrins son corps, un peu cassé,
Bien plus que sous les ans semblait s'être affaissé.
Entre les prisonniers, d'abord presque morose,
Il écoutait partout et restait lèvre close ;
Mais quand, par les discours il eut assez appris,
A part il prit le chef. « Colonel, j'ai compris,
« Dit-il, que le Poitou serait votre patrie ;
« Mais de notre Poitou quel côté ? je vous prie. »
« Le Midi, fit le chef, touchant à l'Angoumois,
« Non loin du Limousin, près Charroux. » — « Je le vois,
« Le sens m'a bien guidé, colonel, et peut-être
« Sauriez-vous quelques noms qu'aussi j'ai pu connaître.
« J'ai de près vu jadis votre noble pays,
« Et même j'y comptais alors quelques amis.
— Et sentant sur ce mot trembler sa voix virile :
« — Auriez-vous rien connu du château de Morville ?... »
« —Mais, seigneur, j'y suis né moi-même, et je m'y rends. »
« —Vous ! Mais votre âge, alors, colonel ? »-« Vingt-quatre ans. »
« — Pardon, dans vos secrets si trop loin je m'immisce,
« Mais votre père était... est ?... » — « Le comte Maurice. »
« — Seriez-vous donc Edgar ? »—« Justement ! Mais pourquoi
« Sur vos traits renversés tout à coup cet émoi ?... »
« — Aux souvenirs qu'ici votre voix me rappelle,
« Pardonnez, noble enfant, si ma force chancelle,
« Et comprenez d'où vient qu'à ce nom trop connu,
« Mon cœur frappé soudain se soit mal contenu.
« Si vous êtes Edgar, si Berthe est votre mère,
« Monvert à votre enfance a tenu lieu de père,

« Et votre père et moi, pour la joie ou les maux

« Nous n'étions qu'un, mon fils, sous les mêmes drapeaux.

« D'elle et de vous sans cesse il parlait... Votre mère!... »

« — Une sainte du ciel ! » — « sainte avant sur la terre !...

« Dans mes nuits de douleur aucun rayon n'a lui,

« Mais quel ciel, ô mon Dieu ! vous m'ouvrez aujourd'hui!

« Vous m'êtes comme un fils, aimez-moi comme un père !

« Jusqu'à votre foyer qui vous verra, j'espère,

« Sous vos pas vont s'offrir encor bien des dangers

« Et les vôtres aux miens ne sont plus étrangers. »

Il pressait le jeune homme entre ses mains tremblantes,

Sa barbe ruisselait de larmes abondantes

Et dès cette heure, Edgar sentait pour sa moitié

Son cœur lié des nœuds d'une sainte amitié.

Tantôt pleurant sur lui, tantôt fier de sa gloire,

L'inconnu jour par jour fit conter son histoire :

Il voulait tout savoir, et s'enquit du baron

Qu'il connaissait, dit-il, lui-même, au moins de nom,

S'excusant si, lié d'une invincible chaîne,

Il se faisait nommer chevalier de Rabène,

Jusqu'au jour où, jugeant tout péril écarté,

Sur lui-même il pourrait s'ouvrir en liberté.

D'ailleurs, bien qu'à dessein dans une ombre modeste

Il demeurât obscur et simple en tout le reste,

Edgar comprit bientôt qu'en l'attachant à lui,

Le ciel à sa détresse envoyait un appui.

La main qui d'un manteau se voilait par prudence

Pour la troupe épuisée était la Providence :
Partout se rencontrait, grâce au nouveau-venu,
Un bien-être pour tous jusqu'alors inconnu,
Et quand la marche ainsi pour tous fut assurée,
Une voiture enfin, par ses soins procurée,
Tous deux les emporta, de relais en relais
Jusqu'à Poitiers payés d'avance, et toujours prêts.

« Mon fils ! souffrez ce nom qu'eût permis votre père,
« Fit alors l'inconnu, nous pouvons crier Terre !
« Mais au port laissez-moi, pour ce dernier moment,
« Les soucis et le soin d'aborder prudemment.
« Si pressant qu'à partir votre cœur vous convie,
« Il y va pour nous deux, peut-être, de la vie,
« Si vous ne restez mort jusqu'à l'heure où des yeux,
« Mon fils, j'aurai tout vu sur place, hommes et lieux. »
Il dit ; et de sa voix si ferme était l'empire,
Qu'à tous ses plans Edgar consentit à souscrire,
Et resté dans Poitiers comme pour s'y cacher,
Il le laissa sans lui de Morville approcher.
En marchand déguisé, de village en village
Rabène en s'enquérant poursuivit son voyage,
Et quand, par les récits sur le récent passé,
Pour assurer sa langue il fut assez fixé,
Près de Blanche, à Morville il se fit introduire,
Parla d'étranges faits qu'on voyait se produire,
Hasarda des détails sur certains prisonniers
Qui, longtemps pleurés morts, revoyaient leurs foyers,

Et, jusqu'au fond lui-même ému par sa souffrance,
Ralluma dans son âme un rayon d'espérance,
Mais son zèle à Beauchêne échoua consterné :
Rien n'y put relever Saint-Martin ni René :
Longuement sans témoins il revit le vieux prêtre
Et de lui seul peut-être il se fit reconnaître.

Craignant un désespoir, il eût à son ami,
Quand il rentra, voulu ne s'ouvrir qu'à demi.
Il glissa sur Morville où, pour toute famille,
Il avait du baron trouvé la noble fille ;
S'étendit sur René qui, chargé de renom,
Et pour prix de ses faits général et baron,
Inconsolable encor le pleurait à Beauchêne,
Enfin nomma Monvert qui, vaincu par la peine,
Avait fui sans qu'on sût où, dans son noble orgueil,
Il avait emporté ses pénates en deuil...
Comme Edgar à ces mots s'affaissait : « Le courage
« Est, reprit-il encor, la vertu de votre âge.
« Monvert n'a pu si loin dans la nuit s'enfoncer
« Qu'à le voir pour jamais vous deviez renoncer,
« Et, pour vous raffermir s'il me faut le promettre,
« Sur sa trace, mon fils, je suis sûr de vous mettre.
« A mon corps, cependant, je dois quelque repos,
« Mais un exprès attend : écrivez en deux mots
« A Blanche votre amie, à Beauchêne, et vous-même
« Annoncez que le mort leur revient et les aime. »

. . . .

Jugeant à le revoir ses amis assez prêts
Prêt lui-même et joyeux, Edgar, trois jours après,
Partait avec l'ami de qui les destinées
A son sort désormais semblaient s'être enchaînées.
Il suivit du chemin qu'il prenait à rebours,
Après ce long exil, jusqu'aux moindres détours :
On eût dit que pour lui le sol à sa surface
De leurs pas d'autrefois avait gardé la trace,
Tant pour son compagnon qu'attachaient ses récits,
Les souvenirs parlaient détaillés et précis.
Du reste, en prolongeant leur séjour à la ville,
Tous deux n'avaient point fait une halte inutile :
Par des chevaux de race ils se faisaient porter ;
Sous de larges manteaux ils pouvaient s'abriter ;
De beau linge et d'effets, chacun, selon sa mise,
Solide et bien remplie emportait sa valise,
Et grâce à son ami, le pauvre prisonnier
Était redevenu le brillant officier.
Ils avaient à l'aurore ainsi quitté la ville,
Et le soir, de plein jour ils entraient à Morville.

Surpris par ce retour, mais non déconcerté,
Le baron jusqu'au bout resta dans sa fierté.
Il exposa comment, l'âme désespérée,
Avec les siens Monvert avait fui la contrée,
Laissant tout en ses mains, sans que nul pût savoir
Sous quel ciel il avait porté son désespoir,

L'établissant ainsi maître ou dépositaire
Des grands fiefs dont Edgar l'avait fait légataire.
Pour Blanche, aucun pinceau ne rendrait son bonheur :
Elle tint son cousin longtemps contre son cœur,
Et, dans l'enivrement de son âme oppressée,
Riant ou sanglotant ainsi qu'une insensée.
Mais devant son ami des morts ressuscité,
René bien plus encor paraissait transporté.
Ce rigide guerrier semblait fou d'allégresse,
Ses bras s'ouvraient à tous! Dans cet accès d'ivresse,
Il fut près d'y serrer jusqu'au sombre baron,
Mais il y pressa Blanche avec effusion,
Et Rabène muet, qui cachait son visage.

« Comte, fit le Baron, voici votre héritage:
« Vous retrouvez Morville intact, avec les biens
« Qu'a refusés Monvert en y joignant les siens.
« Je n'en fus jusqu'ici que le gardien sévère,
« Intègre, et sans en rien détourner, je l'espère.
« Revenu sous ces tours dans la joie et la paix,
« Reprenez tous vos droits! Je n'y suis désormais
« Que votre hôte et voisin, et rentre à la Bussière
« Où je veux dans l'oubli terminer ma carrière,
« Heureux de retrouver, s'il se peut, sous ses bois
« Un dernier souvenir des grands jours d'autrefois. »
Le lendemain, en hâte arrivaient de Beauchêne
La mère de René, Saint-Martin et Germaine,
Et Blanche avec Germaine obtint de demeurer,

9*

Quand de tous le baron se voudrait séparer.

Rabène qui des yeux suivait tout en silence,
Avec René bien vite entrait d'intelligence.
Edgar le présentait comme un hôte d'honneur
Qui, placé sur sa route en ange protecteur,
Par ses soins dévoués, son or et sa sagesse,
L'avait de bien des maux gardé dans sa détresse,
Et René, par ce zèle attaché tout d'abord,
Sur son rôle avec lui d'avance était d'accord.
Autour d'Edgar, sans bruit, sans affecter de zèle,
Ensemble ou tour à tour ils faisaient sentinelle,
Évitant avec soin d'éveiller un soupçon,
Mais sentant que leurs cœurs battaient à l'unisson.

Edgar qui, par instinct, se fût gardé lui-même,
Eût jugé, pour sa part, tant de prudence extrême ;
Mais s'en pouvait-il plaindre ? Il se sentait enfin,
Après tant de combats, vainqueur de son destin.
Assis à ses foyers après cinq ans d'absence,
Maître non contesté d'une fortune immense,
Il retrouvait heureux, baron et général,
L'ami qu'il voulait faire autrefois son égal ;
Sentait à ses côtés cette parente aimée
Par qui sa solitude à Paris fut charmée,
Et la douce Germaine, et son vieux Saint-Martin,
Et cet ami, du ciel tombé sur son chemin,
Obstinément resté dans l'ombre et le mystère,

Mais qui s'était à lui dévoué comme un père....
Que demander de plus !... Et pourtant, sans Monvert,
Il ne s'en cachait pas, Morville était désert.
Aussi déclara-t-il, sans tarder davantage,
Qu'il partait, et dût-il village après village
Suivre toute la France, il ne reviendrait pas
Sans les derniers amis qui manquaient à ses bras.

Sa voix n'eut qu'un écho. Sans Monvert et Marie,
De ses jours désormais la fleur restait flétrie :
Pour lui seul ils souffraient, et chacun dans son cœur
A côté de l'amour sentait parler l'honneur.
« Comte, fit l'inconnu, si j'étais laissé maître,
« Je saurais avant peu tout débrouiller, peut-être.
« Monvert s'est à dessein caché loin du pays :
« S'il a dit ses secrets, nul ne les a trahis ,
« Mais fiez-vous à moi. Si la nuit est obscure,
« Je sais pour en sortir la marche la plus sûre :
« Mieux que personne ici je puis être informé,
« Et tandis que de tous l'œil encore est fermé,
« Mes regards sont ouverts sur une intrigue infâme.
« Le fil est dans mes mains, et je romprai la trame :
« Laissez-moi m'en entendre avec le général
« Aussi sage au conseil qu'à l'œuvre il est loyal :
« Un peu pour moi, beaucoup pour vos propres affaires,
« Il me faut vous quitter ; mais vous restez deux frères,
« L'un l'autre gardez-vous. Quand vous me reverrez,
« Ensemble, à votre tour, tous deux vous partirez.

« Je ne vous leurre point d'une vaine espérance,
« Mon fils, et vous verrez finir votre souffrance. »

Longtemps avant l'aurore, avant que le baron
Eût touchant son projet pu former un soupçon,
Il partit, envers tous attentif à se taire,
Laissant le seul René voir au fond du mystère.

1869.

LES ÉMIGRÉS

CHANT VINGT-QUATRIÈME.

RETROUVÉS.

Juillet 1814.

Cependant, restés seuls, dans les prés et les bois
Nos amis renaissaient aux bonheurs d'autrefois.
Les cœurs ne changent point au vent des destinées :
Rien chez eux ne séchait au souffle des années :
Des combats tant de fois revenus triomphants,
Le ciel de leur berceau les revoyait enfants,
Et dans leurs souvenirs, depuis longtemps chérie,
Blanche qui revivait comme une autre Marie,
Y laissait pour René, dans sa simplicité,
L'estime se changer en chaste intimité.
Comme Edgar s'approchait, un soir, et face à face,
Ensemble les trouvait causant sur la terrasse,
Il s'arrêta rêveur et, debout devant eux,

Du regard tour à tour les caressant tous deux,

« Savez-vous, leur dit-il, à quoi votre ami pense?...

« Vous feriez bien un couple, et le plus beau de France,

« Et de plus, le meilleur... Qu'en dit le général? »

« — Il dit qu'un tel bonheur n'aurait pas son égal,

«Mais qu'il n'ose aussi haut porter ses vœux. »—«Et Blanche?»

« — Avec vous, beau cousin, devant lui, je suis franche.

« Mon cœur, qui sur ce point ne s'est pas consulté,

« Ne saurait d'aucun choix se trouver plus flatté,

« Et de plus, pour l'aimer, je le dis sans mystère,

« Je sens qu'il n'aurait point de sacrifice à faire....

« Mais vous êtes, cousin, vraiment original

« De me brusquer ainsi devant un général,

« Et si de ma fierté ma raison n'était sûre,

« Vous pouviez la frapper d'une étrange blessure...

« Général, aux arrêts mettez ce colonel!... »

Mais René : « C'est un cœur sans feinte, et comme tel,

« Il aborde la place en loyal militaire,

« Et comment l'en punir, si c'est sans vous déplaire?

« Puisse-t-il l'emporter et vaincre! »—« Et pourquoi non ?

« L'affaire est, après tout, de baron à baron,

« Fit Edgar. Dès longtemps, sans qu'il ose rien dire,

« J'ai bien vu que René vous aime et vous admire,

« Et n'ai pas moins compris, vous le sentez assez,

« Qu'à sa personne aussi vous vous intéressez.

« Il est mon frère aîné, mon chef, vous ma cousine,

« Ma sœur, si vous voulez, et puisque je devine,

« En colonel français, le mieux et le plus prompt,

« Je vais droit à la place et j'attaque de front.

« Ainsi, dès aujourd'hui, c'est moi qui vous fiance,

« Mon frère avec ma sœur, et c'est ma confiance

« Que Dieu ne rompra point des nœuds ainsi formés,

« Puisque, purs devant lui, tous deux vous vous aimez. »

A compter de ce jour, plus tendre, plus rêveuse,

L'amitié chez René fut plus respectueuse,

Et Blanche dans son cœur, plus craintive à son tour,

Pour la première fois sentit parler l'amour.

Enfin rentra Rabène après dix jours d'absence.

Avec René longtemps il fut en conférence,

A part de tous les yeux concertant des projets

Qui, même pour Edgar, devaient rester secrets.

Pourtant il confia que de façon précise

Il savait le chemin de la terre promise

Où devait à coup sûr s'être caché Monvert,

Où par René sans peine il serait découvert.

Et comme, ivre de joie, Edgar avec tendresse

De ses bras l'entourait : « J'ai rempli ma promesse,

« Dit-il ; à votre tour, partez sans appareil,

« Sans que sur vos projets rien ait donné l'éveil,

« La nuit, dissimulant vos pas, et que personne

« N'en puisse relever l'empreinte ou la soupçonne.

« J'ai dit au général tout ce qu'il faut savoir :

« Dans ses loyales mains j'ai remis votre espoir,

« Nous ne nous verrons plus qu'heureux, et bonne chance!

« Allez le cœur léger, car moi, j'ai l'assurance,
« Cher enfant, que sans eux vous ne reviendrez pas. »
En achevant ces mots, il lui tendit les bras
Et l'y retint pressé d'une étreinte si tendre,
Qu'à son tour le jeune homme, empressé de la rendre,
Par un instinct commun s'y laissant attacher,
Semblait ne s'en pouvoir de lui-même arracher.

René, non moins que lui brûlant d'impatience,
Avait secrètement tout préparé d'avance;
Mais Edgar ne sut pas, au moment du départ,
Cacher sa joie à Blanche, et la prenant à part :
« Nous partons, à vous seule ici je le confie,
« Dit-il, nous reviendrons, mais non pas sans Marie,
« Et de mes jours d'exil vous l'ange familier,
« Vous aurez jusqu'au bout mon secret tout entier. »
A cet adieu, René qui restait en silence
Reçut d'elle un regard de tendre confiance :
« Au revoir! lui dit-il en lui baisant la main ;
« Nous serons tous ensemble avant dix fois demain. »

Quand s'annonça le jour, déjà loin de Morville,
Déjà loin de Civray, sans traverser la ville,
Entre soleil couchant et Nord orientés,
Chevauchaient nos amis, superbement montés.
Entre Bressuire et Thouars, la troisième journée
A Luché, de bonne heure enfin, fut terminée,
Et René déclara d'un ton de général,

Que là s'allait borner leur campagne à cheval.
La place à sa recherche à peu près désignée
Ne pouvant, disait-il, être fort éloignée,
C'est à pied, désormais, qu'il faudrait parcourir
Les cantons d'alentour, certains d'y découvrir
L'étranger qui, menant sa femme avec sa fille,
Depuis tantôt deux ans y cachait sa famille.

Déjà pour repartir Edgar parlait d'apprêts,
Mais René déclara que ses plans étaient faits,
Et l'embrassant : « Cher frère, ici comme en Espagne !
« Une reconnaissance et presque une campagne.
« Au moment décisif peut-être nous touchons :
« Je me sens moins hardi, plus nous en approchons.
« Enfin, je suis brisé depuis la nuit dernière ;
« Je prétends n'attaquer qu'avec ma force entière,
« Et pour ne pas risquer un combat inégal,
« Responsable envers tous, j'ordonne en général.
« Vous, soyez le fourrier. Surveillez, je vous prie,
« Pour nous et nos chevaux, la soupe et l'écurie.
« Pardon de vous laisser ce soin et ce souci !
« Mais je sors pour une heure et vous rejoins ici. »
Une lettre à la main de la part de Rabène,
Il allait au pasteur qui reconnut sans peine
Le porteur de la lettre au sens du contenu,
Et pour le lendemain le plan fut convenu.

En rentrant à l'auberge où la table était prête,

Il trouva son ami des mains cachant sa tête :

« Eh bien ! cher colonel, fit-il, c'est entendu,

« Nous en avons assez tous deux. Je suis rendu.

« Nous soupons, nous restons au lit la matinée

« Et nous recommençons à midi la journée.

« D'atterrir à bon port j'ai pris sur moi le soin :

« Allons donc au repos dont nous avons besoin !... »

Edgar s'était promis de ne plus contredire :

A sa chambre en silence il se laissa conduire ;

Mais René, dès l'aurore en secret préparé,

Commençait la campagne avec le bon curé,

Se faisant par son guide expliquer à l'avance

Pour aller droit au but la route et la distance.

Puis rentrant tout d'abord dans sa chambre sans bruit,

Et de là chez Edgar. « — Eh bien ! il n'est plus nuit !

« Alerte ! colonel, s'il vous plaît, et bien vite,

« Car au lit le soleil vient vous rendre visite,

« Fit-il. Depuis une heure il frappe à vos volets,

« Et je viens l'introduire, à défaut de valets. »

« — Ma foi ! mon général, salut à sa lumière !

« Je n'ai fait qu'un sommeil de ma nuit tout entière,

« Reprit Edgar, bercé par des songes heureux :

« Je maudissais ma couche, et j'en sors tout joyeux. »

Comme approchait midi, ne tenant plus en place :

« Il est temps, colonel, je crois, d'entrer en chasse,

« Fit gravement René, sous ces bois dussions-nous,

« Perdus à notre tour, rester avec les loups... »

Ils allaient incertains quand, au bout d'un quart d'heure,
Par-dessus les taillis, une antique demeure
De loin à leurs regards montra ses toits brûlés
Et de ses flancs noircis les murs démantelés.
« Vois-tu bien, fit Edgar, quelle vaste ruine
« De ses débris encor pèse sur la colline ?
« Moins pressé par le temps, à ne te rien cacher,
« Je serais, pour ma part, tenté d'en approcher. »
« — Pourquoi non ? dit René. Par la même pensée
« Je me sentais la tête à l'instant traversée.
« Nous ne sommes plus loin, déjà je vous l'ai dit,
« De nos chers envolés : si c'était là leur nid ?
« J'entends bien ne passer, dans cet épais bocage,
« Sans chercher et fouiller, ni château, ni village,
« Et comme vous, ici je me sens alléché.
« Près de ce travailleur sur son sillon penché
« Si nous nous informions ? » Mais rien qu'à leur approche,
Celui-ci se dressait appuyé sur sa pioche.
A leur fine capote, à la casquette d'or,
Il jugeait du haut grade et du rang tout d'abord ;
Mais à peine pour eux, défiant de leur race,
Il touchait son chapeau, sans partir de sa place.

« Mon brave ! fit René qui lisait dans ses yeux,
« Nous sommes officiers, c'est vrai, mais non des bleus,
« Et nous nous détournons un peu d'un grand voyage,
« Exprès pour visiter votre noble bocage,
« Tous deux amis du Roi, tous deux fils d'émigrés. »

— « J'avais vu vos boutons et vos galons dorés »,
Dit-il, en découvrant, enfant des vieilles Gaules,
Les longs cheveux flottant sur ses larges épaules,
« Et des fils d'émigrés peuvent toucher la main
« Qui sous terre a couché plus d'un républicain.
« En quoi, mes officiers, vous pourrais-je être utile ? »
Et les deux jeunes gens pressant sa main virile :
« — Merci ! reprit René, nous voyageons pour voir :
« Avant d'aller plus loin, nous voudrions savoir
« Quel est ce grand château dont les vastes décombres
« Présentent des aspects si mornes et si sombres
« Et de ces bois encor semblent les souverains. »
« — Ah ! c'est un des exploits de nos républicains :
« Cette antique demeure, ils l'ont presque rasée ;
« Mais beaucoup sont restés sous sa masse écrasée,
« Et j'en ai, pour ma part, couché dans les fossés
« Plus de quatre restés dans la vase enfoncés.
« Ce vieux château, c'était Montfermier. » —« Et peut-être
« Tout n'en est pas détruit, il reste encore un maître ?... »
« — Oh ! les maîtres, Messieurs, ont vendu ces débris :
« Pour eux, nobles et fiers, ils demeuraient sans prix,
« Presque tout l'entourage et les vastes domaines
« Étant restés aux mains de ces bourgeois des plaines. »
« — Cependant, fit Edgar, à côté j'entrevois,
« D'ici, me semble-t-il, des murs neufs et des toits,
« Et, si l'œil ne me trompe, autour, une clôture
« Enfermant un grand parc de sa vaste ceinture... »
« — Très-vrai ! mon officier. Depuis tantôt deux ans,

« Un digne homme est venu parmi ces paysans
« Qu'il a toujours aimés, dit-il, vivre en famille...»
« —Est-il seul?»—«Non! pas seul: lui, sa femme et sa fille.»
« —Depuis tantôt deux ans!.. et, s'il vous plaît, son nom?»
« — Son nom, mon officier, parmi nous, c'est Vertmon. »
« — Et pour voir de plus près ce débris vénérable,
« Si nous nous présentions?»—«Oh! c'est un homme affable,
« Et d'avance pour vous cœur et bras sont ouverts. »
« — Merci! noble témoin de nos jours de revers,
« Mais votre nom?»—«Texier, de Courlay.»—«Votre histoire,
« Je la sais, fit Edgar : bravoure, honneur et gloire.
« Vos épaules à Thouars hissaient le noble Henri :
« Gardez ce souvenir de nous deux, et merci ! »

Au cou du brave Edgar, fier de cette rencontre,
Avec la chaîne d'or avait passé sa montre.

Caché par un détour, quand il l'eut fait asseoir :
« Enfin, cher colonel, nous commençons à voir,
« Dit René : sur vos traits j'ai bien lu que vous-même
« Vous sentez s'approcher le dénoûment suprême;
« Mais contenons nos cœurs. Nous touchons au salut,
« N'allons pas le risquer en nous heurtant au but,
« Ni de nos chers amis, en nous faisant connaître,
« Mettre en danger la vie ou la raison peut-être.
« Si vous doutez de vous, rentrons jusqu'à demain,
« Seul j'irais... » Mais debout et lui tendant la main :
« Cher ami, dit Edgar, compte sur mon courage!

« Je sens et comprends tout. Sans tarder davantage,
« Reprenons notre route, et je réponds de moi.
« Je ne vois qu'un péril et m'en rapporte à toi :
« Ne crains-tu pas qu'un signe, un regard nous trahisse?
« Pour des yeux pénétrants, c'est assez d'un indice... »
Et René : « Par le temps, le costume et le lieu,
« Aux enfants d'autrefois nous ressemblons trop peu,
« Et sur nos teints hâlés notre rude moustache,
« Si l'on n'est prévenu, suffisamment nous cache... »

Bientôt ils arrivaient, quand Edgar, d'un coup d'œil,
Entrevit, au détour, deux dames, en grand deuil
Que masquait de genêts une touffe jalouse
Et qui, tournant le dos, causaient sur la pelouse.
Et comme il tressaillait : « Voulez-vous sur vos pas?...
« Fit René... Je comprends. Non ! vous ne voulez pas.
« Eh bien ! pour un moment consentez à m'attendre :
« Seul je vais m'avancer, pour voir ou pour entendre. »
Et sans bruit se glissant, couvert par un massif,
De l'oreille et des yeux doublement attentif,
Il distingua ces mots parlés d'une voix claire :
« Oh ! je l'ai cru toujours et toujours dit, ma mère :
« L'homme n'a point menti, nous le retrouverons
« Et chez nous, tous ensemble encor nous revivrons... »
C'était assez. Tournant sur ses pas : « Ce sont elles,
« Dit-il, à tous nos plans jusqu'au terme fidèles,
« Suivons notre consigne. » Et parlant avec bruit,
De leur marche, invisible encore, il avertit.

Comme au bruit, sans les voir, se levaient les deux femmes,
René les abordant : — « Pardonnez-nous, Mesdames,
« Si nos pas importuns ont troublé votre paix.
« S'il vous plaît, pourrions-nous, sans nous rendre indiscrets,
« Présenter nos saluts au maître du domaine ?... »
Et la mère : « Pour lui je répondrai sans peine,
« Messieurs, et même alors qu'ils lui sont inconnus,
« De tels hôtes chez lui sont toujours bien venus. »
Puis au bras de René s'attachant d'elle-même,
Elle laissait Edgar, dans son trouble suprême,
A l'angélique enfant forcé d'offrir le sien...
Ce qu'il dut éprouver dans ce court entretien,
Sentant battre son cœur sous cette main si chère
Où, sous ses yeux, brillait la bague de sa mère,
Edgar ne l'eût pu rendre. Eperdu tout d'abord,
Il sut se commander, pourtant, et resta fort.
En voyant à quel point, d'ailleurs, sa bien-aimée
Depuis les jours d'exil se trouvait transformée,
Il jugeait que lui-même avait dû trop changer
Pour ne point à ses yeux paraître un étranger.
Mais s'il parlait, au son de sa voix contenue,
Elle attachait sur lui son regard tout émue,
Et sous l'œil scrutateur, moins gardé que René,
Tremblant de plus en plus, il était fasciné,
Quand vers eux, descendu du haut de l'avenue,
Vertmon les rejoignit, portant la bienvenue,
Et les introduisant sans les interroger,
S'enquit d'eux s'il pouvait en rien les obliger.

Bien que l'émoi du cœur fît trembler sa parole,
Sans se troubler d'ailleurs, René soutint son rôle :
« Officiers généraux au service du Roi
« Et par faveur laissés un moment sans emploi,
« Ils avaient voulu voir cette noble contrée
« Par sa lutte héroïque à jamais illustrée.
« A Luché dès la veille entrés avec la nuit,
« Ils n'avaient trouvé là qu'un bien triste réduit;
« Le bon prêtre, en taxant ce gîte de tanière,
« Leur avait indiqué sa porte hospitalière,
« Et s'excusant tous deux pour tant de liberté,
« Ils y venaient frapper avec simplicité. »
« — Merci! Messieurs, dit-il, à vous comme au saint prêtre
« Qui vous a fait choisir ma demeure champêtre :
« Triste séjour pourtant, où sur les noirs débris
« Par la flamme et le fer nos malheurs sont écrits.
« Soyez ici chez vous !... Mais dans notre bocage
« Voyagez-vous à pied? »—« Monsieur, notre bagage
« Avec nos deux chevaux à l'auberge est resté. »
« — Bien ! je vais ordonner qu'il vous soit apporté... »
— Puis rentrant aussitôt : — « Messieurs, vos deux valises
« Dans une heure, au plus tard, vont vous être remises :
« Vous pouvez sous mon toit n'en prendre aucun souci :
« Auberges, serviteurs, tout est fidèle ici. »

1869.

LES ÉMIGRÉS

CHANT VINGT-CINQUIÈME.

RÉUNIS.

Juillet 1814

Les dames au logis, suivant les mœurs antiques,
Rentraient pour présider aux apprêts domestiques,
Mais au jardin bientôt, vers l'approche du soir,
Auprès des étrangers elles venaient s'asseoir,
Espérant d'eux, peut-être, entendre quelque histoire
Qui de l'enfant pleuré rappelât la mémoire,
Et René, vers ce but poussant par cent détours,
Sur la lutte suprême arrêta son discours.
Quand du ciel un par un se détachaient nos astres,
Tous deux avaient lutté dans nos plus grands désastres,
Vu Moscou s'embraser, et ses âpres frimas
Coucher plus de guerriers que la faux des combats.
Que de gloires, près d'eux, la guerre a dévorées !

9**

Que de mères sans fils ! Que de sœurs éplorées !
Que de foyers déserts !... « Oh ! le nôtre avant tous,
« Interrompit Vertmon, et peut-être avez-vous,
« Quand devant lui la route hélas ! s'ouvrait si belle,
« Du colonel Morville appris la fin cruelle... »
« — Mais j'ai servi sous lui ! Parmi nos officiers,
« Malgré son âge, alors, il était des premiers,
« Et je l'ai vu, chargeant dans la lutte suprême,
« A la tête des siens, pour nous tomber lui-même. »
« — Vaillant cœur ! fit Monvert de plus en plus ému ;
« Mais nous portons son deuil, il est mort ! » — « Je l'ai cru,
« Comme vous, bien longtemps ; mais contre l'espérance,
« J'ai su qu'il est vivant, que même il est en France.
« Alors que, sabre en main, il chargeait le premier,
« Tombé sous son cheval, il resta prisonnier !... »
Et Marie, à ces mots : « L'entendez-vous, ma mère ?
Et l'avais-je assez dit !... O mon bien-aimé frère !
Tu vis ! Je pourrai donc te serrer dans mes bras !!! »
Edgar cachait ses yeux. — « Ne vous trompez-vous pas ?
« Monsieur, reprit Vertmon, l'erreur serait mortelle :
« Pour nous il était tout, et plus que tout pour elle.
« Déjà, ces jours derniers, ici-même, un marchand
« Qui pouvait nous mentir sans croire être un méchant,
« Nous avait vaguement dit des choses pareilles ;
« Mais l'esprit ne croit guère, à notre âge, aux merveilles.
« Sur votre sein je vois l'étoile de l'honneur
« Et, si jeune, on n'est point encore un imposteur.
« Dites ! De vos discours, êtes-vous sûr ? » — « Je jure,

« Puisque au nom de l'honneur votre bouche m'adjure,

« Et qu'à la vérité vous mettez un tel prix,

« Que Morville est vivant... — Non qu'on me l'ait appris,

« Mais j'ai serré sa main depuis qu'il est en France ; —

« Qu'il a revu déjà les cieux de son enfance ;

« Qu'assisté d'un ami dont il fit son égal

« Et qui de nos malheurs est sorti général,

« Pour ne plus sous son toit rentrer sans sa famille

« Il est parti, cherchant vous, la mère et sa fille ;

« Qu'enfin, s'il est vraiment votre fils, votre nom

« Devrait être, Monsieur, Montvert et non Vertmon.

« C'est mon meilleur ami, mon cœur sait son histoire

« Et la vôtre dès lors. » Enfin forcé de croire,

Pour y cacher les pleurs dont ses yeux étaient pleins

Sur son front ruisselant Monvert pressait ses mains.

Marthe dans son extase était anéantie,

Tous étaient stupéfaits, tous excepté Marie.

Elle avait, dès l'abord, vu le trouble d'Edgar,

Et l'embarras qui d'elle écartait son regard ;

De son sein comprimé l'haleine entrecoupée,

Le timbre de sa voix, surtout, l'avaient frappée.

Son œil eut un éclair : — « Ils nous trompent tous deux,

« Mon père ! c'est René, c'est Edgar ! ce sont eux,

« Dit-elle en s'élançant. C'est Edgar ! c'est mon frère

« Qui revient à sa sœur, que je rends à sa mère ! ! ! »

Il n'était pas debout qu'elle était dans ses bras

Et le front dans son sein. — « Oh ! ne me l'ôtez pas !

« C'est moi qui l'ai trouvé, moi qui vous le ramène,
« C'est tout à moi qu'il est ! que nul ne le reprenne !... »
Et comme entre ses bras ils tombaient à la fois,
Dans une même étreinte il les pressait tous trois
Sans parler, et sur eux, en cet instant d'ivresse,
Par des larmes de joie épanchant sa tendresse.
Mais Marie : « Oh ! c'est lui ! ! ! de si loin ramené !...
« Voyez ! c'est votre enfant !!! Et vous, Monsieur René,
« Si grand, si général que vous ait fait la guerre,
« Malgré votre moustache et votre mine fière,
« Au même instant aussi je vous ai reconnu ;
« Bienheureuse avec lui de vous voir revenu... »
Mais, par le choc subit jusqu'au fond ébranlée,
La douce enfant du coup s'affaissait accablée,
Le cœur cessait de battre, et glacée un moment,
Son corps entre leurs bras resta sans mouvement.
Quand revint la chaleur, pâlie et non moins belle,
Elle chercha la main de son ami fidèle,
Et deux ruisseaux de pleurs de ses yeux échappés
Calmèrent de son sein les bonds entrecoupés.

Comme tous deux d'un bras se tenaient par la taille :
« J'ai livré, dit Edgar, ma dernière bataille,
« Et je l'ai bien gagnée, et le prix est bien doux,
« Car vous me la donnez, cher père ? »—« Elle est à vous !
« Sauf son consentement, pourtant : son cœur est maître,
« Et durant votre absence elle a changé, peut-être,
« Car ou l'adage est faux, continua Monvert

« Ou cœur de jeune fille est un vase couvert. »
Mais l'enfant souriant devant cette pensée :
« J'ai gardé, dit Edgar, foi dans ma fiancée :
« Je lui rapporte un cœur aussi pur devant Dieu
« Qu'il l'était au moment de notre long adieu,
« Rien n'a taché la fleur, et son ami fidèle
« Reste jusqu'à ce jour un simple enfant comme elle. »

Et Marie, à son tour : « Vous l'avez entendu :
« C'est toujours un enfant que Dieu vous a rendu :
« L'enfant plus grand, plus fort, qui, moi toute petite,
« Me traitait dans nos jeux comme sa favorite,
« Me menait par la main, me portait dans ses bras,
« Me taillait mes joujoux, m'inventait des ébats,
« Avec moi de vous deux partageait la tendresse,
« Et payait votre amour à tous par sa sagesse.
« Je veux qu'il soit encore un enfant avec nous,
« Venir, comme autrefois, m'asseoir sur ses genoux,
« Dit-elle en s'y plaçant, autour de son visage
« Ranger ses beaux cheveux ; contempler mon image,
« Me souriant moi-même au miroir de ses yeux ;
« Me suspendre à son cou, sentir qu'il est heureux... »
Et ce qu'elle disait, comme aux jours de l'enfance,
Avec la même paix et la même innocence,
La grande sœur, pareille à la sœur d'autrefois,
Le faisait simplement. Mais vaincu cette fois,
Edgar perdait la tête : avec tant de tendresse
Des bras il l'entoura dans cet instant d'ivresse

9***

Et d'un baiser si vif il la toucha soudain,
Que la vierge d'instinct laissa tomber sa main,
Et sans rougir pourtant, aux yeux de sa famille,
Sous son doux nom de sœur, se sentit jeune fille.
« Ah ! vraiment ! J'oubliais, fit-elle en se levant,
« Monsieur, mon colonel, que vous êtes bien grand... »
Et moitié souriant, moitié faisant la moue,
Sa main du colonel alla toucher la joue.

.   .   .   .

.   .   .   .

En discours prolongés dans un tendre abandon
On atteignait minuit. « — Notre jeune baron
« Demain vous contera, fit Edgar, son histoire
« Où tout fut entre nous commun, dangers et gloire :
« La mienne après viendra, depuis l'heure où gisant
« Pour mort je fus compté, jusqu'au moment présent
« Où, rentré dans la vie et l'âme heureuse et fière,
« J'hérite, sous les yeux de ma famille entière,
« D'un soufflet, le premier par ma joue essuyé,
« Mais qui me reste au cœur et vous sera payé,
« Chère petite espiègle, entre nous je le jure,
« Si vous ne réparez bien vite, avec usure... »

De ses rêves Edgar sortant avec orgueil
S'éveillait triomphant. Marie encor en deuil
Pour la première fois sentait peut-être en elle,
Sans vanité pourtant, le bonheur d'être belle,
Et songeant à son frère, heureuse de s'y voir,

D'un sourire naïf sourit à son miroir.

Moins candide, elle eût pu s'y voir comme un modèle :

Assez grande, et pas trop ; délicate et non grêle,

Son corps qu'un ciseau grec n'eût pas mieux modelé,

Sans avoir rien de lourd, n'avait rien d'étranglé.

L'œil pouvait voir heureux la santé dans ses veines

Sous son teint transparent couler à sources pleines,

Et la beauté des saints, la candeur et la paix,

De leur clarté sereine illuminaient ses traits.

Elle avait, traversant les plus rudes épreuves,

Vu ses parents brisés, porté le deuil des veuves,

Au bonheur d'ici-bas un instant dit adieu

Sans que rien pût troubler son calme devant Dieu.

Pour couronne elle avait à cette beauté pure,

De l'enfance sans art conservé la coiffure,

Et les fins anneaux blonds en spirale roulés,

Sur son front ou son cou retenus ou bouclés,

Comme au bord des ruisseaux les longs cheveux des saules,

En rameaux ondulés roulaient sur ses épaules.

C'est sous ce doux aspect et sans plus d'appareil

Que le matin, semblable au rayon de soleil,

Dans la salle où causaient les amis et son père,

Elle entra, radieuse et fraîche, avec sa mère.

C'est alors que René, simple comme un héros,

Commença son histoire enfin. En quelques mots

Il exposa comment, en se couvrant de gloire,

Edgar avait forcé la dernière victoire :

Puis les revers constants après la Moscowa,
Jusqu'au combat fatal sur la Bérésina,
Où le lion chargeant la meute refoulée,
Il le vit loin de lui tomber dans la mêlée,
Sans qu'il lui fût possible ou de le secourir,
Ou sur son corps sanglant d'aller au moins mourir.
Enfin Dresde, Leipsig, puis la guerre de France
Où défiant la mort, sa dernière espérance,
Il s'était vu d'un coup fait par Napoléon,
Pour sa témérité, général et baron.
« Cher René ! » fit Marie en essuyant des larmes.
Marthe sentait au cœur revivre ses alarmes
Et de ses mains, tremblante encor, cachait ses yeux.
Et Monvert : « — Je suis fier, mes enfants, de tous deux.
« A présent, cher Edgar, dites-nous, je vous prie,
« Quel miracle du ciel vous a sauvé la vie,
« Et rouvrant la patrie à vos pas avant tous,
« Vous a si promptement ramené droit à nous. »

Il commença couvrant du regard le plus tendre
Sa sœur, collée à lui comme pour le défendre.
Sous son cheval tué tombé sans autre mal
Que la chute et le poids du corps de l'animal,
Au sort des prisonniers il s'était vu réduire,
Et plus loin, comme tel, vers Moscou reconduire ;
Mais, grâce à son haut grade, avec humanité,
Même avec déférence, il fut partout traité.
Et dès que, sur le monde élevant sa bannière,

La paix eut devant eux fait tomber la barrière,

Pour ce rude trajet quatre-vingts prisonniers,

Comme lui résolus et forts, tous officiers,

L'avaient mis à leur tête, et brûlants d'espérance,

Ensemble ils avaient pris leur chemin vers la France.

« Et pourtant, poursuit-il encor, que de dangers !

« Que de lenteurs, surtout, sous ces cieux étrangers !

« Mais Dieu dans les déserts de la Lithuanie

« M'envoya son bon ange, et soit sa main bénie !

« Un émigré, de France avec les rois sorti,

« Pour rentrer avec nous lui-même était parti.

« Il avait, me dit-il, sur la terre étrangère,

« Dans les camps, autrefois, aimé beaucoup mon père.

« D'amour, en souvenir, il fut saisi pour moi,

« Et moi-même aussitôt, sans comprendre pourquoi,

« Vers cet homme, appelé chevalier de Rabène,

« J'éprouvais un penchant que je m'explique à peine.

« Sur ces chemins si longs, lui seul m'a défrayé ;

« Menant voiture en poste, il a partout payé.

« Et j'ai lieu de penser, si ma joie est parfaite,

« Si nous sommes tombés droit sur votre retraite,

« René vous le dira, que c'est encore à lui,

« Père, que nous devons le bonheur d'aujourd'hui.

« Bien qu'il semble, à l'abord, être cassé par l'âge,

« Sa force est, dans l'épreuve, égale à son courage :

« Envers tous expansif, doux, prévenant et bon,

« Il est rude, inflexible et dur pour le baron. »

« — Il est bon juge alors, fit Monvert. Sainte-Terre,

« Esprit sombre et jaloux, n'aimait point votre père....

« Pour moi, c'est un abîme...»—«Oh ! n'en parlez pas mal,

« Au moins quant à présent, devant le général,

« Interrompit Edgar..»—«René l'aime ?..»—«Eh ! bon père,

« Peut-être de l'amour qu'on porte à la vipère,

« Et pourtant il faudra, le moment est prochain,

« Qu'ils en viennent l'un l'autre à se tendre la main :

« Car, d'avance je puis l'affirmer en famille,

« Qu'il veuille ou non, René doit épouser sa fille :

« Ils s'aiment, de mon chef je les ai fiancés

« Et n'abandonne point les projets commencés,

« J'y tiens et j'y tiendrai jusqu'au bout. » Et Marie :

« Il faut donc qu'avec vous je me réconcilie

« Si vraiment, grâce à vous, pour époux est donné

« A Blanche, notre sœur, notre frère René. »

Et lui parlant ainsi dans sa grâce enfantine,

Elle penchait son front jusque sur sa poitrine.

Mais Edgar l'y pressant : « Ah ! nous étions brouillés ?... »

« —N'aviez-vous donc pas dit que vous vous vengeriez ?...»

« — Je l'avais oublié. » — « Si ce n'est assez d'une,

« Donnez-moi les deux mains, colonel, sans rancune,

« Et sois encore Edgar, mon frère, et moi ta sœur... »

Dans ces épanchements d'un paisible bonheur
Rapidement pour tous passa la matinée,

Puis Edgar : « Notre tâche est ici terminée,
« Fit-il, quand partons-nous et comment, s'il vous plaît ? »
Et René répondant : « Colonel, tout est prêt!
« Vous n'avez qu'à parler, et la marche est réglée :
« Une voiture à nous, dignement attelée,
« Vous arrive, et j'attends avec elle un fourgon. »
« — Mais, s'écria Monvert, le bon Dieu, cher baron,
« Vous a donc délégué d'en haut sa Providence!... »
« — Tâche de général! pourvoir à tout d'avance,
« Reprit-il, mais ici je suis simple instrument,
« Conduit sans trop savoir ni par qui ni comment,
« N'entrevoyant qu'à peine, et forcé de me taire
« Jusqu'à l'heure où le jour luira sur le mystère. »
A l'œuvre au même instant chacun prêtant sa main,
Tout fut pour le départ prêt au surlendemain,
Et par des chemins sûrs vers Morville emportée,
D'Edgar et de René la voiture escortée
Et sous un ciel clément roulant à découvert,
Débarquait au château les dames et Monvert.

Edgar, par un courrier du relais le plus proche,
Avait fait à Morville annoncer son approche,
Et, pour lui faire accueil dans la noble maison,
Tout s'était mis en fête, excepté le baron.
Si fier jusqu'à cette heure et si sûr de lui-même,
Ce fourbe dont la vie est pour tous un problème,
Pour la première fois, sous le poids du destin
Sent, vaincu désormais, plier son front hautain.

Pour renverser ses plans tout se suit, tout s'enchaîne :
Edgar, René, Monvert... Par-dessus tous Rabène
Qu'en vain, depuis un mois, il cherche à pénétrer,
Qui l'observe, et dont l'œil dans sa nuit semble entrer.
Il veut fuir, il fuira... Mais il sent sur sa trace
Cet œil toujours ouvert qui le suit et le glace,
Et contre ses terreurs impuissant à lutter,
Dans son trouble invincible, il ne sait qu'hésiter.
Cet inconnu, d'ailleurs, pour lui si redoutable,
Il s'entend avec tous, pour tous il est aimable,
Pour lui seul la voix casse et le ton sous-entend....
On complote sa perte, il épie, il attend
Comme si sur son front pendait une menace.

Autour de lui, pourtant, tout revient à sa place :
Dans son rang d'autrefois Monvert est rétabli :
Envers l'hôte ombrageux réservé mais poli,
De mille égards, resté le vrai chef de famille,
S'il est froid pour le père, il a comblé la fille,
Et sous ce toit, hier encor si désolé,
Rentre tout le bonheur qui s'était envolé.
D'ailleurs ainsi qu'Edgar l'avait prévu sans peine,
Monvert fut, dès l'abord, un ami pour Rabène
Qui, le prenant à part, le pria de souffrir
Que d'un nuage encore il se laissât couvrir,
L'assurant que sur lui, d'un seul coup, tout entière
Pour le bonheur de tous, descendrait la lumière.

Si troublé que Monvert se sentit en secret,
Pour insister d'un mot il était trop discret,
Mais chaque son parti de cette voix émue
Au plus profond du cœur l'étonne et le remue.

1870.

———◦◦◦———

LES ÉMIGRÉS

CHANT VINGT-SIXIÈME.

LE CHEVALIER DE RABÈNE.

Juillet 1814.

Edgar, de son trésor à moitié possesseur,
Mais pas encore assez, à part tira sa sœur.
« Chère enfant, lui dit-il, vous m'aimez, je vous aime :
« Au prix de bien des maux partagés par vous-même,
« Durant assez lontemps mort ou perdu pour vous,
« J'ai bien conquis le droit d'être enfin votre époux.
« Fidèle à nos serments du roc de la prairie,
« Pour ce titre sacré dont s'effrayait Marie
« Je prétends de vous seule obtenir votre foi,
« Et savoir quand, enfin, vous voudrez être à moi.

« Dans le calme et la paix de la sainte innocence
« Qui donna tant de joie au ciel de notre enfance

« J'aurais pu préférer passer à tes côtés,

« Reprit l'enfant, les jours que Dieu nous a comptés ;

« Mais à toi, bien-aimé, jamais n'ai cessé d'être,

« A toi, vivant ou mort, mon doux frère et mon maître,

« Et, pour te voir heureux s'il faut changer de nom,

« Je t'appartiens déjà de cœur et de raison :

« Fixe avec nos parents l'heure que tu préfère.

« Mais tu veux à ta joie avec ton digne frère

« Unir ton autre sœur : tu me l'as dit cent fois,

« Et j'ai compris, depuis qu'ensemble je les vois :

« Plus il s'en veut cacher, plus il montre qu'il l'aime,

« Et Blanche dans son cœur m'a fait lire elle-même.

« J'ai rêvé double fête et voudrais qu'un seul jour

« Fît de nos deux bonheurs un bonheur.»—« Cher amour !

« J'ai bien senti toujours que vous étiez un ange

« Et votre rêve ici n'a pour moi rien d'étrange,

« Car j'avais, comme vous, rêvé double bonheur »,

Dit-il en la pressant tendrement sur son cœur,

Tandis que dans son sein la vierge, un peu rêveuse,

Laissait avec amour pencher sa tête heureuse.

Sans tarder davantage et parlant en son nom,

Edgar, en la quittant, alla droit au baron,

Et contre toute attente, il le trouva traitable.

« Je pressentais, dit-il, quelque propos semblable :

« Toutefois, c'est à vous, jamais aux Saint-Martin,

« Si ma fille y consent, que j'accorde sa main.

« Pour le jeune anobli j'ai vu sa préférence,

« Et j'aurai sur son choix pris mon parti d'avance.

« Transmettez ma réponse entière, et là-dessus

« Épargnez-moi l'ennui d'entendre un mot de plus. »

Blanche, si résolu que fût son caractère,

N'eût point livré son cœur sans le gré de son père.

Conduite par Edgar avec le général,

Elle vint à son tour ; mais, hautain et brutal :

« Au colonel, dit-il détournant son visage,

« Qui m'a courtoisement porté votre message,

« Lui, parlant en son nom, moi répondant au mien,

« J'ai donné ma réponse, et je n'y change rien.

« Que la chose en soi-même ou m'agrée ou me peine,

« N'en prenez point souci. Vous, monsieur de Beauchêne,

« Au noble comte auquel j'ai délégué mes droits,

« Demandez la réponse : elle tient à son choix.

« Si ma fille par vous consent d'être baronne,

« C'est son cousin, monsieur, non moi, qui vous la donne. »

Rien, après cet accueil, n'eût servi d'insister ;

Mais Edgar reprenant sans se déconcerter :   [doute ! »]

« — C'est un consentement ? monsieur : » — « Sans aucun

« — Nous eussions préféré, fit Blanche, une autre route ;

« Mais puisque en vos desseins vous l'arrêtez ainsi,

« Mon père, et n'entendez tromper personne ici,

« Souffrez que j'en prenne acte. » — « Et que je remercie,

« Fit René, s'inclinant. » — « Mais pas moi, je vous prie ;

« Remerciez monsieur, votre ancien colonel ! »

« — A vous donc, mon modèle et mon chef naturel,
« Cent fois merci ! » dit-il en embrassant son frère,
Tandis que de ses bras Blanche entourait son père.

Cependant à Morville, à partir de ce jour,
Tout respire la joie et tout parle d'amour.
Les apprêts sont hâtés pour les noces prochaines,
Des accents du bonheur toutes les voix sont pleines,
Et c'est dans ce concert que Rabène à l'écart
Attire auprès de lui Monvert avec Edgar.
« Tous les vœux sont comblés, dit-il, et le cher comte
« N'a plus pour son bonheur à craindre de mécompte;
« Rien ne peut de ses bras arracher son trésor :
« Pourtant sur ses destins tout n'est pas dit encor.
« Ensemble j'ai voulu vous voir, pour vous apprendre
« Que dans la nuit enfin la clarté va descendre,
« Afin qu'au grand mystère aujourd'hui dévoilé,
« L'esprit ne soit en vous ni saisi, ni troublé.
« Après tant de bonheurs que le ciel vous envoie,
« Je viens non contrister, mais compléter la joie :
« Plus que vous ne pensez le ciel nous a bénis ;
« Plus que vous ne pensez nos destins sont unis. »

Avec les fiancés garçons et jeunes filles,
Ce jour-là les parents, membres des trois familles,
Dans la salle d'honneur, autour du grand tapis,
Pour régler les contrats étaient tous réunis.
De leurs grands cadres d'or appendus aux murailles

Maurice et Berthe étaient présents aux accordailles,
Et Rabène, à dessein, s'était mis sans façon
A la place d'honneur, vis-à-vis du baron.
Le contrat pour Edgar était réglé d'avance,
Et pour Blanche, le cercle attendait en silence,
Le général en propre apportant tous ses droits,
Que le baron enfin fît entendre sa voix.
« Au colonel, par moi fait chef de sa famille,
« J'ai délégué, dit-il, tous mes droits sur ma fille :
« C'est lui qui la marie et la dote, et non moi.
« Par titres réguliers dont ces papiers font foi,
« J'ai remis, ne gardant pour moi que Sainte-Terre,
« Avec tous ses tenants le fief de la Bussière,
« Plus, soit en beaux écus, soit en billets courants,
« Ce matin, des valeurs pour six cent mille francs,
« Et si je ne m'abuse, en comptant de la sorte,
« Comte, c'est un million, sinon plus qu'elle apporte. »
Rabène alors : « Et moi qui ne suis pas ingrat,
« Pour payer le bonheur de signer au contrat,
« Pour rendre au général l'honneur dont il est digne,
« Pour le bien qu'il m'a fait, en mon nom je consigne
« Quatre cents mille francs que paiera par quartiers
« Mon ami Minoret, le banquier de Poitiers...
« Ne vous récriez pas, messieurs, et que personne
« Sur ce point du contrat parmi vous ne s'étonne,
« Car je n'ai pas fini.
     « Dans ce même salon,
« L'autre jour, vous disiez, haut et puissant baron,

« Qu'auprès des trois Condé, sur la terre étrangère,
« Camarade et luttant pour la même bannière,
« Vous aviez bien connu Maurice au champ d'honneur :
« On l'appelait, je crois, le commandant sans peur....
« Comment se battait-il ?»—« Mais... comme il savait faire,
« En lion. »—« Justement! c'était bien sa manière :
« Il n'avait point quitté sa Berthe et son Edgar
« Pour fuir devant la meute ou ruser en renard,
« Et son unique crainte était d'en trop peu faire.
« Mais vous frappiez aussi, monsieur de Sainte-Terre,
« Et sans compter les coups, et terrible entre cent,
« Votre bras, disait-on, n'avait pas peur du sang,
« Sang de Français hélas ! »—« Dites sang de canaille ! »
« — Il n'en est point de vil sur le champ de bataille :
« Mais vous vous voyez, Monsieur, j'ai connu de bien près
« Le sire de céans, comme vous-même. »—« Après !!! »
« — Après !!!... Eh bien ! je dis qu'ici les grandes fêtes
« Semblent bien se hâter et seront trop tôt prêtes,
« Et le sire, s'il vit, peut-être, en ce moment,
« A droit qu'on en réfère à son consentement,
« Car s'il n'était pas mort?»—« Allons! quelle autre histoire
« Allez-vous nous conter, que nous puissions y croire,
« Quand je l'ai sur mes pieds vu rouler roide mort ? »
« — Vous l'avez vu rouler !..Et sur vos pieds !... D'accord !
« Calmez-vous! nous allons, croyez-moi ! nous entendre.
« — J'en sais trop!»—« Pas assez pour ne plus rien apprendre,
« Suivez bien... Attaqués par un corps de Moreau
« Devant Ober-Kamlac, couvert par un ruisseau,

« Il lui fallait défendre un pont d'une seule arche

« Assez longtemps, au moins, pour masquer notre marche.

« Il comptait, pour lutter, vingt soldats contre cent,

« Une aube sans soleil et froide, un sol glissant,

« Et vous savez, je crois, quel artifice infâme

« D'avance avait plongé le poignard dans son âme.

« Au poste où pour une heure il s'était endormi,

« Une lettre à la main, dans la nuit, un ami

« D'abord vint l'écraser par l'horrible nouvelle

« De la mort de sa Berthe et d'Edgar avec elle,

« Ajoutant que Monvert, deux fois spoliateur,

« De ce malheur suprême encore était l'auteur.

« Au-devant de la mort il vola ; mais la rage

« En frénésie avait transformé son courage

« Et si vous étiez là, monsieur, c'est pour savoir

« Quel succès décisif marqua son désespoir,

« Sauve était la colonne, et je m'abstiens du reste.

« Mais quand vint la retraite, une ardeur trop funeste

« Presque seul le retint, luttant sans s'enquérir

« Où couraient tous les siens, pourvu qu'il pût mourir ;

« Rien que mourir !... Soudain frappent à son oreille

« Ces mots articulés d'une voix sans pareille :

« Morts tous les tiens ! ta Berthe, Edgar, Germain aussi,

« Mort toi-même !... Je pars, toi tu pourris ici,

« Et tu sais qui t'y couche !... A ces mots, roide à terre

« Il tomba sur le front, monsieur de Sainte-Terre,

« Et vos yeux l'ont dû voir, certes ! Si vous étiez

« Si près que son cadavre ait roulé sur vos pieds,

« Comme non loin, déjà, vous aviez vu, peut-être,

« Tomber le saint ami qui le nommait son maître...

« Ai-je raconté juste? Ai-je menti?... Parlez!...

« Mais brisons à ce point, puisque vous vous troublez

« Quand sur lui le vainqueur passa comme la houle,

« Maurice agonisait, couché parmi la foule;

« Un officier, Levieux est son nom, résolut,

« Voyant qu'il respirait, de tenter son salut.

« Il le fit recouvrir de sa propre tunique,

« Soigner comme un blessé fils de la République,

« Et, prodige entre tous impossible à prévoir,

« Le rendit à la vie, ou mieux, au désespoir. »

« Mais la main qui sauvait un proscrit du carnage

« Ne pouvait le couvrir plus longtemps. Son courage

« Ne s'allait pas tourner contre ses vieux amis?

« Ceux qui l'avaient sauvé n'étaient plus ennemis....

« Moreau, dont le grand cœur comprenait sa souffrance.

« Voulut lui faire ouvrir les portes de la France;

« Mais qu'y chercher hélas! sauf un double tombeau?

« Il préféra la mort dans l'exil, et Moreau,

« Lui faisant accepter une bourse remplie,

« Le fit sous un faux nom, partir pour la Russie.

« L'œil jour et nuit tourné vers un double cercueil,

« C'est là qu'il a vécu dans l'angoisse et le deuil,

« Sous le nom déguisé de comte de Foncreuse,

« D'une existence calme et qu'il eût faite heureuse,

« Si rien sur cette terre eût pu combler jamais

« Autour de lui le vide éternel désormais,

« Dans la prospérité, chère moins qu'importune,

« Qu'à son sort, trop tardive attachait la Fortune.

« Qu'il soit vivant encor ?... Qui vous dit, s'il apprend

« Que Morville est sauvé, que digne de son sang,

« Son Edgar vit aussi, près de l'ami fidèle

« Qui, loin de le trahir, l'a pris sous sa tutèle,

« Voyant de tous ses vœux les plus chers accomplis

« Puisque à leur place aussi les Rois sont rétablis,

« Et qu'après tant de gloire et d'assauts, la patrie

« Reprend ses grands destins, faible mais non flétrie,

« Qui vous dit qu'à l'espoir à son tour ramené,

« Il ne reprendra pas, comme tous entraîné,

« Un projet dès longtemps par lui conçu peut-être,

« Et pour lequel enfin de lui-même il est maître ?

« Qui sait si déjà même il n'est pas en chemin,

« Et s'il ne pourrait pas apparaître demain ?... »

Comme, au brouillard qui fuit, sur la nature entière,

Ainsi sur les esprits s'étendait la lumière.

Elle éclatait terrible aux regards du baron ;

Mais de sa voix hautaine, et sans changer de ton :

« Vraiment ! c'est bien conté, dit-il ; mais, je vous prie,

« Laissons là ces tableaux de fantasmagorie.

« Vous ne me jugez pas, je l'espère, assez sot,

« Si vous m'avez connu, pour en croire un seul mot :

« J'ai vu porter le coup, sans chercher d'autre enquête,

« Qui d'une tempe à l'autre a traversé la tête,
« On n'en relève pas. »—« Peut-être pourriez-vous
« Aux tempes, cependant, retrouver les deux trous »,
Fit l'inconnu, dressant soudain sa noble taille,
L'œil calme et sûr de lui, comme un jour de bataille,
Dégageant des cheveux d'emprunt son front serein,
Et s'approchant d'Hector pour lui tendre la main.
Mais lui, comme frappé sur le coup d'anathème,
Semblait rentrer en terre, écrasé sur lui-même :
« Lui ! c'est lui ! cria-t-il, le tué vit encor !!! »
« — Tout lui-même ! et c'est vous... vous... le cousin Hector.»

.   .   .   .

.   .   .   .

Edgar était tombé dans les bras de son père;
Monvert, les yeux au ciel, l'étreignait comme un frère;
Derrière lui, René, soutenant Saint-Martin,
Collait avec transport les lèvres à sa main,
Tandis que sur son cœur Marthe près de Marie
Soutenait Blanche pâle et presque évanouie,
Et qu'étourdis au coup, pas une seule voix
Ne s'échappait des cœurs oppressés à la fois.
Morville enfin, plus fort, maîtrisa les pensées
Qui de son cœur montaient à son front trop pressées,
Et dans ses mains pressant les deux mains de Monvert :
« L'un pour l'autre, dit-il, nos cœurs sont livre ouvert,
« Laissons-les se comprendre, et sans discours frivoles,
« Pour des instants moins chers, réservons les paroles :
« Quand Dieu même a parlé, nos vœux sont accomplis.

« Plus que le mien, déjà mon fils est votre fils ;

« S'il ne l'est pas assez, que plus il le devienne !

« Que l'ange votre fille, en retour, soit la mienne,

« Et sa mère ma sœur, sans qu'ici-bas jamais

« Je sache, en vous aimant, acquitter vos bienfaits.

« Vous qu'à mon second fils votre père a donnée,

« Noble enfant qu'à m'aimer le ciel a destinée,

« Fille d'un hôte auquel je tends ici la main,

« Merci d'avoir au nôtre uni votre destin !

« Et vous, Hector, prenez la main que je présente

« Au père trop heureux d'une enfant si charmante. »

Hector s'était remis : tandis que tous pleuraient,

Lui, cachant aux regards ses yeux qui s'égaraient,

Y concentrait, des mains sentant tomber ses armes,

La flamme qu'ils lançaient et qui brûlait ses larmes.

Atteint profondément trop pour parler d'abord,

Il étendit pourtant, par un suprême effort,

Sa main qu'au fond trempait une sueur glacée :

Puis sans dresser sa taille et la tête baissée :

« Vous auriez donc été, Morville, assassiné ?... »

Essaya-t-il. — « Cousin, vous l'avez deviné,

« Si vous ne le saviez. » — « Et frappé par un traître ?...

« — Par un ami. » — « Son nom vous le savez ? » — « Peut-être »,

Fit Morville. — « Et depuis... depuis, poursuit Hector,

« Cet infâme assassin ?... » — « Peut-être il vit encor. »

« — Et vous ? vous dont le fer ne redoutait personne.

« Vous n'êtes pas vengé ?... » — « Que le ciel lui pardonne

« Comme déjà moi-même à son bras forcené
« S'il n'eût frappé que moi, j'aurais tout pardonné !
« Plus que je ne voudrais, sans doute, il est à plaindre,
« Et, quel qu'il soit, mon bras pour lui n'est pas à craindre :
« Dieu le prenne en pitié ! »—« Vraiment ! vous étonnez !
« Persécuté, trahi, tué, vous pardonnez !...
« Vous qu'on savait si haut, si fier de caractère....
« Mais nous éclaircirons ce lugubre mystère,
« On saura, croyez-moi ! d'où sont partis les coups,
« Et vous serez vengé, dût-ce être malgré vous !... »

L'horizon, sous l'éclair qui fend la nuit profonde,
S'est ouvert d'un seul coup nouveau pour tout le monde.
Sur la joie et l'amour, malgré tant de bonheur,
Plane encore, on le sent, un reste de terreur,
Et les esprits frappés par ces récits funèbres
N'ont point assez plongé jusqu'au fond des ténèbres.
Morville, dont le cœur n'a plus rien à cacher,
De tant de bras amis ne peut pas s'arracher :
Pour Blanche, à part, il a des trésors de tendresse :
Il voit sur ce front pur l'angoisse et la tristesse,
Dans ses membres crispés les sursauts du frisson,
Et, dans son sein, l'effroi d'un horrible soupçon.
Il l'aimait pour Edgar, pour René, pour lui-même,
Et la sentant souffrir, sa souffrance est extrême.
« Noble enfant ! disait-il, l'embrassant du regard
« Avec le même amour que Marie et qu'Edgar,

« Deux perles vont ensemble enrichir ma famille :
« Avec orgueil aussi, je vous tiens pour ma fille,
« Comme père, par vous je prétends être aimé,
« Ma fille, et du doux nom de père être nommé.
« N'avez-vous pas chéri mon Edgar comme un frère,
« Consolé son exil et prié pour sa mère ?
« Et cette mère, enfin, mieux qu'en tous les portraits,
« N'en ai-je pas en vous retrouvé tous les traits ! ! ! »
Les mots d'amour tombés sur cette âme ingénue
Y portaient, comme un baume, une paix inconnue,
Et succombant aux pleurs dont son cœur était plein,
Pour réponse, elle osait les cacher dans son sein.
Il avait par Monvert obtenu que Germaine
Retînt sa digne mère en dehors de la scène,
Et redoutant un choc qu'il n'eût pu réparer,
A le voir, sans secousse, il la fit préparer.

« Enfin, dit-il, au flot de bonheur qui m'inonde,
« Je crains de voir manquer mon cœur qui surabonde.
« Souvent échappe au doigt le fruit qu'il va cueillir :
« J'ai besoin devant Dieu de m'aller recueillir,
« Vers la main qui flagelle élevant mes pensées,
« D'adorer ses desseins dans ses rigueurs passées,
« Et resté seul heureux, d'arroser de mes pleurs,
« En l'invoquant sur vous, l'autel de mes douleurs. »
Quatre voix à sa voix répondaient : « Ce Calvaire,
« Vos enfants, bien des fois l'ont gravi, noble père !
« Et dans ce sanctuaire, ils se sont à genoux,

« Bien des fois prosternés et pour elle et pour vous... »
Et la famille entière, à son culte fidèle,
A ces mots, sur ses pas, marcha vers la chapelle.

Pendant que tous priaient, impassible et courbé,
Le baron seul semblait en lui-même absorbé.
De ces fronts prosternés détournant son visage,
Il écartait ses yeux qu'aveuglait un nuage,
Et morne, à cet élan qu'il eût dû partager,
Semblant ne rien sentir, il restait étranger.
Puis, à pas dérobés désertant la famille,
Sans un signe d'adieu, sans un mot à sa fille,
Avec le jour tombant il s'était esquivé...
Quel chemin a-t-il pris? Qu'était-il arrivé?...

Dans un vaste cachot, sous une voûte sombre,
D'une table massive à peine éloignant l'ombre,
Une lampe blafarde à ses côtés brûlait,
Et dans l'angle dressée, une couche attendait.
Que fait-il? De ses yeux sortent des feux sinistres :
Il classe des papiers, brûle de vieux registres,
Écrit longtemps, se lève, et le front hérissé,
Parcourt l'immense salle, ainsi qu'un insensé;
A force de lutter, dompte enfin son délire,
Revient prendre son siége, encor pressé d'écrire,
Et vaincu, cependant, sans souffle, à bout d'efforts,
Sur le lit, haletant, laisse tomber son corps.

Une fièvre de feu le brûlait sur sa couche :
Roulé dans les transports d'un délire farouche,
Du sommeil des démons une heure il s'endormit,
Et d'affreux soubresauts faisaient craquer son lit.

1863.

LES ÉMIGRÉS

CHANT VINGT-SEPTIÈME.

L'ENFER.

Juillet 1814.

Fletus et stridor dentium.

Pourquoi ce désespoir et cette angoisse étrange ?...
Dieu, pour suprême épreuve, avait au mauvais ange
Abandonné l'impie, et, dans ses jugements,
Permis qu'il vît de près l'enfer et ses tourments,
Accordant cette grâce à l'ange de lumière
Qui, pour sauver cette âme à son heure dernière,
Espérait, quand l'amour n'avait pu convertir,
La gagner par l'horreur, peut-être au repentir.
Du corps, au même instant, l'ange noir la sépare ;
Mais de peur que des sens son rival ne s'empare,
Il y laisse un démon, et serrant dans ses bras,
Le maudit qui d'ailleurs ne lui résiste pas,

Prompt comme la pensée, il se livre à ses ailes.
Au rebours des courriers à Dieu restés fidèles.
Tournant le dos au jour qui nous descend des cieux,
Il va par un chemin rapide et spacieux
Que traça dans la nuit d'une ligne plus noire
Le vol du vieux satan quand, fier de sa victoire,
Il rentra dans l'enfer que sa perversité
Venait d'ouvrir, hélas ! sous notre humanité.
Double y roule un courant : par l'un, vers les abîmes,
Les bourreaux triomphants emportent leurs victimes ;
Par l'autre, les démons vont, cinglant vers le jour,
Chercher d'autres damnés pour descendre à leur tour,
Et, plus bas par-dessous la vie organisée
Que les cieux ne sont haut par la pente opposée,
Au bonheur des élus caché par le cahos,
Il descend dans le vide aux éternels cachots.

Vaste et conforme au ciel est l'infernale enceinte ;
Mais au lieu des gradins qui, pour la tribu sainte,
Vers le trône éternel vont montant par degrés,
De bonheurs en bonheurs jusqu'aux sommets sacrés
D'où la source d'amour coule et remplit les âmes ;
Montagne renversée, à la cité des flammes,
De degrés en degrés, de douleurs en douleurs,
Le désespoir descend jusqu'en ses profondeurs.

Le chemin noir tombant par sa pente rapide
S'abat plus roide encor sur un espace aride

Qu'à mille pieds de haut, à pic de toute part,

Un cirque de granit ferme comme un rempart.

Là, coulé d'un seul bloc de rocher volcanique,

Monte et fuit dans la nuit le funèbre portique

Qui porte le fronton de la cité des morts,

Et, flanqué de bastions puissants comme des forts,

S'ouvre au fond le tunnel où les damnés sans nombre

S'engouffrent sous le cintre incandescent et sombre

Où, jusqu'au jugement, doivent être écrits

Les vers désespérés que le Dante a transcrits.

Du lugubre fronton, sur ce grand cimetière

Projetant les reflets de sa rouge lumière,

Un cadran gigantesque à l'œil épouvanté,

Sans mesurer le temps, répond L'ÉTERNITÉ !

Un serpent, dans le ciel ange autrefois agile,

De l'immuable horloge est l'aiguille immobile,

Et par l'axe central cloué pour son péché,

Sur l'éternel midi tient son dard attaché,

Cependant que, pendu par son immense queue,

Un dragon dont le corps couvrirait une lieue,

Serrant sa langue en flamme entre ses dents d'acier,

Forme au-dessous de lui l'énorme balancier.

Lentement suit son cours, l'aile à demi-ployée,

Sa masse qui d'un bord à l'autre est renvoyée,

Traçant un arc immense et que dans mille pas,

Les jambes d'un géant ne mesureraient pas.

A chaque terme atteint par la marche forcée,

Sans fin touchant au but, sans fin recommencée,

Le beffroi monstrueux au sinistre palais
Sonne et scande ces mots : *Jamais! toujours! jamais!*
A chaque mot tombé de la cloche infernale,
Le serpent se roidit sur sa couche fatale,
Sans qu'il puisse ébranler d'un effort insensé
L'arbre d'acier d'un coup par la foudre enfoncé.

Ce lieu jamais désert où le flot s'accumule
De la tombe éternelle est le grand vestibule.
Le courant qui descend du funèbre sentier
D'un cours non suspendu s'y verse tout entier,
Facile à vaincre à qui se refuse à le suivre,
Bientôt irrésistible à celui qui s'y livre,
Comme du noir serpent l'horrible attraction
A l'oiseau qu'a surpris sa fascination.
Ainsi la pente au fleuve a fait couler la source
Et le fleuve à la chute est poussé dans sa course :
Comme effrayée au loin du bruit qui retentit,
Dans sa couche trop tard l'onde se ralentit,
En un lac se concentre où, plus calme et tranquille,
Tournant sur elle-même, elle semble immobile ;
Mais courte est cette erreur. Asservie à ses lois,
La pente impérieuse a conservé ses droits,
Et sur l'horrible abîme un instant suspendue,
Chaque vague, à son tour, croule et tombe éperdue.
Ainsi des réprouvés les épais bataillons
Dans le cirque fatal roulent leurs tourbillons ;
Mais le nouveau venu ne fut point à l'abîme

Brusquement rejeté comme une autre victime :
Son aïeule, un démon, des degrés les plus bas,
A part du tourbillon l'emporta dans ses bras.

Pour la mère et le fils, de la bouche béante,
Si prompt que soit le vol, immense est la descente
Jusqu'au cercle profond qui du sombre escalier
Est la première marche ou le premier palier,
Dont la zone en largeur offre plus d'étendue,
Qu'en cent fois du regard n'en peut percer la vue.
Sur le sol parsemé de buissons rabougris,
Par milliers, les damnés seuls, muets, amaigris,
L'un à l'autre étrangers, dans l'ombre solitaire,
Sont debout comme un terme ou couchés sur la terre,
Et de l'œil qui doit voir, dans l'orbite enfoncé,
Du dehors en dedans le globe est renversé.
Comme Hector s'étonnait à ces spectres étranges :
« Ce cercle, fit la mère, est la prison des anges,
« Qui, dans le grand combat se rangeant à l'écart,
« Ni pour Dieu, ni pour nous au danger n'ont pris part.
« Entre eux sont les pécheurs qui, dans les jours suprêmes,
« Se sont dits MODÉRÉS, pour ne sauver qu'eux-mêmes,
« Sans souci d'un principe. En dedans retournés,
« A ne contempler qu'eux leurs yeux sont condamnés,
« Eux leur unique idole et leur seule science ;
« Mais dans ce froid désert, survit leur conscience,
« Elle est leur grand supplice, et ne pouvoir mourir
« Dans ce long désespoir les fait surtout souffrir. »

De la haute margelle, ainsi parlant, la mère
S'enfonçait dans la nuit comme dans sa lumière,
Seule avec son fardeau, jusqu'en ces profondeurs
Où, plus étroit, le cercle enceint plus de douleurs.

Moins sinistre à l'abord, d'aspect moins monotone
Semble être de Satan la deuxième couronne;
Mais là tout est menteur : âpres sont les vallons,
Epineux les bosquets, rocailleux les gazons.
Dans les réduits ombreux d'herbe moelleuse et douce,
Vipères et scorpions sont cachés sous la mousse ;
Les ruisseaux, dans leur cours qui ne tarit jamais,
Ne roulent que des pleurs par les vastes forêts,
Et sous la voûte où l'œil peut pénétrer les voiles,
Où l'aube est sans soleil, le couchant sans étoiles,
Dans les airs qu'il ébranle, un ouragan sans fin
Emporte les damnés roulés comme un essaim,
Tantôt lançant au loin contre les roches nues,
Tantôt laissant tomber les ombres éperdues.
Ainsi le voyageur devant lui voit soudain
L'air que rien ne troublait tourner sur son chemin,
Tourbillon d'abord faible et d'haleine inégale,
Etendre son rayon, activer sa spirale,
Concentrer la poussière, emporter dans les airs
Les feuilles pêle-mêle et des débris divers,
Et laisser retomber, confuses et froissées
Les feuilles qu'en fuyant sa trombe a dispersées.

« Mère qui pour les tiens n'as pas les dons d'amour
« Et ne demandes pas d'être aimée à ton tour,
« Fit Hector, à ton fils, pour un pareil supplice,
« Apprends quel fut le crime et quelle est la justice ? »

— « D'interroger, mon fils, tu pourrais t'abstenir,
« Fit la mère à son tour, si, par le souvenir,
« Ton esprit qui se plaît au commerce des sages,
« Du banni de Florence eût consulté les pages.
« Notre empire après lui n'a point changé ses lois :
« Ce qu'il sut, tu le sais; ce qu'il vit, tu le vois,
« Et ce groupe affolé qui s'enfuit et nous croise
« A tes yeux, comme aux siens, eût montré sa Françoise,
« Si pour mille ans l'enfer n'eût dû la séparer
« D'un reste de bonheur qui n'y doit pas entrer.
« Là sont les serviteurs qui dans les folles joies,
« Esclaves de leurs sens, ont marché par nos voies.
« Ils vivaient, sur la terre, au gré des voluptés
« D'une tempête à l'autre au hasard emportés,
« Et même après la mort, ils ont fait sur ces plages
« De leurs jours sous le ciel descendre les orages,
« A peine plus heurtés et plus tumultueux
« Que sous votre soleil l'air des voluptueux.
« Mais à leur désespoir laissons ces spectres blêmes :
« Ils n'ont servi l'enfer qu'en se perdant eux-mêmes. »

Comme, au-dessus des monts, le sinistre vautour
Plane et cherche de l'œil, traçant un grand contour,

10··

La crevasse où sa dent va dépecer sans haine
Le chevreau que sa serre a surpris dans la plaine ;
De même, décrivant de plus en plus étroits
Les cercles de son vol sûr et prompt à la fois,
Dans sa spirale immense, en plongeant dans l'abîme,
La mère entre ses bras emportait la victime.
« Pour toi pas n'est besoin, mon fils, de s'attarder
« Au troisième degré. Tu peux, sans aborder,
« Dit-elle, voir de loin, sous le fouet qui les presse,
« Les lâches que chez vous engourdit la paresse,
« Leur corset se hérisse en dedans d'aiguillons,
« Et les rois fainéants pressent leurs bataillons,
« Eux-mêmes stimulés avec des cris sinistres
« Par ceux qui sur la terre ont été leurs ministres.
« Rien ne t'arrête encore à ce cercle où reclus
« Sont les Sardanapale et les Vitellius.
« Sous formes de pourceaux vois leurs bandes infâmes :
« Comme les corps, la fange a déformé les âmes :
« Vivants ils s'y vautraient, ils y nagent sans fin ;
« La rejetant sans cesse, ils en ont toujours faim ,
« Sans honte ni souci des excréments fétides
« Par eux-mêmes vomis. Fuyons ces bords putrides !
« Franchis sans respirer cette infecte prison !
« Pour toi l'air de ces lieux pourrait être un poison.
« C'est assez pour moi-même, assez pour ta mémoire
« Des hontes dont l'enfer a tiré peu de gloire. »

Et d'un vol plus direct et plus rapide encor,

Vers le cinquième étage elle prit son essor.

« Fils, disait-elle, en bas plus les prisons sont noires,

« Plus les morts torturés, plus sont grandes nos gloires !

« Aux prodigues sans règle, aux avares maudits

« Celle où touchent nos pieds garde leur paradis.

« Sous cet air ensoufré, le teint hâve et l'œil terne

« Comme un charbon qui brûle au fond d'une caverne,

« Tels Dante les trouva, tels, après cinq cents ans,

« A ton tour tu les vois, livrés aux feux cuisants

« De la soif qui déjà les brûlait sur la terre,

« Former, pour s'écraser, leurs bataillons de guerre,

« Et comme, en sens inverse emportés par les vents,

« Les flots avec fureur, sur vos gouffres mouvants,

« Dans des joutes sans fin, sans fin recommencées,

« Leurs bandes se heurter, chaque fois enfoncées,

« En se jetant ce cri : Mort ! pourquoi détiens-tu ?

« Auquel répond le cri : Pourquoi dissipes-tu ?

« Sur leurs siéges de fer, mais rapprochés du centre

« Où plus intense encor la douleur se concentre,

« Remarque, non loin d'eux, nombrant sous et deniers,

« Usuriers et changeurs, maltotiers et banquiers.

« Penchés sur le comptoir, dans leurs mains qu'elle brûle

« Pour eux la plume d'or incessamment calcule,

« Sans qu'au brasier du cœur qui jamais ne s'éteint.

« Tant d'or puisse apaiser la soif qui les étreint.

« Par l'astuce et le dol, insoucieux de nuire,

« Ils ont sur votre terre amassé sans produire,

« Froids bourreaux, tour à tour, ou mielleux enjoleurs :

« Dans leurs rangs la justice a semé les voleurs

« Dont la ronde incessante et la froide malice

« Ne sont pas, même ici, leur moins poignant supplice. »

Déjà presque étouffé dans ces grands entonnoirs

De plus en plus profonds et de plus en plus noirs,

Hector, quand le sixième à ses yeux se dessine,

Sent l'air plus lourd encor peser sur sa poitrine.

Quel spectacle ! à ses pieds, pêle-mêle entassé,

Un cahos se déroule où tout est renversé.

De débris moins heurtés s'encombra la vallée

Quand, partagée en deux, la montagne ébranlée

Non loin de Gavarnie, au Gave épouvanté

Laissa crouler son flanc dans l'espace emporté,

Et dispersant au loin les blocs de ses murailles,

Du sommet jusqu'au fond mit à nu ses entrailles.

L'œil se trouble en sondant cet horrible séjour

Des feux d'un rouge sombre éclairé comme un four

Dont la voûte est la nuit, où les clameurs funèbres

Forment dans la tourmente un concert aux ténèbres.

Avant qu'il n'ait parlé, la mère entend son fils

Et répondant : « Ici méditer t'est permis,

« Dit-elle, où sont parqués tous ceux qui sur la terre

« Par l'astuce ou la force au faible ont fait la guerre :

« Du vassal ignoré les obscurs oppresseurs

« Comme des nations les grands envahisseurs,

« Renversant et brisant dans leur démence altière

« Peuples, justice et lois pour s'ouvrir la carrière.

« Ceux dont le brigandage a fait des assassins

« Bandits à la caverne ou sur les grands chemins,

« Et Sodome, et Gomorrhe, en qui la rage impure

« Dans eux-mêmes sans honte a tué la nature.

« Près d'Alexandre fou s'emporte Tamerlan,

« Près d'Attila César, Mahomet, Gengis-Kan,

« Et tant d'autres héros, que rejoindra peut-être

« Le conquérant fameux hier encor ton maître.

« Dans la fournaise enfin sont plongés tout entiers

« Les pécheurs dont la haine a fait des meurtriers :

« Caïn par qui la mort débuta sur la terre,

« Néron, l'infâme auteur du meurtre de sa mère,

« Et près d'eux ce vieillard qui te cherche de l'œil

« Et, déplorant ton sort, te désigne un fauteuil

« Que chauffent trois démons, en te montrant la place

« Où tu viendras fermer le cercle de ma race.

« Autour de lui rangés siégent, jeunes et vieux,

« Nos rudes descendants qui tous sont tes aïeux.

« C'est l'ordre d'un plus fort que ma voix t'avertisse

« Et d'avance et de près te montre ton supplice,

« Pour tenter ton courage, et voir si tu saurais

« Te repentir, peut-être, et changer les décrets... »

Mais lui se rejeta, rugissant de colère,

Comme jugé déjà dans le sein de sa mère.

« Très-bien ! mon digne fils ! » dit-elle en l'y pressant
Et, comme un crocodile, en ses bras l'enlaçant,
Vers la zone où la fourbe a sa geôle éternelle
Elle enfonça son vol en repliant son aile.

Dans cette horrible enceinte, autour du large bord
Qui ferme la prison plus douloureuse encor,
Pour prêtres des démons avec leurs acolytes,
Comme en procession tournent les hypocrites.
Non seuls ceux dont le front d'impudence vêtu
Sous un masque pieux a singé la vertu ;
Mais aussi les prudents qui, sans aimer les vices,
Lâchement s'en sont faits courtisans ou complices
Et suivant leur orgueil ou leurs ambitions,
N'ont, sur la terre, été que de vils histrions.
Sous la chape de plomb, dans l'immense cellule
La bande réprouvée incessamment circule.
Au rebours de la route où marche le damné,
Renversé sur le cou, le visage est tourné :
Une sueur infecte et les pleurs qui s'y mêlent
Sur les dos affaissés roulent et se congèlent.
Bien que, dans la poitrine enfermé, le brasier
Brûle comme la forge où se coule l'acier.

Hector suivait des yeux, tournant en sens contraires,
Les rangs des séducteurs, des fourbes, des faussaires,
Quand soudain il cria : « Quelle est cette beauté
« Qu'emporte en sa terreur tant de rapidité,

« Qu'ensemble, de si près serrent six mauvais drôles

« Que leur haleine en feu doit brûler ses épaules

« Et qui de son manteau, toujours d'elle écarté,

« Semble vouloir en vain couvrir sa nudité? »

Et la mère à son tour : « Que cette pécheresse,

« Puisqu'à sa peine encor ta pitié s'intéresse,

— Dit-elle, arrêtant court au milieu du chemin

La course obéissante au geste de sa main —

« Te réponde elle-même! » Et pour cacher sa honte

Se détournant un peu du regard qui la dompte,

Car, rebelle aux efforts de son bras, le manteau

S'écarte et se refuse au contact de sa peau;

La coupable vaincue : « Il faut parler, dit-elle,

« Je suis... J'étais... Je fus l'épouse criminelle

« Qui de son serviteur convoitant la beauté,

« Pour corrompre ce cœur plein de simplicité,

« D'embûches entoura sa naïve innocence;

« Qui jusqu'au désespoir poussant sa résistance,

« Le prit par ce manteau que seul et vide hélas !

« Au lieu de sa personne il laissa dans mes bras,

« Et pour venger l'affront fait à sa flamme impure,

« Au crime de la honte ajouta l'imposture.

« A mon tour, il faut fuir ces monstres forcenés

« Dans ma fuite éternelle à me suivre acharnés.

« Seuls vous les retenez; mais à vos lois rebelles,

« Je vois dans leurs regards d'horribles étincelles;

« Je sens leur élan pris et leurs jarrets tendus...

« Sur ma tête déjà leurs bras sont suspendus...

« Ah ! sauvez-moi ! Malheur !!! » Et la chasse infernale
Au loin déjà volait sur la piste fatale.

De lourds cintres de lave et leurs piliers de fer.
Gardent ceux qui séduits, par le vieux Lucifer,
Ont, des sociétés faussant les lois vitales,
Propagé l'anarchie et semé les scandales !
Là les chefs d'hérésie et les conspirateurs,
Révoltés au grand jour ou faux réformateurs :
Près de Photin, Luther et, pour prendre six femmes,
Le Roi qui de son peuple osa vendre les âmes.
D'un vol plus vertical, dans cet affreux tombeau
La mère, en s'abattant, déposa son fardeau.

« Quels sont » — fit le maudit dans ces gouffres fétides
Des peuples égarés flairant les homicides —
« Quels sont ces criminels qui, gorgés, non repus,
« Se baignent dans le sang de ces lacs corrompus,
« Et ces têtes partout de leurs troncs détachées
« Qui nagent autour d'eux sans en être tachées ? »
Et la mère : « Par nul, mon fils, ne saurais mieux
« Sur eux être informé qu'en t'informant près d'eux :
« Commande ! Ils répondront. » — « Toi qui, pressé de boire,
« Vis de ce sang fumant mêlé de fange noire,
« Fit Hector, dis ton nom et quels sont tes forfaits !
« — Pourquoi m'interroger, puisque tu me connais ? » —
Fit l'ombre, du marais sortant jusqu'à l'épaule
Et la main accrochée au tronçon d'un vieux saule —

« Je t'ai vu, te fondant sur un autre devoir,

« Bien qu'aussi perverti, combattre mon pouvoir.

« J'ai dépassé Cromwel, amassé les tempêtes,

« Renversé les tyrans et fait tomber leurs têtes.

« Celle-ci, la plus haute et dont tu sais le nom,

« M'assiége et me torture, imposant son pardon.

« Tu vois les grands parleurs des clubs de la Gironde :

« C'étaient les MODÉRÉS, mais changeants comme l'onde,

« Traîtres à leur devise ou tremblants devant moi,

« Sur l'échafaud leur vote a fait monter le Roi.

« Je ne parlerai plus : interroge le traître

« Qui barbote ici près, si tu veux plus connaître :

« Rouge est l'eau, mais j'ai soif. » Et dans l'affreux marais

S'enfonçant comme une hydre, il y but à longs traits ;

Mais la tête du Roi, dont s'écarte la boue,

Avant qu'il disparût, avait touché sa joue.

« Parle donc ! autre traître, à ton tour, fit Hector,

« Puisque sur ce damné tu l'emportes encor,

« Et devant le miroir qui fut ta conscience

« Dresse-toi tout entier, coupable, en ma présence ! »

Et le spectre émergeant : « Cruel est ton arrêt,

« Vivant damné d'avance, et pourtant je suis prêt.

« Que Satan t'engloutisse et sa lèpre te brûle !

« Mais ce n'est pas ici que la voix dissimule.

« Je fus de race antique; et nés du sang des Rois,

« Mes aïeux à leur sceptre ont affecté des droits.

« L'un d'entre eux, trop léger, près d'ici, dans la boue,

« Bien plus que dans le sang souffre moins qu'il n'y joue ;

« Mais du grand peuple il a, dévoyant les esprits,

« Sur le prince et le trône amassé les mépris.

« Plus indigne que lui, dans une intrigue infâme

« J'ai bavé le venin sur l'honneur d'une femme,

« Et vengeant dans le sang ses dédains envers moi,

« Déraciné ma souche et fait tomber mon Roi.

« Justement condamné par mes hideux complices,

« J'ai, comme eux et par eux, souffert tous les supplices,

« Sans avoir, même un jour, entre mes mains porté

« Ce sceptre par le crime et l'opprobre acheté. »

« Puisque encor des vivants tu verras la lumière,

« Fais connaître à mon fils les ordres de son père :

« Que par ruse ou surprise il ne rêve jamais

« Un trône pour lequel lui ni moi n'étions faits !

« Il trahirait la France et les destins prospères

« De ses fils mieux doués, peut-être, que leurs pères.

« Par leur sagesse encor je serais consolé,

« Car pour eux, non pour toi, si longtemps j'ai parlé. »

Honteux, pour disparaître à ces mots il s'arrête,

Mais se précipitant pour détourner la tête,

De Marat qui l'écoute il va heurter la dent

Qui s'attache à son crâne, et le monstre écumant,

De ses crocs d'enragé serrant d'étrange sorte,

En arrache un lambeau qu'en grondant il emporte.

. . . .

. . . .

Comment après l'aveugle et les sombres pinceaux
Du banni qui fouilla tous les puits infernaux,
Sans leur aile et privé de leur souffle sublime,
Comment oser plonger jusqu'au fond dans l'abîme,
Et sans crainte aborder l'archange détrôné
Qui, des splendeurs du ciel en vain découronné,
Règne encor dans la nuit sur la mort et l'envie,
Comme au ciel le Très-Haut, sur l'amour et la vie ?

Quand vers lui le Maudit pénétra jusqu'en bas,
Dans son palais de flamme il tenait ses États.
De là n'étaient absents ni les riches cohortes
Qui, la lance à la main, veillent aux hautes portes,
Ni les grands conseillers, politiques profonds,
Ni les chefs de police appelés des bas fonds,
Ni les docteurs versés dans la fausse science
Par qui l'orgueil au jour ferme la conscience,
Tous de l'homme ennemis à l'égal forcenés,
Tous d'une ardeur pareille à le perdre acharnés.
Et Satan, comme aux jours de la grande bataille,
De son trône de fer dressant sa haute taille :

« Amis, dit-il, ma force à l'enfer d'aujourd'hui,
« Dans le ciel d'autrefois ma gloire et mon appui,
« Au vainqueur qui d'en haut se prétend notre maître,
« Quoique son joug brisé le démente peut-être,
« Vous avez bien des fois fait échec en mon nom,

« Des champs pour lui semés récolté la moisson,
« Et le butin par vous conquis sur ses domaines
« Se voit assez par ceux qu'ici chargent vos chaînes.
« Un grand peuple pourtant, à son joug attaché,
« Jusqu'ici sous ses lois fidèle avait marché,
« Même dans l'ignorance et ses âges funèbres,
« Sans perdre son chemin traversé les ténèbres,
« Et luttant pour ses fers, fait de sa liberté
« L'invincible instrument de sa servilité.
« Le géant a vieilli : jeté hors de la route
« Qui l'avait préservé des erreurs et du doute,
« Je le vois, infidèle à ses traditions,
« Tendre sa voile au vent des révolutions.
« Hier, s'abandonnant à ses instincts de guerre,
« Il avait à ses lois presque soumis la terre ;
« Mais quand le monde entier pliait sous sa valeur,
« Il est tombé soudain sous sa propre grandeur.
« Empêchons, empêchez que l'antique édifice
« Ne sorte de l'abîme et ne se rebâtisse
« Plus solide, peut-être, et plus fort, cette fois,
« Par l'intime union du peuple avec ses Rois.
« A toi qui la rompis, ministre de discorde,
« D'empêcher qu'aux esprits ne rentre la concorde !
« Toi, surtout, par qui l'homme en naissant s'est perdu
« En recherchant tes dons dans le fruit défendu,
« Grand docteur de science et de fausse sagesse,
« Fais qu'avant tous, à toi l'aveuglement s'adresse !
« Dans la nuit de ses yeux fais briller tes fanaux !

« Pousse sa vanité vers nos dogmes nouveaux !

« Sous les noms spécieux de sage tolérance,

« Chez le juste lui-même endors la conscience

« Et qu'il ait, s'aveuglant sur sa complicité,

« En détestant l'erreur, peur de la vérité !

« Des esprits dans les cœurs fais passer l'anarchie !

« Que du ciel par les lois l'âme soit affranchie !

« Que le riche et le pauvre, hier encore amis,

« S'arment l'un contre l'autre et restent ennemis !

« Que pour tuer on tue et pour brûler on brûle !

« Qu'en ruines sans fin le passé s'accumule !

« Que le cahos soit fait sur ce corps énervé

« Avant que de la chute il ne soit relevé,

« Car cette race unique est un peuple d'apôtres

« Et par où vont ses pas, suivent les pas des autres. »

Sur ces mots applaudis de murmures divers

Se lève un réprouvé trop fameux. Le pervers

Appartient au démon de menteuse sagesse

Dont Satan a vanté la puissance et l'adresse.

On voit chez les vivants que sa tête a vieilli :

Les rides en tous sens creusent son front pâli ;

Caves sont tous ses traits, fin son nez ; son œil louche,

Reluit d'un éclat fauve et sinistre, et sa bouche

Fendue en ligne droite, aux deux coins forme un pli

Qui rit au mal rêvé, s'il n'est pas accompli.

Atroce est son supplice : un incendie intense

Du sol jusqu'à son front monte avec violence :

Sur ce front chauve et morne un éclair avait lui,
On crut qu'il s'allait joindre aux courtisans, mais lui :

« Roi , dit-il, d'apostats et de honteux esclaves,
« Toi-même esclave ici du maître que tu braves,
« Inventeur de tout mal, de tout bien corrupteur,
« Non moins lâche assassin qu'hypocrite menteur,
« Sous le ciel des vivants, enlacé dans ta trame ,
« Je t'ai, pour mon malheur, fait maître de mon âme.
« Dans mon aveugle orgueil, par toi déifié,
« J'ai déclaré la guerre au grand Crucifié,
« Craché sur ses autels où se courbaient mes pères,
« Bafoué sa morale, outragé ses mystères
« Et lancé contre lui, mon Sauveur et mon Roi ,
« Mes flatteurs à ta chaîne attachés avec moi.
« Chez ce peuple égaré que va perdre ta rage,
« J'ai, cinquante ans, été ta plus funeste image ;
« Par moi-même ou les miens habile à pervertir ,
« Creusé sous lui l'abîme où tu vas l'engloutir,
« Et soufflant dans les cœurs ton esprit de révolte,
« En semant ton faux grain , centuplé ta récolte.
« Mais si j'ai, si longtemps infidèle à mon sort,
« Répudié ma vie et vécu dans ta mort ,
« Moi, de tes vils complots l'instrument sur la terre,
« Je saurai dans ta cour affronter ta colère
« Et te faire subir, pour tant d'iniquité,
« Sur ton trône une fois au moins la vérité.

« Je t'abjure et te hais et, dans mon dur supplice,
« Dieu permet que soumis j'accepte sa justice.
« Il sait qu'un jour de plus, je m'allais repentir,
« Que du bourbier honteux j'aspirais à sortir,
« Si de mes vils amis l'odieuse cohorte,
« Au salut entrevu n'avait fermé ma porte.
« Je ne suis pas sujet de ta rage à toujours :
« Quand viendra le grand juge avec la fin des jours,
« Il me rejugera dans sa miséricorde.
« Puisque avec ses décrets ma volonté s'accorde,
« Que je te maudis seul, par toi supplicié,
« Mon passé peut encor, perfide ! être expié. »

« Sous ta pourpre menteuse et ton faux diadème,
« Cache dans le cancer qui te ronge toi-même,
« Et les larges sillons sur tes membres tracés,
« Quand la foudre du fils vous a tous renversés.
« Dans tes ongles d'acier torture les victimes
« Que tu punis toi-même, et de tes propres crimes ;
« Du sceptre d'histrion qui te brûle les mains,
« Aggrave encor le poids sur les troupeaux humains
« Et de nœuds plus serrés étreins-moi dans ta chaîne :
« Mon mépris de ta force est plus fort que ta haine,
« Je sais mes droits et suis immortel comme toi:
« Bourreau des désarmés ! tu prétends être Roi,
« Et tu n'es qu'un captif dans sa geôle éternelle ;
« Invincible, et le Fort te tient sous sa semelle ;
« D'une beauté d'archange, et tu n'es qu'un serpent,

« Le plus lâche au milieu de ton peuple rampant.

« Dans ce ciel renié de ta race parjure,

« Moi, j'irai revêtir encor la beauté pure,

« Et cesserai, peut-être, alors , de te haïr,

« Quand tu ne pourras plus ni tromper ni trahir

« Et que tu ne seras, avec ta bande impie,

« Sous ces tombeaux murés, plus compté dans la vie. »

A ces mots, dans l'enfer non encore entendus,
Les démons, stupéfaits d'abord et confondus,
Les yeux sur leur vieux maître attendaient en silence ;
Mais de tous les gosiers bientôt partit immense
Un ricanement tel, puis de tels hurlements,
Que l'abîme en trembla jusqu'en ses fondements,
Et qu'en sursaut, Hector s'éveilla. Son bon ange
L'attendait au chevet pour ce réveil étrange :
Jugeant l'âme ébranlée, il murmura tout bas
Quelques mots de salut, mais lui n'écouta pas.
Fermant l'oreille droite au gardien tutélaire,
Il présentait la gauche à la voix du faux frère,
Et dans son désespoir, jusqu'au bout résistant,
Il s'enfonça plus bas, toujours impénitent. .

1871.

LES ÉMIGRÉS

CHANT VINGT-HUITIÈME.

LE DOIGT DE DIEU.

Juillet 1814.

*Lacum aperuit et effodit eum, et incidit in foveam
quam fecit.* [Ps. VII.]

A son réveil, trempé d'une sueur glacée,
Le maudit, dans sa tête, arrêtait sa pensée.
Sur son corps affaissé gardant son front hautain,
Par les bois, vers Morville il reprit son chemin,
Dans la salle d'honneur s'installa pour attendre,
Ordonna d'inviter la famille à s'y rendre,
Et tous étant assis : « Vous avez entendu,
« Hier, dit-il, celui que la mort a rendu :
« A mon tour aujourd'hui ! puisque enfin dans la chute
« C'est moi qui dois périr au terme de la lutte.
« Qu'on ne m'arrête pas, quel que soit mon discours,
« Car j'ai beaucoup à dire, et mes instants sont courts.

« De l'enfer à mon sein vient l'air que je respire :
« L'enfer est la patrie où ma nature aspire,
« Et je pars pour ma place au royaume infernal... »
« — Mon père ! ! ! exclama Blanche à ce début fatal... »
« — Moi ! votre père?... Oh ! non ! je n'ai pas de famille,
« Blanche ! rassurez-vous ! vous n'êtes point ma fille,
« Votre souche est plus saine, et quand tout vous saurez,
« Plus que personne ici, vous vous applaudirez.

« Le mal, c'est mon sang même, et chez tous mes ancêtres
« Dans l'art de l'accomplir, j'ai pu chercher des maîtres ;
« Mais un jour cet instinct s'était découragé ;
« Même en vertus un ange en moi l'aurait changé...
« Quel ange ! ! ! Oh ! je l'aimais sans mesure ! et, peut-être,
« Cet amour tout céleste eût transformé mon être ;
« Mais tu me l'as ravi, ne me laissant à moi,
« Qu'à me venger, Morville, et sur elle et sur toi.
« Reviens sur tes malheurs ! Sens-tu la main cachée
« Qui l'a, par ton exil, de tes bras arrachée?
« La vois-tu quinze mois languir sous les verrous?
« Avec elle son fils mourir sur ses genoux,
« Victime, sans Monvert, à ma rage immolée ?
« Avant ces jours, ta fille en son berceau brûlée,
« Morte, je le savais, et pour elle et pour toi,
« Mais dans mes mains tombée et vivante pour moi?
« Me vois-tu triomphant te brûler la cervelle?
« De ta mort à ta Berthe apporter la nouvelle,
« Et, vengé du rival qu'elle avait tant aimé,

« Briser enfin ce cœur que tu m'avais fermé?

« Te poursuivre en ton fils, enlacé dans la chaîne

« Qu'implacable sur vous tendait partout ma haine

« Et dont Monvert, enfant l'avait sauvé d'abord ?

« Jeune et beau, sans pitié le vouer à la mort

« Quand le préserva seule, une nuit solitaire,

« La main fatale à moi du jeune téméraire

« Dont l'oreille m'entend, dont le cœur me maudit ?...

« Un fol espoir alors traversa mon esprit,

« Et cet égarement, mon orgueil s'en accuse :

« Songez au mendiant joueur de cornemuse,

« A l'étranger gîtant près de vous à Villiers,

« Au cocher vous menant jusqu'à Tours, de Poitiers,

« Préparant sous vos pas sa marche souterraine,

« Et reconnaissez-moi, vous, monsieur de Beauchêne,

« Qui portâtes, un jour, mon honneur dans vos mains

« Et m'avez dominé par l'arrêt des destins !

« Sottement je rêvai d'assurer ma famille

« En donnant pour époux un Morville à ma fille,

« Et, cette fois encor déçu dans mes projets,

« Je fis à l'empereur signaler deux sujets

« Jeunes, riches et fiers, mûrs pour sa boucherie,

« Que dans leur opulence oubliait la patrie....

« Sur ce terrain encore ils ont seul réussi :

« Tous deux devaient périr, ils sont tous deux ici,

« Et ton fils, non content d'échapper à ma haine,

« Triomphant, avec lui toi-même il te ramène.

« Vaincu sur tous les points, je me rends et suis las

« De ce rôle de dupe et d'infâme ici-bas.

« Maudit, déshérité, sans espoir, sans famille,

« Au vrai père aujourd'hui je remettrai sa fille :

« A ce monde odieux c'est mon suprême adieu,

« L'adieu du dernier jour ! »

　　　　　　　　　　　— « Y songez-vous ? grand Dieu ! »

Fit Morville. — « Sachez qu'Hector de Sainte-Terre

« Est de race et de cœur qui ne plaisantent guère !

« Ce qu'il dit, il le fait, et ce serait trop tard

« Qu'il fît mentir le sang de Valbrun le Bâtard...., »

« — Valbrun !! Vous l'avez dit ? » — Vraiment ! Valbrun

« Rejeton desséché de la race anathème,　　　[lui-même,]

« Qui ne s'est pas montré l'égal de ses aïeux

« Et qui, pourtant, fut brave et maudit, ainsi qu'eux.

« Mais il faut qu'à ce point un instant je m'arrête,

« Puisque mon jour de deuil est pour vous jour de fête.

« Blanche, à votre vrai père allez tendre les bras !

« J'affirme, et d'une voix qui ne vous trompe pas :

« Blanche de Sainte-Terre est Blanche de Morville. »

Et comme, stupéfait, le vrai père immobile

Hésitait. — « C'est ton sang, Morville, et tu vois bien

« Qu'elle est le vrai portrait de ta Berthe et le tien.

« Belle comme sa mère, elle est aussi parfaite,

« Et sur Valbrun partout ta victoire est complète. »

Foudroyée et tombant entre les bras d'Edgar,

Blanche, à ces mots, restait sans souffle et sans regard,

Et Maurice attirant sa tête renversée :

« Chère enfant ! si Valbrun a bien dit sa pensée,

« Fit-il, et dans mon cœur je sens qu'il ne ment pas,

« Pour Edgar et pour vous j'ai place entre mes bras.

« Vers vous déjà mon sein s'ouvrait avec tendresse,

« Et c'est plein de bonheur que ma main vous y presse.

« Surmontons de nos cœurs la juste émotion

« Et jusqu'au bout suivons le récit du baron. »

Et Blanche à sa parole entr'ouvrant sa paupière :

« Être la sœur d'Edgar et l'enfant d'un tel père !

« Sur ces cœurs généreux pouvoir presser mon cœur !...

« O mon Dieu ! permettez qu'un semblable bonheur

« Pour moi ne reste point une erreur d'espérance ! »

Et le baron : — « J'en vais confirmer l'assurance,

« Puisqu'il me faut à tout renoncer aujourd'hui,

« Et qu'en songeant à moi, j'aurai tout fait pour lui.

« Morville, vous savez nos luttes intestines

« Et les serments jurés sur Valbrun en ruines.

« Rejetons élagués de l'arbre paternel,

« De père en fils maudits par vice originel,

« Nous naissions pour haïr et dessécher la branche

« Qui du tronc maternel a monté droite et franche.

« A ce legs de mon sang je n'ai point dérogé,

« Et pourtant j'ai dit vrai : l'amour m'avait changé.

« Grâce à Berthe, un instant j'ai senti dans mes veines

« Un reste de ce sang dont les vôtres sont pleines,

« Et pour son cœur, mettant le mien à l'unisson,

11*

« Je reniais ma race et mentais à mon nom ;

« Mais j'ai perdu mon ange et de ma destinée

« Repris, moi le maudit, la tâche abandonnée.

« J'ai pu, déjà proscrit mais bravant les dangers,

« Rentrer dans mon pays sous des noms étrangers

« Pour chercher notre enfant que réclamait sa mère,

« Fugitive avec moi sur la terre étrangère :

« Cette enfant, notre fille, est morte, dans mes bras.

« Je sus corrompre alors, en cachant ce trépas,

« Ta nourrice trop faible, autrefois ma maîtresse,

« Sous ton toit par mes soins poussée avec adresse,

« Et mis dans ton berceau mon cadavre, emportant,

« Aidé par la nourrice, avec moi ton enfant.

« Cette femme à mon sort follement attachée,

« Dans la tour de Valbrun à cette heure est cachée :

« Demain, venez l'y prendre. Elle conserve encor

« Le portrait de la mère, avec le collier d'or

« Et bien d'autres objets dont pendant la journée,

« Au temps de votre orgueil, ta fille était ornée.

« La complice depuis se repent et gémit

« Et dans ses mains, hier, j'ai laissé par écrit

« Un récit grâce auquel Blanche pourra reprendre

« Avec son nom les droits que tu voudras lui rendre.

« Tu la reçois le cœur aussi pur que le jour :

« Pour elle aussi j'avais comme un culte d'amour,

« De cet amour sans nom que m'inspira sa mère.

« Elle en a les vertus, le cœur, le caractère,

« Et le seul sentiment par qui je tienne à vous

« Est, à cette heure encor, ce sentiment jaloux. »

« — Vous l'aimiez !... Mais le cœur frémit à vous entendre,
« Fit Morville : en l'aimant, si j'ai su vous comprendre,
« Dans le lit de mon fils vous auriez mis sa sœur !!! »
« — Qu'aurais-je fait qu'Adam n'ait point fait ? » — « Quelle
« — O vous, honnêtes gens ! vous avez des scrupules [horreur!»]
« Que ce premier grand-père eût trouvés ridicules,
« Et pour vous, je ne suis, moi, pas même un chrétien,
« Pour penser ce qu'il fit devant Dieu bel et bien...

« Donc Valbrun est à vous, et la tour de la Morte
« Devant vous dès demain ne sera plus sans porte.
« Là dort l'aïeul coupable et funeste à jamais
« Auteur de tous vos maux et de tous nos forfaits ;
« Là Bérengère, et l'auge où ne prit jamais place
« Celle qui pour la perdre enfanta notre race.
« Rien ne sortira plus de ce sang corrompu :
« En moi finit la chaîne et le charme est rompu....
« Toi, mort ressuscité, je t'ai rendu ta fille,
« Non pas pour rehausser son lustre de famille,
« Car je la vois livrée à des bras que je hais
« Presque autant, je le sens encor, que je l'aimais.
« Mienne, Blanche jamais n'eût été roturière,
« Car, après six cents ans, c'eût été la première
« De cette race illustre et sortant de haut lieu,
« Fière et puissante assez pour braver jusqu'à Dieu. »

« Mais des forts d'autrefois les races condamnées

« Ont, depuis trois cents ans, trahi leurs destinées.

« L'empire avec leur sang par leurs bras élevé,

« Les fils dégénérés, qu'en ont-ils conservé ?

« Ils avaient mis le joug à ces Gaulois frivoles,

« Moins fiers que vaniteux, amoureux de paroles,

« Qui, toujours agresseurs et subjugués toujours,

« Comme la plume au vent changeant aux vains discours,

« Du foyer bouillonnant n'envoyaient sur le monde

« Que les torrents perdus d'une lave inféconde.

« Ce peuple turbulent, que rien n'a converti,

« Pour mille ans sous la règle au joug assujetti,

« A force de vigueur et de persévérance,

« Les Francs, en le domptant, en avaient fait la France ;

« Mais les Francs, où sont-ils ? Ils ont laissé les rois

« Pour doter les vaincus, s'approprier leurs droits,

« Et tandis qu'autour d'eux l'intrigue ou la faiblesse

« De l'honneur et du sang dégradaient la noblesse,

« Ils ont dans leur sommeil persisté jusqu'au jour

« Où le vaincu, prenant sa revanche, à son tour

« Du sol par lui conquis, sur la terre étrangère

« A contraint le vainqueur d'emporter sa bannière.

« La France est morte ! en vain ses rois dégénérés

« Lui reviennent au nom de leurs droits restaurés :

« Eux-mêmes de ces droits ils font déjà litière,

« Et cédant au torrent sans regarder derrière,

« Avant peu dans l'abîme ils seront descendus :

« La France est, désormais, la Gaule, et rien de plus !

« Vous la verrez, rendue à ses vicissitudes,
« Appeler sur son front toutes les servitudes ;
« S'agitant sur un sol où l'ordre est sans appui,
« Sans songer au demain renverser l'aujourd'hui,
« Sourde éternellement à la voix qui conseille,
« Jusqu'au jour où ce peuple oublieux de la veille,
« Toujours prêt pour la chaîne en criant LIBERTÉ !
« Et que pour son salut nos bras avaient dompté,
« Epuisé de lui-même en futiles querelles,
« Verra, courbant le front sous des vagues nouvelles,
« Descendre ces torrents du Nord à qui ses mains
« Viennent si follement d'enseigner leurs chemins.
« Devant cet avenir, pour les hommes de race
« Il n'est, sur votre sol, désormais plus de place :
« J'abandonne la mienne à temps et dégoûté,
« Pour l'abîme où je rentre avec l'éternité. »

Si révoltant qu'il soit, quelque horreur qu'il inspire,
Tous voudraient apaiser ce funeste délire.
Un reste de pitié pour ce grand désespoir
De ce dernier effort fait un dernier devoir,
Et Blanche, en l'appelant encor du nom de père,
Le conjure et l'implore en évoquant sa mère ;
Mais lui, les écartant du geste avec dédain :
« A Valbrun, reprend-il, on vous attend demain.
« Mon corps y sera seul. A la tour du supplice
« Tout le jour, pour l'ouvrir, veillera la nourrice
« Et de sa bouche, alors, non par moi, vous saurez

« Des secrets qu'autrement jamais vous n'apprendrez.

« Ne redoutez de moi ni piége ni surprise :

« Je vous lègue au bonheur que je hais et méprise ;

« Ne poussez pas plus loin des efforts superflus :

« J'ai dit mon dernier mot et ne répondrai plus. »

Se levant sur ces mots d'un désespoir farouche,

Pour ne la plus ouvrir il referma la bouche

Et sombre, objet d'horreur et d'effroi pour chacun,

A pas lents, il reprit le chemin de Valbrun.

Plus Blanche se livrait à l'amour de son père,

Plus lui-même en la fille il retrouvait sa mère,

Plus Edgar, à son tour, s'enivrait du bonheur,

Et Marie avec lui, de la nommer sa sœur.

Seul René se taisait. « — D'où te vient la tristesse ?

« Général », demanda Morville avec tendresse

« Et lui prenant la main : « — Je me disais qu'hier

« Trop vite de mon sort je m'étais senti fier... »

« — Tu ne regrettes pas, cependant, je l'espère,

« Mon fils, de n'avoir pas le baron pour beau-père ? »

« — Oh ! le rang de sa fille a pour moi trop monté !!! »

« — Quoi donc ! interrompit Maurice avec bonté,

« Crains-tu que les enfants du compagnon fidèle

« Que dans l'exil j'aimais d'amitié fraternelle,

« Qui pour sauver mes jours est mort à mes côtés,

« Par moi ne puissent pas sans honte être adoptés ?... »

Et Blanche intervenant : « — Puisque avec ma franchise

« L'amour de notre père à parler m'autorise,

« Général, mon ami, sans crainte écoutez-moi :
« Quand j'ai cru mon sang pur, je vous donnais ma foi ;
« Mais quand j'ai vu celui que je croyais mon père
« Souillé de tant d'horreurs, Blanche de Sainte-Terre
« N'aurait point balancé. La fille du baron,
« Plutôt que d'entacher votre jeune blason,
« Renonçant au bonheur d'aimer et d'être aimée,
« Eût couru droit au cloître et s'y fût enfermée.
« Donc, rendez grâce au ciel, mon ami, car c'est vous
« Que de mon père ici j'accepte pour époux. »
« — Bravo ! ma digne enfant, fit le comte : elle t'aime,
« Et te voilà mon fils, comme mon fils lui-même. »
Puis unissant leurs mains : « Du ciel soyez bénis
« Comme tous deux du cœur, enfants ! je vous unis ! »

. . . .

. . . .

Quelque horreur qu'inspirât le baron, quelque haine
Qui suivît ses forfaits, les cœurs étaient en peine,
Et devant tant d'orgueil si bas humilié,
Malgré ses attentats, tous sentaient la pitié.
Il avait sur son front confessé l'anathème,
Détesté sa nature en se jugeant lui-même,
Accusé les destins en maudissant son nom...
L'aveu du désespoir poussait vers le pardon.
Blanche pour le haïr, si mal qu'il eût pu faire,
Trop jeune et trop longtemps l'avait nommé son père,
Et d'un secret effroi tout le château frappé
D'un voile de stupeur restait enveloppé.

Lorsque sonna minuit, à travers les vallées
Du beffroi redouté les sinistres volées
Roulèrent tout à coup leur lugubre tocsin.
Lente et grave d'abord, bientôt la voix d'airain
Par degrés, sous l'effort d'une main frénétique,
Précipita les sons de son glas satanique,
Jusqu'à l'heure précise où l'aurore, du jour
Par sa blancheur naissante annonçant le retour,
Un dernier son gronda comme un coup de tonnerre,
Suivi d'un fracas tel qu'il fit trembler la terre.

1870.

LES ÉMIGRÉS

CHANT VINGT-NEUVIÈME.

VALBRUN ET MORVILLE.

Juillet 1814.

Restait pour tous les cœurs de ces scènes funèbres
Comme un reflet dans l'air de l'horreur des ténèbres.
Du passé dévoilé les lugubres tableaux
Présageaient un désastre ou des forfaits nouveaux :
Si pénible qu'il fût d'éclaircir le mystère,
Il fallait jusqu'au fond faire entrer la lumière,
Et tous se recueillant, sans remettre à demain,
Du repaire sinistre avaient pris le chemin.

Bientôt à leurs regards, sans toit, porte béante,
S'offrit la tour. Devant, une femme tremblante
Sur le pont abaissé debout les attendait :

« Il n'est plus ! il n'est plus, l'esprit qui m'obsédait,
« Criait-elle, appprochez ! Sous la cloche infernale
« Qu'a fait avec le toit crouler sa main fatale,
« Lui-même il s'est broyé : je suis libre aujourd'hui,
« Et sa race maudite est éteinte avec lui.... »
Et comme, jusqu'au bout défiants du perfide,
Ils avançaient d'un pied prudent, sinon timide :
« Oh ! reprit-elle encor, c'en est fait ! Le païen
« Ni sur vous, ni sur moi, désormais ne peut rien.
« Voici la porte unique ouvrant sur la bascule
« Qui trébuchait béante au puits du vestibule ;
« Mais la bascule est fixe et le puits est muré ;
« Voici l'écrit pour vous en mes mains demeuré,
« Car c'est bien vous, monsieur, vous le comte Maurice ?... »
« — Moi-même ! et vous, qui donc ? » — « O moi ! moi la
                                                  [nourrice]
« Qui, déplorant son crime, ai vécu tour à tour
« Errante ou renfermée en cette horrible tour.
« Elle vit, mon enfant, a-t-il dit, et peut-être...
« Ah ! c'est elle ! et mon cœur ne peut la méconnaître »,
Dit-elle, sous le poids de sa honte étouffant
Et le front sur ses pieds : « Oh ! c'est vous, pauvre enfant !
« Vous qu'avec tant d'amour de mon lait j'ai nourrie
« Et qu'un jour, folle hélas ! j'ai cependant trahie !
« Oh ! par le châtiment que depuis j'ai souffert,
« Enfant ! qu'à la pitié votre cœur soit ouvert !
« De votre noble père obtenez qu'il pardonne !
« Si belle, ô mon enfant ! vous devez être bonne !

« Par le Dieu que pour vous jour et nuit j'ai prié
« Et qui pardonne à tous, Enfant! Grâce et pitié!
« Souffrez, vous consacrant le reste de ma vie,
« Qu'enchaînée à vos pas, je rachète et j'expie
« Envers le ciel et vous, par tout mon dévoûment,
« L'oubli vingt ans pleuré d'un jour d'aveuglement!...»

Sans répondre d'abord, mais la pitié dans l'âme,
Blanche, essuyant ses yeux, releva cette femme
Qui, pressant ses genoux, à force de souffrir,
Semblait dans cette étreinte être près de mourir,
Et prenant cette main, pourtant si criminelle,
Fit grâce en promettant de la garder près d'elle.
Se remettant alors, sûre de son pardon :
« Je connais trop, fit-elle encor, cette prison,
« Et l'ordre du païen tombé sous l'anathème
« Est de vous tout montrer, comme il l'eût fait lui-même. »

. . . .
. . . .

Comme un serpent caché dans l'épaisseur des murs,
L'escalier, se tordant, roulait ses plis obscurs,
Ne recevant du ciel que la rare lumière
D'un abat-jour étroit ou d'une meurtrière,
Et du sol au sommet, dans son vaste contour,
Trois fois de sa spirale il embrassait la tour.
A cent pieds, sur son flanc, sans suspendre sa route,
Une poterne entrait sur la première voute,
Et trente pieds plus haut, un étage pareil

S'ouvrait par les créneaux aux rayons du soleil.
Aux regards stupéfaits sous leurs énormes dalles,
Ces étages égaux offraient d'immenses salles,
Que portaient sans fléchir jusqu'à cette hauteur
Des massifs effrayants de poids et d'épaisseur.
Au centre de chacun, béante et circulaire,
L'une plongeant dans l'autre en perpendiculaire,
Une bouche s'ouvrait en margelle de puits,
Par où se transmettaient les ordres reproduits,
Montant ou descendant à travers les étages,
Et devaient s'élever, hissés par des cordages,
Les fardeaux, les engins, armes des défenseurs,
Pour broyer ou chasser au loin les agresseurs.
Au sommet, les créneaux dont la haute coiffure
Couronnait l'édifice et portait la toiture
Chargée hier encor du monstrueux beffroi.
Mais de toutes les voix partit un cri d'effroi,
Quand, parmi les débris de ce toit séculaire,
Sur les pavés sanglants on trouva Sainte-Terre
Moitié sous le bourdon qui, croulant sous l'effort
Avec ses lourds appuis, de son large rebord
Avait, sans se briser dans sa chute effroyable,
En deux parts séparé le corps du misérable.

. . . .
. . . .

Il fallut voir enfin, descendus de la tour,
Dans ses réduits secrets ce lugubre séjour.
Au plain-pied, sur le sol, régnait la salle obscure

Que de la haute voûte éclairaient l'ouverture
Et des huis, qui masqués du dehors aux regards,
Laissaient filtrer du ciel quelques rayons blafards.
Deux torches dans les mains, tout d'abord, la nourrice,
Parcourant tous les coins du lugubre édifice,
A la rouge lueur de ses tristes flambeaux
Des premiers fondateurs éclaira les tombeaux :
Hugues et Bérengère, et l'auge où la sorcière
N'avait pas laissé d'elle un seul grain de poussière ;
Puis, la fosse, à côté, que pour l'y déposer,
Le baron de ses mains s'était voulu creuser.
De là faisant tourner dans l'épaisse muraille
Sur ses gonds enrouillés une pierre de taille,
Elle ouvrit devant eux, ses torches dans les mains,
L'escalier qui plongeait dans les grands souterrains.
Trois portes, reposant sur d'énormes ferrures
Et qu'en dedans fermaient et verrous et serrures,
De cuirasses de fer doublaient leurs madriers
Et tournant lourdement sur les étroits paliers,
Coupaient en trois la basse et périlleuse échelle,
Et le cœur se serrait d'une angoisse mortelle,
Au penser qu'aposté dans un coin ténébreux,
Un traître encore eût pu les fermer derrière eux.

Enfin, sous le rocher qui fermait la colline,
Construits en haute voûte ou creusés par la mine,
Au plain-pied du troisième et du dernier palier,
Plongeaient les souterrains, véritable atelier

Où se voyaient, rangés près du charbon-bitume,
Les métaux, les creusets, les marteaux et l'enclume,
Les coins en place encor, près du grand balancier,
Et plus loin, une presse et des planches d'acier
Avec de faux billets gravés à s'y méprendre.
Un rapide coup d'œil suffit à tout comprendre :
Les bruits sourds dans la nuit entendus, les vapeurs
Qui de l'antre infecté perçant les profondeurs,
Du rocher par filets pénétraient les fissures,
Et, portant jusqu'au sol leurs effluves impures,
Confirmaient les vains bruits que par d'affreux chemins,
Valbrun jusqu'à l'enfer poussait ses souterrains.
Un long boyau parti de ce hideux repaire,
Ouvrait sur les débris du château solitaire,
Où, par des soupiraux savamment ménagés
Pour chasser des parois les miasmes dégagés,
Soufflaient des courants d'air sous les voûtes profondes,
Qui faisaient respirer dans ces antres immondes,
Et de la roche même un énorme quartier
Pour en masquer l'accès se tournait tout entier....
De ce dédale affreux, témoin de tant de crimes,
Dont nul n'eût pu savoir le nombre ou les victimes,
Tous, pressés de sortir, par le seuil de la tour
Revinrent sous le ciel à la clarté du jour.

. . . .

. . . .

A Morville où partout rentrait la confiance
On sentait sur les fronts planer la Providence,

Et des maux réparés et des plans d'avenir,
On pouvait, désormais, tout haut s'entretenir.
Le comte, cependant, voulut dans le mystère
Au moins un temps encor se cacher au vulgaire,
Et connu par son nom dans les murs du château,
Pour les yeux du dehors rester sous le manteau.
Brisé d'émotions, à peine en sa famille
Il avait eu le temps de retrouver sa fille,
De se sentir en paix reconnu par son fils,
Dans ses bras fatigués de presser ses amis,
Et sur ses quatre enfants partageant ses caresses,
D'abandonner son âme à ces saintes faiblesses.
Blanche, Edgard excepté, du jour qu'elle eut perdu
Celle qui fut sa mère, au moins on l'avait cru,
N'avait point rencontré, dans le monde exilée,
D'âme qui répondît à son âme isolée.
Au vase qu'en tombant trop vite il a rempli
Le bonheur est sans fond, concentré, recueilli,
Et le flot contenu, qui pourtant surabonde,
Est puissant, mais paisible, ainsi que l'eau profonde.
Dans le calme de l'âme et le doux abandon
Marie avec sa sœur était à l'unisson ;
Mais elle avait vécu de soins et de tendresses,
Sa voix était d'amour, son regard de caresses ;
Dans son être le calme heureux et confiant
Aussi maître de l'âme était plus souriant,
Et la nature en elle, à l'égal dévouée,
Sans être moins intime, était plus enjouée.

Quel bonheur pour ce père ! en pressant dans ses bras
Ces deux anges du ciel qui ne le quittaient pas,
A côté de l'amour si profond et si tendre
De leurs deux fiancés, l'un fils et l'autre gendre !

Il lui fallut encor, par ses amis pressé,
Reprendre son récit deux fois recommencé,
Et sous leurs yeux au long exposer son histoire :
« Sauvé, prodige auquel à peine il pouvait croire,
En Russie où proscrit on l'avait recueilli,
Il fut par l'Empereur noblement accueili,
Et pour porter la vie à ses forêts d'Ukraine,
Le Prince l'y dota d'une immense domaine.
Riche en était le sol, pauvres les habitants
Qui parqués au désert, au reste indifférents,
Vivant de leur misère et de leurs habitudes,
Croyaient fini le monde avec leurs solitudes,
Et ne soupçonnaient pas qu'on en pût au dehors,
Pour s'enrichir soi-même, écouler les trésors.
Il avait au désert introduit la culture,
A sa torpeur stérile arraché la nature,
Décuplé les colons et centuplé les fruits,
Créé vers l'étranger leur route à ses produits,
Et sur l'immense fief, grand comme une province,
Vécu dans l'opulence, honoré comme un prince,
Avec ses coffres pleins et ses vassaux heureux.
Mais en vain la fortune avait passé ses vœux,
Et qu'importait au deuil de son cœur solitaire ?...

Aussi, las de l'exil, lorsque cessa la guerre,
Un puissant de la cour convoitant son trésor,
Il en fit l'abandon pour dix millions en or
Qui, joints à somme égale épargnée à l'avance,
Ensemble étaient versés à la banque de France.
Il avait donc sans gêne aux pauvres prisonniers
Pu jusqu'à la frontière adoucir les sentiers,
Et devant son enfant, retrouvé par miracle,
Pour un trajet rapide aplanir tout obstacle. »

« Mais près de ce cher fils comme il avait souffert
En fermant pour ses yeux son cœur à peine ouvert !...
Et pourtant au baron, l'auteur de tant de crimes,
Il lui fallait cacher jusqu'au bout ses victimes,
Pour que, domptant le monstre, il pût, comme aujourd'hui,
En arrachant son masque être maître de lui.
Le marchand qu'au château Blanche avait vu paraître,
Qu'à Beauchêne on traita de charlatan peut-être,
C'était lui dont le front ne s'était découvert
Qu'au prêtre vénéré confident de Monvert,
Grâce auquel, vers l'ami dont il cherchait l'asile,
Il s'était pu tracer une route facile,
Préparant par René les plans exécutés. »

Enfin sur lui le ciel épuisait ses bontés :
Il l'avait ramené sur la tombe où sa cendre
Avec sa tendre Berthe aspirait à descendre ;
Il retrouvait, fidèle à son sang demeuré,

Riche d'honneur, le fils qu'il avait tant pleuré ;
Un coup du ciel encor, complétant sa famille,
Quand morte il la croyait, lui rendait dans sa fille
Pour mettre dans ses bras un digne enfant de plus,
De Berthe à son printemps l'image et les vertus.
Enfin, près de son fils loyal autant que brave
Le ciel encor faisait croître une fleur suave,
Couronne pour sa tête avant qu'il la connût
Et déjà sienne avant que vivante il la sût.
Et cependant, dit-il la lèvre souriante,
En tendant à Marie une main caressante :
Vous seule, enfant, perdez à ce tour du destin :
Votre frère d'hier, votre époux de demain
Voit d'un cran s'abaisser son degré de noblesse :
Comtesse deviez être et serez vicomtesse.... »
Et Marie à son cou des deux bras s'attachant :
« Mais vous serez mon père et je suis votre enfant ! »

Bien qu'au monde il cachât encor son existence,
Pour la double union qui s'apprêtait d'avance,
Du regard des fâcheux sous son voile abrité,
Le comte avec Monvert avait tout concerté.
Se souvenant alors qu'à l'illustre Bellune
Les jeunes fiancés avaient dû leur fortune,
En son nom par tous deux il le fit inviter,
Et parmi les amis qui devaient l'assister,
Il obtint que Levieux, dont il trouva la trace,
Avec son digne fils vînt aussi prendre place.

De plus, jeunes et beaux encor, dans leurs foyers
Étaient après dix ans rentrés trois grenadiers
Qui, fleur de leur village, honneur de leurs familles,
N'auraient qu'à préférer entre les jeunes filles.
Appelés à Morville, ils convinrent tous trois
Que déjà chacun d'eux au cœur avait son choix,
Et Monvert, de Maurice acceptant la pensée,
Avait fixé sa dot à chaque fiancée,
Pour qu'un bonheur égal, dans un même tableau
Unît au même autel la chaumière au château. »

Quand le jour fut venu d'écarter tout mystère,
Morville à ses colons fit annoncer leur père.
Tout d'abord ébahis, puis cédant aux transports,
Sous mille aspects leur joie éclatait au dehors :
Il les voulait tous voir, sans ménager les heures,
S'asseoir au milieu d'eux dans leurs humbles demeures,
Au bonheur de ses fils tous les associer
Et de sa propre voix chez eux les convier.

De la joie imprévue au vieux donjon rentrée
Le bruit, comme un éclair, passa sur la contrée,
Et le flot des amis, après un si long deuil,
De tous les horizons vint affluer au seuil.
Les hôtes de partout descendaient : avec Claire
Depuis un an sa femme et bientôt jeune mère,
Comme amis ou parents menant tous les Villiers,
Gaston au rendez-vous arrivait des premiers,

Et les portes s'ouvraient pour le duc de Bellune,
Escorté de Sapin qui suivait sa fortune.
Du comte avec chaleur Victor pressa la main,
Des deux jeunes amis vanta l'heureux destin
Et dans ses bras serra Levieux, soldat d'élite
Dont sa voix s'épuisait à louer la conduite.
Envers chacun, d'ailleurs, affable et gracieux,
Tel qu'on l'eût cru lui-même issu d'anciens aïeux,
Et dans ce bonheur pur, dans cette paix profonde,
Sapin ravi semblait sortir d'un autre monde.

1870.

LES ÉMIGRÉS

CHANT TRENTIÈME.

DERNIÈRE ÉTAPE.

Generatio rectorum benedicetur. [Ps. III.]

Septembre 1814.

Pour deux mille invités, nobles ou villageois,
Les flancs de la chapelle étaient trois fois étroits
Et l'autel au dehors, sur une riche estrade,
En plein ciel élevé dominait l'esplanade.
Pour l'instant solennel quand tout fut préparé,
Bellune, devançant le ministre sacré,
De son siége d'honneur tourné vers l'assistance,
Prit ainsi la parole au milieu du silence :

« Appelé parmi vous, Messieurs, j'ai vu le Roi,
« Dit-il, qui longuement s'enquérant près de moi,

11***

« M'a daigné confier pour tant d'âmes loyales
« Ses souhaits que j'apporte et ses faveurs royales.
« Vous, colonel Levieux, vrai cœur de chevalier,
« Notre modèle à tous, approchez le premier.
« Le monarque, d'un mot résumant ses éloges
« Vous proclame l'honneur et l'orgueil de nos Vosges :
« Ce ruban de Saint-Louis, que ses mains ont touché,
« Lui-même de son sein pour vous l'a détaché,
« En nommant commandant, comme l'était son père,
« Votre fils, ce brillant et loyal militaire,
« Et vous, comte, il vous fait, comme votre sauveur,
« Chevalier de Saint-Louis et de sa croix d'honneur.

« Pour vous, jeunes encor vétérans de nos gloires,
« Héros du dernier jour de nos grandes victoires,
« Dévoués pour sauver sur la Bérésina
« Nos débris de Smolensk et de la Moscowa,
« Dans les jours de triomphe et dans les jours néfastes
« Vos noms partout unis resteront dans nos fastes.
« Pour que chacun de vous de l'autre soit l'égal,
« Edgar sur ma demande est nommé général,
« Prix tardif et bien dû, payé par la justice
« A celui qui pour tous s'offrit en sacrifice.
« Le Roi, tous deux vous porte au rang de commandeur,
« Et j'en suspends pour lui la croix sur votre cœur.
« Quant aux fleurs de beauté qui vont sous votre égide
« Abriter à l'autel tant de grâce candide,
« Je leur offre en mon nom, comme un saint souvenir

« Qu'au moment solennel le pasteur va bénir,
« Deux colliers chapelet et deux bagues semblables.
« Vous avez su trouver deux sœurs incomparables,
« Vous avez bien choisi, mes enfants, et le ciel
« Dans des vases sans prix vous a versé son miel ;
« Mais moi qui vous connais, devant Dieu je proteste
« Que jamais tendre amour, jamais vertu céleste
« A de plus dignes cœurs, à de plus sages mains
« Ne pouvait à l'autel confier ses destins.
« Vous enfin, grenadiers, vrais fils de vos ancêtres,
« Ma voix vous associe à l'honneur de vos maîtres,
« Puisque sous ce beau ciel, maîtres et serviteurs,
« Un même souffle anime et fait battre les cœurs.
« Plus tard je vous verrai, mes amis, je l'espère,
« Contents encor du chef qui vous aimait en père. »

A l'immense VIVAT ! qui suivit ce discours
Succéda le pasteur, prêtre des anciens jours.

« Trop ému pour bénir l'indissoluble chaîne
Sans donner cours au flot dont son âme était pleine,
Il avait, vieil ami de la noble maison,
Des parents autrefois consacré l'union ;
Fait chrétiens les enfants dans les eaux du baptême ;
Avant l'âge envoyé vers son père suprême
Celle qui, déjà sainte en remontant à lui,
Seule manquait, hélas ! au bonheur d'aujourd'hui ;
A leur premier banquet nourri du pain de vie

Ces lèvres où la foi ne s'est pas démentie,
Cœurs riches de vertus plus que de gloire et d'or,
Qui sur les mers du monde emportant leur trésor,
Le rapportaient, guidés par leur sainte boussole,
A travers les écueils sans en perdre une obole.
Par quels desseins cachés, par quels secrets chemins
Le ciel a-t-il sur eux accompli les destins,
L'ange de vie a-t-il dans la nuit des abîmes
Plongé l'ange de mort et sauvé les victimes ?... »

« Morville dans le gouffre où sombrait le passé
Pour jamais avec lui semblait s'être enfoncé :
Puis, des flots déchaînés maîtrisant la furie,
Un bras armé du ciel écrasait l'anarchie,
Sous l'ordre replaçait ses pivots éternels,
Fermait l'ère de sang, relevait les autels,
Et portant au plus haut les splendeurs de la France,
Un moment sur le monde était la Providence ;
Mais la force à l'orgueil s'abandonnant sans frein,
Trop fier de sa grandeur, trop sûr de son destin,
Le colosse élevé pour dompter la tempête,
Sans songer à ses pieds, toujours haussait la tête,
Et du ciel qu'à lui seul il prétendait remplir,
Trébuchant dans l'abîme, il s'y vit engloutir... »

« De son sang le plus pur par sa chute épuisée
Et des rêves d'orgueil trop tard désabusée,
La France, si prospère aux siècles des aïeux,

Vers les Rois oubliés enfin tournait les yeux :
On allait des partis voir s'effacer les traces,
Dans un corps refondu s'associer les races,
Et, les rangs à la loi soumettant leur niveau,
D'éléments ralliés naître un peuple nouveau.
Ce peuple en qui déjà commençait un autre âge,
Sous les yeux, dès ce jour, ils en avaient l'image :
Ces travailleurs du sol, calmes, laborieux,
Ce chef, leur père à tous, sage et simple comme eux ;
Ces nobles s'unissant, sans que le rang s'abaisse,
Aux bourgeois que l'honneur élève à la noblesse,
Ce présent d'aujourd'hui, c'était tout l'avenir.
Au Prince que partout il entendait bénir
L'illustre Duc dirait quelles nobles natures
Ici, pour le servir, la foi conservait pures,
Fermes dans les revers, sages dans les splendeurs,
Où la simplicité s'associe aux grandeurs,
Que rien ne peut fausser ou ternir, en qui l'âme
A la trempe et l'éclat du fer que rien n'entame.

« C'est le cœur plein d'amour qu'il allait sous ses yeux
Bénir les héritiers de semblables aïeux,
Appeler sur le front des enfants et des pères
Les dons de l'Éternel, les jours longs et prospères,
Et demander au Dieu qui tient tout dans sa main
De couvrir de son bras l'auguste Souverain
Qui pour eux déléguant sa majesté suprême,
Sous un si noble nom les présidait lui-même. »

. . . .
. . . .

Les nœuds scellés, le prêtre, au bras du maréchal,
Dirigea le cortége au banquet nuptial.
Monvert qui vers l'autel avait guidé sa fille,
La remettait au comte en changeant de famille,
Et Blanche que son père amenait le matin,
Revenait attachée au bras de Saint-Martin.
Dans la cour des tilleuls était dressé sur l'herbe,
Ouvert de tous côtés, un pavillon superbe,
Et sous ce dais, la table où, près des mariés,
Devaient avec le Duc s'asseoir cent conviés.
Autour de ce festin préparé pour les maîtres,
Cent tables s'élevaient sous des tentes champêtres
Où par un flot d'au moins douze cents invités,
Morville avec Beauchêne étaient représentés.
Sur les places d'honneur aux regards exposées
Siégeaient, le maréchal entre les épousées,
Vis-à-vis, le vieux prêtre entre les deux époux,
Puis les couples dotés, mêlant aux yeux de tous,
Travailleurs généreux et fraîches paysannes,
Au bonheur du château le bonheur des cabanes.
Deux vases d'argent fin, savamment travaillés
Et d'or ou de rubis avec art émaillés,
Sur la table d'honneur étaient le don suprême
A chaque noble épouse offert par le Roi même,
Et devant chaque couple orgueil de son hameau,
Un rouleau de cent louis donné pour le trousseau.

Toujours environné de son brillant cortége,
Vers la fin du repas le Duc quitta son siége
Et marchant le premier, des heureux paysans
Trouvant un mot pour tous, il parcourut les rangs.
A ses côtés suivaient Edgar, René, Marie
Et Blanche, non moins qu'eux par tous déjà bénie.
Les deux sœurs, rayonnant d'éclat et de beauté
S'étaient voulu parer avec simplicité :
Marie avait laissé, conservant sa coiffure,
Sous les fleurs d'oranger flotter sa chevelure :
Comme attachée au bras de son cher général,
Elle gardait au front son calme virginal,
Et dans ses yeux, miroir de son âme sereine,
A travers cette paix dont son âme était pleine,
Comme un reflet céleste aux regards rayonnait
Le bonheur du bonheur que son amour donnait.
Avec son chevalier Blanche moins familière
De son choix, cependant, non moins qu'elle était fière,
Et des yeux lui parlant, semblait montrer à tous,
Non sans un juste orgueil, son jeune et bel époux.
Simple comme sa sœur, d'ailleurs, et naturelle,
A l'aise dans sa joie et sans trouble ainsi qu'elle,
Aussi belle, à son tour, mais d'une autre beauté :
Deux étoiles du ciel dans sa sérénité,
Qu'escortaient dans l'éclat de leur luxe champêtre,
Les étoiles des champs que conduisait leur maître.

De la table où bientôt tous étaient remontés,

Bellune au nom du Roi proposa les santés :

« A ces soldats du sol, les époux de la terre !

« Aux braves grenadiers, son rempart dans la guerre !

« A ces brillants héros, leurs nobles officiers,

« Gloire encor du passé sous leurs jeunes lauriers !

« Aux vertus, héritage et lustre des familles,

« L'orgueil des jeunes gens, l'honneur des jeunes filles !

« A ces mœurs où revit un autre âge, où les rangs

« Mêlaient sans abaisser les humbles et les grands !

« A ce vaillant château, le tuteur des chaumières !

« A ces maîtres bénis pour les fils et les pères !

« Enfin, au saint pasteur qui d'un pareil troupeau

« Etait au nom du ciel l'oracle et le flambeau ! »

Quand des mille bravos la ferveur fut calmée,

Morville répondit par un toast à l'armée :

« A la gloire, aux vertus de l'illustre guerrier

« Non moins valeureux chef que loyal chevalier,

« Le Bayard de son siècle ! enfin au chef suprême

« Qui, daignant à leurs vœux s'associer lui-même,

« Joignait un prix de plus à ses dons souverains

« En les faisant offrir par de si nobles mains !... »

Aux VIVAT ! succéda, sous l'œil même des maîtres,

Le son des instruments pour les danses champêtres

Et, sous l'ombrage épais des arbres de la cour,

Chaque dame un moment y prit part à son tour.

Puis des couples heureux de chercher la retraite

La foule s'écarta réservée et discrète,
Et Berthe sur sa tombe alors, du haut des cieux,
Put voir ses quatre enfants l'invoquer dans leurs vœux.

De là, séchant les pleurs qui trempaient son visage,
Edgar les entraîna, comme en pèlerinage,
Au plateau sourcilleux du rocher des coteaux,
Et les faisant asseoir devant ces grands tableaux
Où l'horizon des bois encadrait la prairie :
« Te souviens-tu, dit-il s'adressant à Marie,
« De ce jour où ton frère aux abois, sans détour
« Pour la première fois t'osa parler d'amour ?
« Seuls nous étions. Depuis, Dieu nous double les joies ;
« Il nous voit quatre ici réunis par ses voies.
« Et comme il nous suivait et nous couvrait tous deux,
« Son oreille attentive encore entend nos vœux.
« Sous ce ciel qui dès lors nous vit heureux nous-mêmes,
« Chère Blanche, à René dis tout haut que tu l'aimes ! »
Et vers son jeune époux Blanche tendant la main :
« — Je l'ai dit assez haut, peut-être, ce matin,
« Pour ne pas à cette heure avoir à le redire ;
« Mais s'il faut, pour vous plaire, à cet ordre souscrire,
« L'aimer est mon devoir à partir de ce jour,
« Et se donner, je crois, c'est faire acte d'amour.
« Qu'en pensez-vous, ami ? » — « Je dis qu'à ses phalanges
« Pour les mettre en nos bras le ciel a pris deux anges,
« Fit René tendrement l'attirant sur son sein,
« Et que de son bonheur votre époux est trop plein... »

. . . .

. . . .

Ils devisaient ainsi depuis deux fois une heure
Isolés loin des bruits de la noble demeure,
Il y fallait rentrer. Presque au bas du sentier
Qui formait l'inégal et rigide escalier,
Quand pouvait une chute encore être mortelle,
Tant la roche s'ouvrait abrupte à côté d'elle,
Sur un caillou roulant Blanche fit un faux pas.
A temps encor René la reçut dans ses bras,
Et l'enlevant de terre ainsi qu'une nourrice
L'enfant qu'elle a surpris au bord d'un précipice :
« Dieu ! mon Dieu ! cria-t-il l'emportant éperdu,
« D'un pas plus en arrière, et tout était perdu !
« O mon trésor ! le souffle et l'amour de mon âme ! »
Disait-il, sur son cœur pressant sa jeune femme
Que, confuse au contact de ce tendre baiser,
Sur un tertre d'en bas il venait déposer
Et qui, dans ses deux bras tout à coup enlacée,
Interdite, muette et tout embarrassée,
N'avait pas, comme lui, vu l'horreur du danger :
« Dans quel abîme, ô Dieu ! vous me pouviez plonger,
« Et que près du bonheur pour nous s'ouvrait la tombe !
« Mais vous voilà sauvée, ô ma douce colombe ! »
Reprit-il, la sentant, par un soudain retour ,
Elle-même trembler et pâlir à son tour,
En le voyant, couvert d'une sueur mortelle,
A genoux et défait, s'affaisser auprès d'elle.

« Doux ami ! disait-elle en lui tendant les bras,
« Si ferme jusqu'ici, ne vous démentez pas !
« Mon seul mal, à cette heure, est ma douleur extrême
« De vous voir, vous si fort, plus faible que moi-même.
« Si vous m'avez sauvée, ami, mon doux époux,
« Soyez deux fois heureux ! je suis deux fois à vous... »
Et la vierge, vaillante alors et non timide,
Se pressait sur le cœur du soldat intrépide.

Edgar qui les suivait, du péril averti,
S'était, les voyant saufs, un moment ralenti,
De plus près, à son tour, s'attachant à Marie ;
Puis, comme ils accouraient : « C'est mon étourderie
« Qui tous vous a jetés dans un si grand émoi,
« Dit Blanche : oh ! ranimez ce bien-aimé ! Pour moi
« Il a risqué ses jours, dévoué plus que sage,
« Mais vainqueur, de ses sens il perd presque l'usage... »
Et soutenant son front sur son sein anxieux,
Des larmes qui roulaient elle essuyait ses yeux.
Et lui, se ranimant sous ces tendres caresses :
« Chers amis ! disait-il, pardonnez ces faiblesses !
« Au bout de l'univers, la sentant défaillir,
» J'aurais pu dans mes bras l'emporter sans faiblir,
« Comme un autour cruel la pauvre tourterelle,
« Ma douce enfant ! Mais fort quand je tremblais ponr elle,
« Le danger disparu, mon courage est tombé,
« Et sous le contre-coup mon cœur a succombé. »
« — Et c'est moi, chers amis ! que le ciel pouvait faire

« D'un malheur sans pareil l'auteur involontaire,
« Répond Edgar. Du coup qui nous a fait frémir
« Moi-même, autant que vous j'ai peine à revenir :
« Sur nos fronts, cependant, que le calme renaisse,
« Et que de tout émoi la trace en disparaisse !...
« — O ma Blanche ! ô ma Blanche ! Avant vous j'étais mort ! »
Reprit René pressant ses mains avec transport...
Mais Edgar : « Calmons-nous, cher ami ! Cet abîme
« N'a point, grâce à tes bras, dévoré de victime :
« Reprenons notre paix sans sortir de ce lieu,
« Et loin de murmurer, rendons grâces à Dieu !
« La joie est au foyer ; n'y portons pas la peine. »
Puis embrassant sa sœur :— « En reprenant haleine,
« Réparons, s'il se peut, dit-il avec amour,
« Les atours dégradés un peu pour un tel jour... »
Et René : « Chère enfant ! j'ai froissé la ceinture,
« Renversé la couronne et faussé la coiffure...
« Laissez ma main sans honte essayer d'arranger
« Sur votre front chéri cette fleur d'oranger »,
Dit-il se hasardant d'y toucher, quand Marie :
« Fi donc ! un général !!! Laissez-moi, je vous prie,
« M'acquitter, dussiez-vous en être un peu jaloux,
« Grand frère ! d'un devoir qui n'est pas fait pour vous. »
Et de sa main tremblante encor, mais exercée,
Chaque chose en son lieu fut bientôt replacée.
Puis, essuyant les pleurs dans ses yeux retenus :
« Qu'il l'admire, à présent, mais qu'il n'y touche plus !
« Dit-elle embrassant Blanche, et la revoici belle;

« Mais pas pour le vautour, grand frère ! » Et la cruelle
Mit Blanche au bras d'Edgar, prit celui de René,
Et des parents heureux rien ne fut soupçonné.

Bien avant dans la nuit se prolongea la fête :
Pour un nouveau festin chaque table était prête.
Dans les cours du château, partout illuminés
Les arbres éclairaient danseurs et festinés,
Tandis qu'entre ses murs, calme et presque muette,
La joie était profonde et la gaîté discrète,
En voyant s'achever dans la paix de l'amour
Ce jour qui pour les cœurs était un si grand jour.
Vœux et soins entouraient les épouses heureuses,
Mais qui semblaient au front de plus en plus rêveuses,
Au moment de passer, loin des regards jaloux,
Du giron maternel aux bras du tendre époux.

1870.

ÉPILOGUE

1832.

Depuis que sous ses tours elle est enfin rentrée,
On n'a plus vu la paix dans Morville altérée.
Levieux, sous ce beau ciel par Maurice attiré,
Pour vivre à ses côtés des camps s'est retiré,
Et doté d'un beau fief confinant à Beauchêne,
Son fils touche René. La timide Germaine,
Qui voulait de son cœur par lui sollicité
Pour son frère et ses sœurs garder la liberté,
Après s'être d'abord contre tous défendue,
A leurs vœux réunis cependant s'est rendue,
Et richement dotée elle-même, à la fin
A ce loyal jeune homme elle a donné sa main.
Comme en un paradis par le ciel réunie,
C'est dans un même esprit toute une colonie,
Et sous son patriarche en sa prospérité,
Vit de paix et d'amour cette communauté,
Sans bruit et simple encor, quoique dans l'opulence.
De Maurice aujourd'hui la fortune est immense :
Grâce aux millions d'Ukraine à Morville apportés,
Les amis sont pourvus, les enfants sont dotés,
Et les biens du Baron décédé sans famille
Ont encore enrichi Blanche qui fut sa fille.
Le comte a de Valbrun déblayé les débris :

Sur ce sol qu'on disait hanté par les Esprits ,
S'étendent aujourd'hui, grâce à ses soins habiles ,
De vastes champs, des prés et des vergers fertiles,
Et sur les fondements du manoir infernal ,
Les murs blancs et tout neufs d'un champêtre hôpital,
Que domine, en chapelle à grands frais transformée ,
La tour qui fait enfin mentir sa renommée,
Où sont chez eux, pourvus, consolés et bénis ,
Vingt pauvres sans asile ou vieillards du pays.
Du beffroi rétabli l'âme n'est plus la même,
Mais le peuple assura qu'à son nouveau baptême,
On sentit s'échapper de sa langue de fer ,
Uue sueur sanglante et l'odeur de l'enfer.
Sa voix dont autrefois les sinistres volées
Envoyaient l'épouvante aux échos des vallées,
Messagère aujourd'hui du ciel, par l'*Angelus*
Du matin ou du soir leur porte les saluts,
Et du trône où son ange a fixé ses demeures ,
Il leur chante la fête ou leur compte les heures.

Quand l'exil revomit sur nous l'usurpateur,
Les trois frères, liés par le serment d'honneur,
Brisèrent leur épée et rendus à leurs grades ,
Ils sont prêts à se joindre à leurs vieux camarades
Dès le premier appel de la France en danger ;
Mais depuis qu'à l'exil sur le sol étranger,
Pour la deuxième fois lui fermant la patrie ,
L'émeute a renvoyé la Royauté flétrie .

Sous un sceptre bâtard refusant tout emploi,
Au-cœur ils ont gardé le serment à leur Roi,
Et sans être d'ailleurs insoumis ni rebelles,
Ils restent jusqu'au bout à leur culte fidèles.
Enchaînés par le cœur près de leurs vieux parents,
Ils se sont consacrés à leurs nombreux enfants :
Edgar, dans sa retraite encor cherchant la gloire,
De sa vie en beaux vers écrit pour eux l'histoire,
Fier d'immortaliser jusqu'à la fin des jours,
L'ange qui fut sa muse et l'inspira toujours.
Il instruit, partageant la tâche avec ses frères,
Les enfants pour grandir non séparés des mères,
Et les fiers officiers en bourgeois transformés,
Loin du monde, au milieu de leurs colons aimés,
Bornant leur horizon au foyer domestique,
S'abstiennent de toucher à la chose publique.
Ils comprennent au sol sous leurs pieds incertain,
Que rien dans aujourd'hui ne garantit demain :
Leur regard, devant eux sondant les destinées,
Les voit fatalement à l'abîme entraînées,
Et l'arrêt prononcé par le Baron maudit,
Un désolant instinct leur dit qu'il s'accomplit.

1870.

FIN.

TABLE DES MATIÈRES.

PREMIÈRE PARTIE.

DEUXIÈME PARTIE.

POITIERS. — TYPOGRAPHIE DE OUDIN FRÈRES.

POITIERS. — TYPOGRAPHIE OUDIN FRÈRES.

www.ingramcontent.com/pod-product-compliance
Lightning Source LLC
Chambersburg PA
CBHW050743030726
47505CB00002B/368